Philip Reeve

PLANÈTE LARKLIGHT

Illustrations de David Wyatt

Traduit de l'anglais
par Jean Esch

GALLIMARD JEUNESSE

Pour Sarah et Sam

Titre original : *Larklight*
Édition originale publiée par Bloomsbury Publishing Plc, Londres, 2006
© Philip Reeve, 2006, pour le texte
© David Wyatt, 2006, pour les illustrations
© Gallimard Jeunesse, 2007, pour la traduction
© Éditions Gallimard Jeunesse, 2013 pour la présente édition

CHAPITRE UN

OÙ L'ON NOUS INFORME DE L'ARRIVÉE
IMMINENTE D'UN VISITEUR.

Par la suite, quand je me retrouverais face à la Mite Potière, ou en train de fuir devant les Premières pour sauver ma peau ou de tirer au canon à bord du *Sophronia*, le voilier de Jack Havock, je repenserais souvent à ce qu'était ma vie avant, et à ce dernier après-midi à Larklight, avant que ne débutent nos mésaventures.

C'était un après-midi tout à fait banal, rythmé par les habituels grognements des conduits d'aération et les sifflements des tuyaux de gaz, envahi par les odeurs de poussière, de moisissure et de chou bouilli, des odeurs si familières que nous ne les remarquions même plus. Oh, j'oubliais : je me disputais avec ma sœur, Myrtle. Ça aussi, c'était tout à fait banal.

J'avais envie de sortir sur le balcon pour assister à l'arrivée du bateau de livraison, mais Myrtle était trop occupée à jouer du piano. Elle essayait d'apprendre toute seule, à l'aide d'un grand livre tout mou et grisâtre intitulé : *Introduction au pianoforte pour jeune demoiselle*, et elle répétait sans cesse le même morceau, encore et encore, depuis des mois. Il s'intitulait *Chant d'oiseau au crépuscule*, et faisait : « Ting pling ting pling ting, ting tong, ting tong, ting tonggg clonk, ah zut ! » Du moins, quand Myrtle le jouait. Elle disait qu'elle était une jeune femme maintenant et qu'elle devait posséder divers talents pour pouvoir briller en société, un jour. Personnellement, je pensais que le piano n'en ferait jamais partie. J'essayai de le lui dire, mais elle referma violemment le couvercle de l'instrument et me traita de chameau.

— Allez, viens, Myrtle, insistai-je. Je croyais que tu aimais bien voir arriver les livraisons.

Elle émit ce ricanement amer, plein de lassitude, qu'elle travaillait dans son bain depuis quelque temps. C'était censé lui donner un air adulte.

— Il n'y a pas grand-chose d'autre à faire par ici ! lança-t-elle. Je pense que Larklight est certainement l'endroit le plus ennuyeux de toute la création ! Si seulement nous vivions à Londres comme une famille civilisée, nous assisterions à des bals et à des réceptions royales ! Je sortirais dans le monde, de jeunes gentlemen m'inviteraient à danser. Même à Bombay, à Calcutta ou dans une de ces colonies d'Amérique, nous ferions des visites et toutes sortes de choses. Mais nous sommes coincés ici, dans ce lieu sinistre et bizarre… Oh, pourquoi faut-il que nous vivions à Larklight ?

Je tentai de lui rappeler que Larklight était la maison de notre mère, et que cette demeure appartenait à sa famille depuis une éternité. Mère adorait cette vieille maison et, après sa mort, Père n'avait pas eu le courage de déménager. Mais Myrtle refusait d'entendre raison. Elle lança son *Introduction au pianoforte pour jeune demoiselle*, qui s'envola lentement jusqu'au plafond et y resta suspendue, dans un froissement de feuilles, telle une chauve-souris triste.

— Regarde ça ! s'exclama-t-elle. Le générateur de pesanteur est encore en panne ! Va chercher un domestique, Art, et envoie-le réparer ça dans la salle de la chaudière.

Finalement, Myrtle m'accompagna sur le balcon. Je le savais. Elle aimait autant que moi assister à l'arrivée du bateau de livraison en provenance de Port George ; simplement, elle avait adopté des manières de dame et ne voulait pas l'avouer.

Nous gravîmes le grand escalier qui conduisait à la porte du balcon et, arrivés devant, nous nous arrêtâmes pour enfiler nos casquettes caoutchoutées (destinées à nous protéger de l'humidité de l'espace) et mettre nos chaussures doublées de plomb. La pesanteur était légèrement fluctuante cet après-midi et si l'un de nous deux, après avoir perdu l'équilibre, plongeait à toute allure dans l'éther infini et disparaissait pour toujours, ce serait une tragédie. (À moins qu'il s'agisse de Myrtle, évidemment, auquel cas tout le monde se réjouirait, un demi-jour férié serait instauré, eh oui.) Une fois parés, nous déverrouillâmes la porte et nous sortîmes. Le givre de l'espace, qui s'était accumulé autour des joints de la porte, se dispersa sous la forme d'un nuage brillant et, quand il se fut dissipé, nous découvrîmes la vue familière. La Lune emplissait tout le ciel au-dessus de nous telle une immense lanterne en croissant, étincelante dans l'obscurité de l'éther inaccessible, et derrière, légèrement sur le côté, le petit œil bleu de la Terre scintillait.

Au dos de la page vous trouverez un dessin de Larklight qui indique quelques endroits intéressants. Comme vous pourrez le constater, c'est une très vieille maison. Apparemment, nul ne sait qui l'a construite, ni où se trouvent le haut et le bas, mais Mère disait qu'elle avait été bâtie par un de ses ancêtres au début des années 1700, peu de temps après les grandes découvertes de sir Isaac Newton, qui avaient permis la conquête de l'espace. Au cours du siècle et demi qui s'était écoulé depuis, divers ajouts avaient été effectués et un autre ancêtre de Mère avait tenté de l'embellir quelque peu en y ajoutant des portiques et d'autres ornements dans le style classique. Mais Larklight reste une maison informe, délabrée, pleine de courants d'air et isolée, affreusement éloignée de tout, et qui tourne sur son orbite lointaine dans les profondeurs qui s'étendent au-delà de la Lune.

Tout était calme là-haut, sur le balcon ; l'immense silence de l'éther infini paraissait encore plus silencieux après une journée passée à écouter *Chant d'oiseau au crépuscule*.

Le long de la balustrade, dans des pots, poussaient encore quelques-unes de ces fleurs de l'espace cristallines que collectionnait notre chère mère. Je me souvenais que, lorsque j'avais trois ou quatre ans, il y en avait un pot sur le bord de la fenêtre de ma chambre d'enfant et, chaque soir, elles me berçaient avec leurs étranges chansons sans paroles. Mais Mère était morte,

Larklight

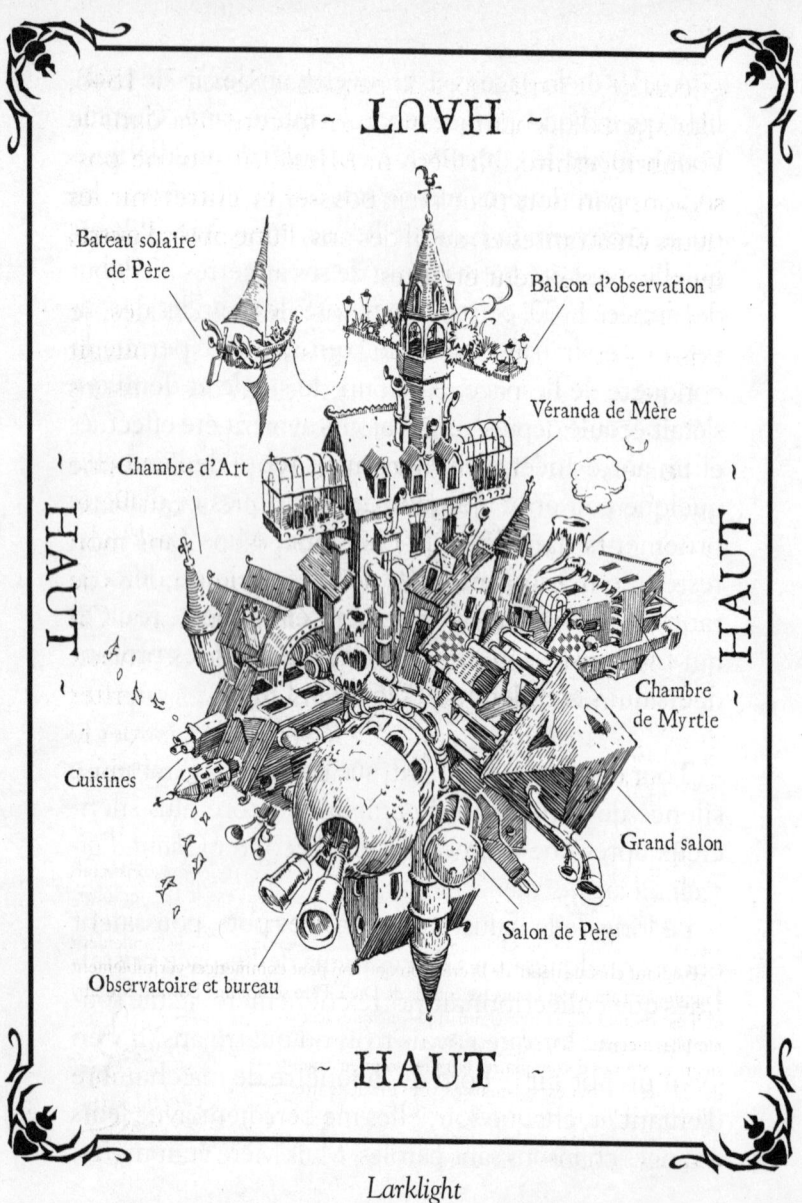

elle avait disparu à bord du paquebot *Semele* en 1848, alors qu'elle rendait visite à un parent âgé dans le Cambridgeshire. Ni Père ni Myrtle ni moi ne possédions son don pour faire pousser et entretenir les fleurs chantantes et, au fil des ans, l'une après l'autre, leurs voix s'étaient éteintes.

Pour m'arracher à ces pensées mélancoliques, je pris un filet à papillons dans le panier qui se trouvait près de la porte et essayai d'attraper un des poissons qui passaient en battant des ailes[*].

J'espérais attraper un spécimen appartenant à une espèce inconnue de la science qui intéresserait Père. Hélas, tout ce que je parvins à capturer dans mon filet, c'est un simple Siffleur Rouge commun, dit « de jardin » (*Pseudomullus vulgaris*), comme toujours. On en trouve des bancs entiers parmi les forêts de tuyaux de cheminée de Larklight, où ils cherchent à s'abriter des Requins Gloutons qui rôdent. Je voulais garder le mien pour le dîner, mais Myrtle m'obligea à le relâcher.

---

[*] Père dit que ces poissons de l'espace ne sont pas vraiment des poissons, mais plutôt des Ichtyomorphes éthériques. Mais moi, je trouve qu'ils ressemblent beaucoup à des poissons, sauf que certaines de leurs nageoires se sont transformées en ailes. Père a passé des années à les observer car, dit-il, c'est seulement en étudiant chaque détail de la création que l'on peut commencer véritablement à apprécier l'amour et la sagesse infinis de Dieu. Père se nomme Edward Mumby et il est l'auteur d'un ouvrage intitulé *Quelques Ichtyomorphes inconnus de l'éther translunaire*. Il y en a plusieurs centaines d'exemplaires empilés soigneusement dans l'aile des invités, si jamais ça vous dit de le lire. Un de ses collègues de l'Institut royal de xénologie a même donné le nom de Père à un poisson : l'Ichtyomorphe *mumbii*. Le voici représenté par Mr Wyatt.

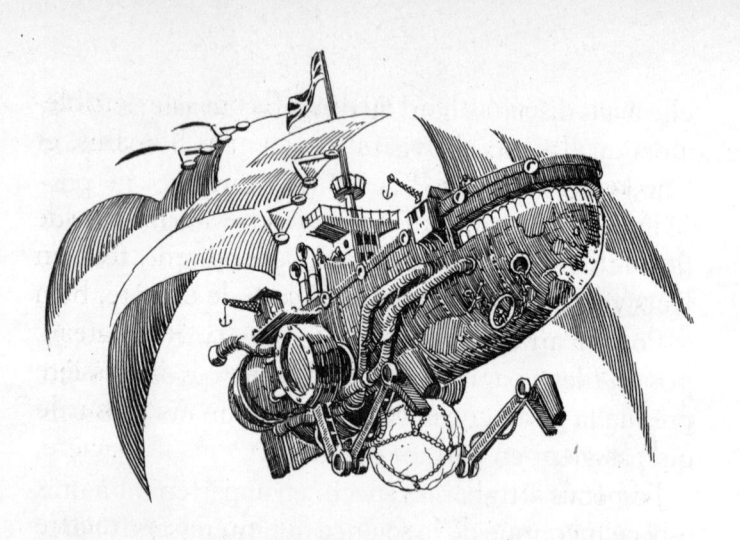

— Regarde ! s'exclama-t-elle soudain.

Le bateau de livraison était là, beaucoup plus près de Larklight que je m'y attendais. C'était un bâtiment vert et, de loin, il ressemblait lui-même à un poisson, exception faite de ce gros renflement à l'arrière qui abritait les moteurs alchimiques. Il se porta à la hauteur de notre jetée en quelques battements d'ailes accompagnés de petits mouvements brusques de ses nageoires, à la manière des poissons. L'équipage était composé d'Ioniens. On ne les voyait pas très bien, emmitouflés qu'ils étaient à l'intérieur de leurs éther-combinaisons en toile goudronnée, avec leurs lunettes teintées sur les yeux, mais on reconnaissait toujours les Ioniens : ce sont de petits bonshommes trapus avec quatre bras. Je dis à Myrtle que ce serait amusant de les inviter pour les écouter raconter leurs histoires sur la vie dans l'éther, mais elle répondit sèchement :

— Certainement pas, Arthur ! Ils ont l'air terriblement vulgaires ! Ils ne sont même pas humains, et encore moins anglais.

Alors, je me contentai de leur adresser un signe de la main et les éthernautes me répondirent, tout en détachant la grande boule de glace de comète, bleu et blanc, fixée entre les cargo-griffes de leur bateau, pour la faire tomber dans l'ouverture de la glissière à glace. Nous sentîmes les vibrations jusque sur le balcon lorsque la boule dégringola dans la glacière, au cœur de Larklight.

L'éther n'étant pas assez riche pour nous permettre de respirer longtemps dehors, ceux qui comme nous installent leurs maisons dans le ciel sont dépendants des livraisons régulières de glace, que nos domestiques introduisent dans des machines spéciales qui en extraient l'oxygène et l'envoient à l'intérieur de nos maisons et de nos bateaux. (La glace nous fournit également de l'eau potable et nous sert de chambre froide pour conserver de la viande et des légumes.) Notre bateau de livraison nous apporte de la glace tous les trois mois environ, en même temps que des paniers de viande et de fruits séchés, des conserves, de la farine, des œufs et d'autres ingrédients que notre cuisinier automate utilise pour confectionner du pain et des gâteaux. Généralement, il y a également des lettres et des journaux à bord.

Cet après-midi-là, alors que le bateau repartait, je fis la course avec Myrtle dans l'escalier, jusqu'à la jetée, et j'arrivai le premier ! Hourra ! J'ouvris un des paniers et fourrageai à l'intérieur. Myrtle m'accusa d'être un goinfre, mais elle changea très vite de ton lorsque je découvris un bocal d'abricots secs. Nous en mangeâmes plusieurs chacun puis, ensemble, nous déchirâmes l'emballage en papier marron du paquet que les Ioniens avaient laissé à notre intention : il contenait tout le courrier réexpédié par la poste lunaire centrale de Port George.

Il n'y avait pas grand-chose. Un gâteau parfumé au carvi, envoyé par notre grand-tante Euphemia qui vivait dans le Devonshire, une lettre pour Père, quelques numéros récents du *Times* de Londres et un *Illustrated London News* datant du mois dernier. Celui-ci, Myrtle me l'arracha des mains ; à peine avais-je eu le temps d'entrapercevoir la gravure qui figurait en couverture et semblait représenter une gigantesque serre.

– Oh, les jolies robes ! miaula ma sœur en feuilletant la revue et en s'arrêtant de temps à autre pour se pâmer devant un portrait de lady Machin Chose de Trucmuche dans sa nouvelle robe de bal. Oh, comme j'aimerais voir Londres, ne serait-ce qu'un seul jour ! Regarde, Art ! La reine et le prince Albert organisent une grande exposition où seront présentés des objets de tout l'Empire ! Ça semble fort instructif. « Seront présentés des objets de toute la Grande-Bretagne, ainsi que des colonies d'Amérique et des possessions extraterrestres de Sa Majesté : Mars, Jupiter et la Lune... »

– Pfft, fis-je. Nous ne régnons pas sur Jupiter, uniquement sur une poignée de satellites.

Myrtle semblait ne pas m'avoir entendu, elle s'imaginait vêtue d'une robe à froufrous, faisant la révérence devant la reine.

– « L'exposition aura lieu au Crystal Palace, lut-elle. Cet immense édifice a été conçu par sir Waverley Rain[*] en personne et construit dans ses usines

---

[*] Sir Waverley Rain est notre plus grand industriel, et aussi un des hommes les plus riches du système solaire. Il a commencé comme simple polisseur d'engrenages sur les chantiers de navires spatiaux de Liverpool, mais son génie naturel s'est vite exprimé et il a fait fortune en concevant et en faisant breveter son Auto-Polisson, un garçon mécanique que l'on pouvait envoyer dans les cheminées trop étroites ou trop toxiques pour être nettoyées par de vrais orphelins. Il possède maintenant d'énormes usines sur les lunes de Mars, qui produisent des domestiques et des ouvriers automates en tous genres. Il participe également à bien d'autres activités techniques. Vivant en ermite, il quitte très rarement Les Hêtres, sa demeure isolée, sur Mars.

situées sur les lunes de Mars. Il se compose d'une structure en fer dans laquelle sont incrustés des milliers de panneaux de cristal cultivés spécialement dans les champs de cristal de la société Rain & Co au pôle Nord martien. » Oh, Art, comme j'aimerais y aller !

Laissant Myrtle à ses rêveries, je gravis en courant l'escalier en colimaçon pour porter sa lettre à Père. Des domestiques s'affairaient bruyamment dans la salle à manger et la cuisine pour préparer le dîner ; la fumée qui s'échappait de leurs tuyaux me fit éternuer lorsque je passai devant eux précipitamment. Père n'avait jamais réussi à trouver des domestiques humains disposés à venir jusqu'à Larklight pour s'occuper de nous, nous devions donc nous contenter d'un lot d'employés mécaniques commandés chez Rain & Co. C'étaient de très bons modèles, mais ils commençaient à se faire vieux et certains fumaient affreusement quand leur chaudière venait d'être alimentée. (Leurs mains surchauffaient également et Myrtle se plaignait sans cesse des traces de brûlure sur le linge de maison.)

Je trouvai Père dans son laboratoire, presque dissimulé derrière l'accumulation de tubes à essai, de réservoirs, de tuyaux, de télescopes et de piles de livres branlantes. Au centre de la pièce, dans le grand vivarium, quelques amphibiens très rares nageaient la gueule grande ouverte pour avaler des particules de mousse de l'espace. Un terrifiant Requin Glouton était ouvert sur la table de dissection, comme un

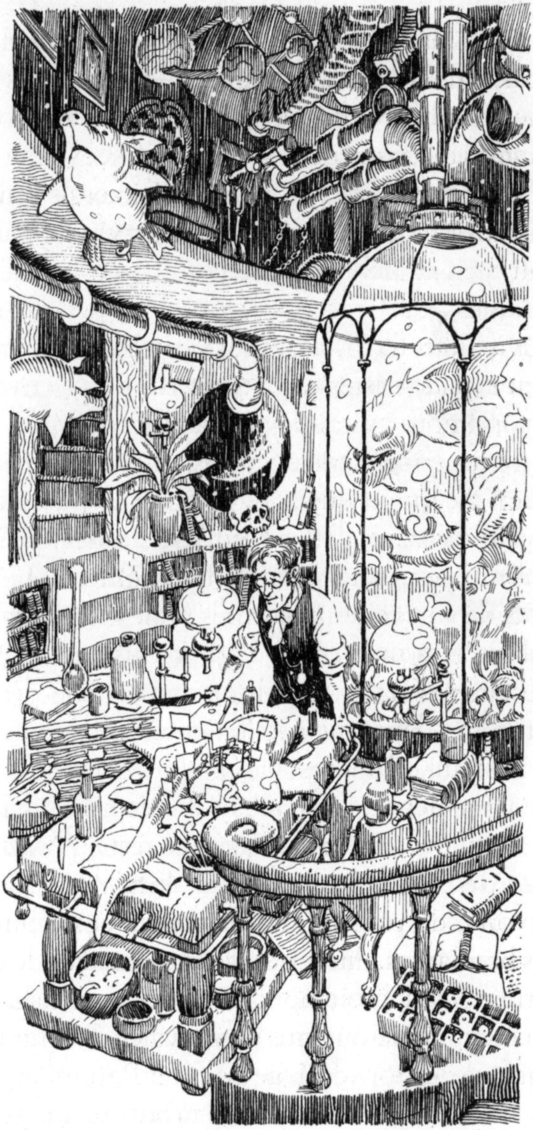

livre, pendant que Père dessinait soigneusement ses entrailles. Derrière lui, à travers les grandes fenêtres rondes de l'observatoire, j'apercevais une des cornes blanches de la Lune.

– Ah, Arthur ! fit-il en levant les yeux de son travail pour me regarder en clignant des paupières, avec son air un peu hébété, comme s'il avait oublié que j'existais.

Pauvre Père, il n'avait jamais véritablement émergé de ce nuage de tristesse qui nous avait tous enveloppés quand nous avions appris la mort de Mère. Moi aussi j'étais encore triste parfois, quand je repensais à elle en me disant que je ne la reverrais plus jamais. Mais très souvent, j'étais heureux, surtout quand je me promenais sur les toits de Larklight ou que j'inventais de nouvelles aventures pour mes soldats de plomb et mes maquettes d'éther-vaisseaux. Quant à Myrtle, elle était trop obnubilée par son désir de devenir une dame pour se lamenter très longtemps. Mais Père, lui, s'était installé dans une sorte de mélancolie permanente. Il cherchait du réconfort dans ses études et il ne s'intéressait guère au reste. À vrai dire, je pense même qu'il aurait oublié de manger si Myrtle ne m'envoyait pas sur le palier chaque soir pour faire sonner le gong du dîner afin de l'arracher à la contemplation des amphibiens.

Il continuait à cligner des paupières comme s'il essayait de se souvenir de ce qu'on attendait d'un père. Soudain, ça lui revint : il m'adressa son sourire chaleureux qui plissait ses yeux, posa ses crayons et m'ébouriffa les cheveux.

– Quelles sont les nouvelles du vaste monde au-delà de notre petit planétoïde ? demanda-t-il.

Je lui parlai du gâteau parfumé au carvi. («Comme c'est gentil de la part de ta grand-tante Euphemia», dit-il.) Puis je lui remis la lettre. Il déchira l'enveloppe et plissa le front en examinant son contenu.

– Voilà qui est très étrange. Un certain Mr Webster, en voyage dans cette région du ciel, souhaite nous rendre visite. Il arrivera dans la matinée du 16. Je suppose qu'il s'agit d'un savant, comme moi. Regarde, il écrit sur un papier à l'en-tête de l'Institut royal de xénologie…

L'Institut royal de xénologie regroupait quelques bonshommes très érudits dont la tâche consistait à étudier toute la flore et la faune de notre royaume solaire. Ils étaient basés à Russell Square, à Londres ; c'était là qu'ils travaillaient, mais ils étaient en relation permanente avec des botanistes amateurs et des philosophes naturels dans tout l'éther. Ils écrivaient fréquemment à Père pour lui demander son avis sur des aspects méconnus de la biologie amphibienne ou pour l'informer d'une nouvelle découverte. Apparemment, c'étaient de vieux messieurs très secs, poussiéreux et lugubres. Néanmoins, Père semblait se réjouir de la venue de ce Mr Webster.

– Ce nom ne me dit rien, avoua-t-il en levant la lettre dans la lumière pour la lire de nouveau, comme s'il espérait en découvrir un peu plus sur son auteur. Je me demande s'il s'intéresse aux amphibiens.

Je ne voyais pas ce qui pouvait inciter quelqu'un à visiter Larklight, mais je ne dis rien car je ne voulais surtout pas froisser mon père. Au lieu de cela, je courus annoncer la nouvelle à Myrtle. Père semblait ne pas en être conscient, mais moi, je savais que le 16, c'était le lendemain.

CHAPITRE DEUX

OÙ MYRTLE FAIT UN PEU DE MÉNAGE ET
OÙ DÉBUTENT NOS EFFROYABLES AVENTURES.

Quelle frénésie de nettoyage, d'époussetage, d'astiquage, de polissage, de récurage et de lessivage, tout cela pour remettre Larklight en ordre ! Nous n'étions pas habitués à recevoir des visiteurs car nous vivions « tout au fond de l'obscurité » comme on disait. En fait, depuis ma naissance (et j'approchais des douze ans), je ne me souvenais pas qu'une seule personne ait pris la peine de venir nous rendre visite.

Myrtle débordait d'excitation. Elle voulait tout savoir sur ce Mr Webster. Était-ce un monsieur important ? Était-il jeune et beau ? Avait-il de la famille ?

Peut-être était-il lié aux Webster du Berkshire ? Elle alla même chercher le vieil exemplaire poussiéreux de l'*Almanach nobiliaire de Burke* sur l'étagère du haut dans la bibliothèque de Père, espérant découvrir que ce Mr Webster était l'héritier d'un duché ou d'un titre de baronnet. Hélas, une chauve-souris avait grignoté toutes les feuilles allant de Vinnicombe à Whortleberry.

— C'est forcément quelqu'un, déclara-t-elle avec conviction. L'Institut royal de xénologie ne confie pas son papier à en-tête à n'importe qui. Nous devons faire en sorte que Larklight accueille dignement ce Mr Webster.

Elle ordonna donc aux pauvres vieux domestiques de nettoyer la maison de haut en bas (bien que Larklight n'ait ni haut ni bas). Constatant qu'ils n'étaient pas à la hauteur de la tâche, elle décida de prendre les choses en main. Elle redressa les chaises, gonfla les coussins du canapé et fit le lit dans la chambre d'amis. Elle astiqua le miroir, épousseta les manchons des lampes et nettoya le cadre tarabiscoté du portrait de Mère* accroché dans le salon. Puis elle me fit descendre au cœur de la maison pour éteindre le générateur de pesanteur.

Je n'avais jamais aimé le cœur de Larklight. Quand vous vous enfoncez à l'intérieur de la maison, loin des fenêtres et des parties habitées, vous vous retrouvez dans un endroit sombre et effrayant. Des courants d'air venus de nulle part vous frôlent et, parfois, des bruits étranges s'échappent de pièces poussiéreuses et inutilisées. Les carreaux du sol formaient des motifs complexes qui semblaient se transformer quand vous tourniez la tête. Tout paraissait extrêmement vieux, comme si des milliers d'années imbibaient ces murs de pierre humides. Ce qui n'était pas possible, évidemment, car moins de deux siècles se sont écoulés depuis que les premiers êtres humains se sont aventurés dans l'espace.

Le générateur de pesanteur se situait au cœur même de la maison, dans une pièce qu'on appelait la chaudière. Ce n'était pas un véritable générateur de pesanteur, hélas, comme ceux fabriqués dans cette chère

---

* Sur ce portrait, Mère est très jeune et très belle, comme elle dut apparaître à Père lorsqu'elle assista à la conférence qu'il donnait à l'Institut des travailleurs de Cambridge à l'automne 1832. La conférence s'intitulait *Quelques théories récentes sur les origines des planètes*, et je crains que Père ait raté son affaire, déconcentré qu'il était par la charmante jeune dame assise au premier rang et qui ne cessait de sourire, comme si tout ce qu'il disait l'amusait. Mais ensuite, elle vint le trouver pour s'excuser et se présenter. Il s'agissait de Miss Amelia Smith, d'Ely, dont Père admirait depuis longtemps les travaux sur les fleurs chantantes. Avant les fêtes de fin d'année, ils étaient fiancés et, au printemps suivant, ils se marièrent.

23

vieille Angleterre par Arbuthnot & Co ou Trevithicks. Le nôtre était d'une conception antique et extraterrestre, avec tout un tas de roues, de leviers, de tuyaux, de cônes et d'énormes sphères tournoyantes et, franchement, vous ne pouviez pas croire qu'une maison de la taille de Larklight avait besoin d'une machine aussi gigantesque et complexe uniquement pour permettre à tout le monde de garder les pieds au sol. De plus, elle ne cessait de se détraquer et il y avait d'énormes parties qui semblaient ne servir à rien ; elles restaient immobiles, recouvertes par la poussière des ans. J'ai toujours supposé qu'un des ancêtres de Mère l'avait acheté à un ferrailleur jupitérien et j'étais prêt à parier qu'il l'avait payé trop cher.

Arrivé devant le générateur, j'actionnai le curseur du cadran jusqu'à ce que la flèche pointe sur le zéro.

L'appareil émit un sifflement, lâcha un soupir puis poussa un grognement et je me mis à flotter dans l'air, telle une plume, au milieu de l'enchevêtrement de tuyaux et de conduits qui s'entortillent au plafond de la salle de la chaudière. Le temps que je parvienne à me libérer de cet entrelacs et à remonter l'escalier en battant des bras pour regagner les parties habitées de la maison, toutes les miettes de gâteau et les croûtes de pain que nous avions fait tomber au cours de ces six derniers mois étaient sorties de leurs cachettes dans les tapis et les recoins obscurs des boiseries, en flottant. En pénétrant dans la salle à manger, on avait l'impression de voler à travers une pluie de toasts rassis. Mais cela faisait partie du plan génial de Myrtle. Tout en tenant d'une main sa robe à crinoline qui gonflait comme une voile, elle se déplaça en agitant l'autre main jusqu'au grand vaisselier dans le coin et libéra les Porcs Voltigeurs.

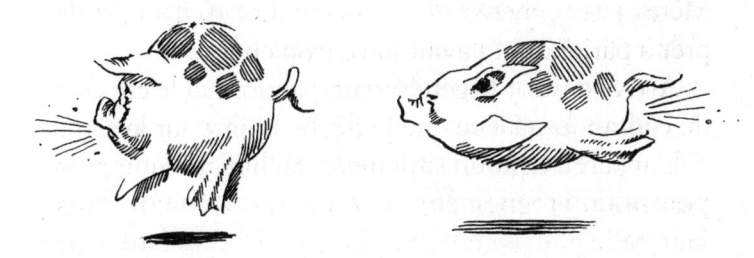

Les Porcs Voltigeurs viennent du monde gazeux de Jupiter, où ils sillonnent les couches supérieures de l'atmosphère pour avaler les insectes et les plantes en suspension. Mais ils sont comme chez eux à Larklight, où ils sillonnent nos appartements pour aspirer les miettes et les moutons de poussière qui se promènent. Ils ressemblent à des cochons, sauf qu'ils sont mauves, environ de la taille d'une bouillotte et, au lieu d'avoir des pattes, ils ont des nageoires qui leur servent à se mouvoir. Ils se propulsent dans l'air grâce à une méthode que Myrtle m'interdit de mentionner car elle trouve ça vulgaire, alors je ne dirai rien, mais si vous étudiez attentivement le dessin qui précède, je pense que vous comprendrez.

L'odeur d'œuf pourri des exhalaisons des Porcs Voltigeurs était encore perceptible quand je me réveillai le lendemain matin. Il faisait froid dans ma chambre, comme toujours, car ce côté de la maison tourne le dos au soleil durant la nuit. Je restai blotti sous ma courtepointe pendant un instant en essayant de ne pas penser que je devais me lever. Puis ça me revint : c'était aujourd'hui qu'arrivait Mr Webster ! Je jaillis de mon lit et tentai de voler jusqu'au lavabo dans le coin de ma chambre, en oubliant que j'avais rebranché le générateur de pesanteur avant de me coucher la veille au soir.

Allongé par terre, sonné par ma chute, je levai les yeux vers les fenêtres. Mes rideaux ont été un peu grignotés par les mites de l'espace et à travers les trous, j'apercevais habituellement la nuit noire de l'éther. Mais ce matin, l'obscurité avait cédé la place à une blancheur terne et grisâtre.

J'ouvris les rideaux et contemplai… le néant.

J'avais entendu parler du brouillard, j'avais lu sa description chez sir Walter Scott, notamment. Mais je n'avais jamais entendu parler de brouillard dans l'espace ! Je soulevai la fenêtre et tendis la main pour le toucher. Il était élastique, un peu collant aussi. Impossible d'y enfoncer les doigts. J'étais sûr que le brouillard décrit par sir Walter Scott ne ressemblait pas à ça.

Devinant qu'il s'était passé une chose étrange, je m'habillai en toute hâte et m'empressai de monter dans la chambre de Myrtle. Elle était réveillée et s'apprêtait à briser la glace dans son lavabo avec un petit marteau à caramel lorsque je fis irruption. Ses rideaux étant en meilleur état que les miens (elle reprise tous les trous), Myrtle n'avait pas remarqué la présence de ce mystérieux brouillard. Quand je lui annonçai la nouvelle, elle s'exclama :

— N'importe quoi ! On n'a jamais entendu parler de brouillard dans l'espace !

Puis elle ajouta :

— Tu pourrais frapper avant d'entrer, espèce de malotru !

J'écartai les rideaux d'un geste triomphant et bien évidemment, la fenêtre de Myrtle donnait sur les mêmes volutes blanches et spectrales que la mienne. Seule différence, sa chambre était déjà orientée face au soleil et le brouillard luisait d'un éclat nacré. C'était très joli mais, alors que nous admirions le tableau, quelque chose le traversa en projetant une grande ombre hérissée de piquants.

— Aaaaaaaaaaaaaah ! s'écria Myrtle en faisant un bond en arrière.

J'avais envie de crier « Aaaaaah ! » moi aussi mais, en voyant Myrtle si effrayée, je me souvins que j'étais britannique et que je devais être courageux. Je sortis mon canif que je garde toujours dans ma poche, avec un mouchoir propre et une boîte d'allumettes. J'ouvris la fenêtre et me penchai au-dehors pour planter la lame dans le brouillard. C'était un peu comme couper un tapis en laine. J'essayai de le scier, pendant que Myrtle sautillait nerveusement d'un pied sur l'autre derrière moi en lançant parfois des : « Art, fais attention ! » ou bien « Alors, qu'est-ce qui se passe ? »

Finalement, je parvins à découper un trou triangulaire d'environ cinq centimètres de côté. Je glissai le triangle de brouillard dans ma poche et collai mon œil à l'orifice.

Habituellement, de la fenêtre de Myrtle, on domine le toit de la tourelle où se trouve ma chambre et en dessous (ou est-ce au-dessus ?) tous les toits et toutes les fenêtres des principales pièces habitées. Mais aujourd'hui, la maison était totalement enveloppée, telle une momie égyptienne, par l'enchevêtrement des épais filaments blancs que formait cette substance poisseuse et opaque. Et sur ces filaments s'agitaient des créatures occupées à filer et à tisser...

– Des araignées ! m'écriai-je en me jetant précipitamment en arrière.

– C'est horrible ! s'exclama Myrtle qui déteste presque toutes les espèces rampantes (bien qu'elle ait un faible pour les cloportes). Art, il faut que tu nous en débarrasses ! Vite, arme-toi d'un journal solidement roulé…

Sur ce, elle me fourra dans la main un exemplaire du *Times*. Je n'eus pas le cœur de lui avouer que les araignées que je venais de voir étaient grosses comme des éléphants, avec des pattes qui ressemblaient à des troncs d'arbre.

– Je vais chercher Père, déclarai-je vaillamment, en refermant bien la fenêtre. Reste ici, Myrtle, et essaie d'être courageuse.

Je ressortis calmement, avant de me précipiter vers la chambre de mon père à l'autre bout du palier. Il me sembla entendre des sortes de raclements sur le toit au-dessus de ma tête, ce qui me fit courir encore plus vite. J'étais dans un tel état de frayeur en arrivant devant la porte de Père que je faillis oublier de frapper avant d'entrer.

Père était déjà levé ; il se tenait devant la fenêtre obstruée par le brouillard d'araignée, en chemise de nuit et robe de chambre.

– Art ! s'exclama-t-il. Que se passe-t-il ?

J'étais trop essoufflé pour répondre immédiatement et, le temps que je reprenne mon souffle, j'entendis retentir la sonnette de la porte d'entrée, puis le pas lourd d'un autodomestique qui allait ouvrir.

– Il ne faut pas ouvrir, Père ! m'écriai-je.

– Tu n'as pas à t'inquiéter, Art, promit-il en m'écartant pour sortir sur le palier. Je pense qu'il s'agit simplement de Mr Webster. Il est en avance, voilà tout.

Je suppose que toute cette vapeur au-dehors est due au mélange chimique de son vaisseau ; c'est une brume provenant de l'espace alchimique, sans aucun doute. Fascinant...

– Ce n'est pas de la brume, Père. C'est une toile d'araignée ! me lamentai-je, mais Père s'éloignait déjà précipitamment en direction de son *dressing-room*. C'est...

Un domestique, l'automajordome en forme de chaudière que nous appelions Raleigh, monta l'escalier en frappant du pied et sa tête en fer-blanc, semblable à un champignon, pivota pour s'adresser à moi.

– Un certain Mr Webster souhaite voir votre père, monsieur Arthur.

Je m'empressai de le rejoindre au sommet de l'escalier et jetai un coup d'œil en bas dans le hall. La porte d'entrée était ouverte. C'est alors que je vis une patte énorme, aux multiples articulations, avancer à l'intérieur, suivie d'une autre. Les pattes blanches semblaient avoir été sculptées dans de l'os poli.

– Père ! hurlai-je.

– Oui, oui, Arthur, répondit-il de l'intérieur du *dressing-room*. J'arrive tout de suite. Demande à notre visiteur de bien vouloir attendre dans le petit salon. Peut-être souhaite-t-il se joindre à nous pour le petit déjeuner.

En bas, dans le hall, la monstrueuse araignée parvint à faire passer la boule blanche de son corps, hérissée de piquants, dans l'encadrement de la porte, avec un léger raclement. Sur le devant, un bouquet d'yeux noirs luisait comme une grappe de raisins mouillée. Au-dessus, un chapeau melon marron râpé reposait en équilibre sur l'épine dorsale. En dessous, une bouche velue s'agitait de manière convulsive. La bestiole se redressa et vit que je la regardais d'en haut.

– Je m'appelle Webster, dit-elle en soulevant son chapeau avec une pince énorme. Je suis attendu.

Il s'exprimait de manière assez vulgaire et ne paraissait pas très sympathique. Je regardai le journal que m'avait donné Myrtle. C'était un bon journal épais, mais je doutais qu'il soit très efficace contre Mr Webster. Je le lançai dans un coin et m'adressai à Raleigh :

– Jetez-le dehors !

Puis je m'écriai de nouveau :

– Père !

– Ah, au diable ces boutons de col !

La voix de Père résonna par la porte entrouverte du *dressing-room*.

Planté au sommet de l'escalier, j'attendais avec espoir, tandis que Raleigh redescendait d'un pas lourd avec des grincements et des bruits de ferraille, jusqu'à ce que le cylindre de cire contenant la phrase appropriée se mette en place.

– Pardonnez-moi, monsieur, dit-il. Je suis au regret de vous demander de bien vouloir partir…

Au même moment, la pesanteur s'arrêta. Le générateur était-il tombé en panne une fois de plus ou est-ce qu'une araignée fureteuse était descendue dans la chaudière pour placer le curseur sur zéro ? Accroché à la rampe, je regardai, impuissant, Raleigh rebondir dans les airs comme un gros ballon en métal. Un coup de la patte avant griffue de Mr Webster le projeta contre le mur : sa tête se décrocha et tournoya lentement dans le vide. Mr Webster s'avança dans le hall en pulvérisant le porte-chapeaux, transformé en une gerbe d'éclats de bois. Ses yeux noirs, où brillait une étincelle de triomphe, restaient fixés sur moi.

– Emparez-vous d'eux, les gars ! dit-il.

D'autres araignées blanches, plus petites que Mr Webster, mais encore trop grandes, beaucoup trop grandes, envahirent la maison. L'absence de pesanteur ne semblait pas les gêner ; elles étaient habituées à grimper le long des murs et au plafond. Elles se faufilèrent entre les arches formées par les pattes de leur maître pour foncer vers l'escalier. Je me dirigeai vers le *dressing-room* en battant des bras et en appelant

Père. Celui-ci apparut sur le palier en flottant dans les airs, jambes nues, les pans de sa chemise flottant derrière lui et le col à moitié mis.

– Ça alors ! s'exclama-t-il en regardant derrière moi la grosse araignée qui, négligeant l'escalier, avait préféré escalader le mur en plantant ses griffes dans le papier peint. Quel animal magnifique ! Inconnue de la science, si je ne m'abuse. Vite, Art, va me chercher mon filet et mon plus gros bocal…

– Mr Webster est une araignée ! m'écriai-je. Et il y en a un tas d'autres en bas !

– Allons, allons, Art, fit Père d'un ton réprobateur en ajustant ses lunettes pour examiner la bestiole qui rampait vers nous au plafond. Il ne s'agit pas d'une araignée. Certes, il existe une ressemblance générale, mais tu remarqueras qu'elle possède au moins douze pattes, alors que notre *arachnidae* terrestre n'en a que huit…

Il n'eut pas le temps d'en dire plus car, à cet instant, la créature se jeta sur lui. Je lui décochai quelques coups de pied, mais elle s'en aperçut à peine. Sa seule réaction fut de détendre une de ses douze pattes pour m'envoyer valdinguer sur le palier jusqu'en haut de l'escalier. D'autres araignées arrivaient ; je voyais danser leurs ombres noires et grêles dans la lumière. J'entendis Père qui criait :

– Arthur, mon garçon, veille sur ta sœur ! Protège Myrtle. Je…

Sa voix fut étouffée par le silence.

Je me retournai. L'araignée géante avait attiré Père dans la cage de ses pattes et le faisait tournoyer comme un fuseau de métier à tisser en l'enveloppant de la tête aux pieds de ce même linceul blanc qui avait aveuglé toutes les fenêtres de Larklight.

– Père ! hurlai-je, mais je ne pouvais rien faire, à part obéir à son ordre.

Me propulsant avec les bras et les jambes, je rebroussai chemin. Derrière moi, le palier était maintenant envahi par les ombres squelettiques et mouvantes des araignées. Devant, nos Porcs Voltigeurs se déplaçaient maladroitement, dans une mêlée de derrières roses et de queues en tire-bouchon, en poussant des couinements pathétiques. Sans doute avaient-ils senti l'arrivée des envahisseurs et, pris de panique, ils s'étaient échappés de leur niche. Ils s'engouffrèrent dans un conduit d'aération pour chercher le refuge de l'obscurité. J'avoue que j'aurais bien aimé m'y cacher moi aussi, mais j'avais promis de sauver Myrtle, alors je continuai d'avancer en nageant dans le vide.

Devant l'armoire à linge, je vis deux domestiques qui flottaient en se débattant avec les couvertures qu'elles étaient sans doute en train de plier quand la pesanteur s'était arrêtée.

– Des araignées ! leur criai-je. La poussière ! Enlevez-moi toutes ces toiles d'araignée !

Je savais bien qu'elles ne pouvaient pas stopper les envahisseurs, mais j'espérais qu'elles pourraient au moins les ralentir. Tandis qu'elles brandissaient leur balai et leur plumeau, obéissantes, et se tournaient pour faire face aux araignées, j'agrippai la cimaise et m'en servis pour me hisser jusqu'à la porte de la chambre de Myrtle.

– Pour l'amour du ciel, Art, frappe avant d'entrer ! Combien de fois faudra-t-il que je te le dise ? Ce n'est pourtant pas compliqué !

Au même moment, un énorme fracas et des bruits métalliques résonnèrent sur le palier. J'en déduisis que les araignées venaient de terrasser les domestiques que j'avais dressées sur leur route.

– Quel est ce vacarme épouvantable ? demanda Myrtle. Tu as remarqué, je suppose, que le générateur est encore tombé en panne. Où est Père ?

C'est alors que je pris conscience que notre père était certainement mort ; les araignées l'avaient dévoré, et elles nous dévoreraient nous aussi si on ne s'enfuyait pas.

Je pris Myrtle par la main.

– Nous devons atteindre les canots de sauvetage, dis-je en la traînant vers la porte. Je crains qu'il soit arrivé une chose assez désagréable.

CHAPITRE TROIS

CONSIGNES DE SÉCURITÉ À BORD DU CANOT DAEDALUS

Fig 1. Libérer ainsi le système de verrouillage.

Fig 2. Embarquer de manière disciplinée les femmes et les enfants d'abord.

Fig 3. Abaisser fermement le levier de lancement et le tirer brutalement vers le sud.

Fig 4. Des passages de la Bible pourront être lus pour redonner du courage ou jusqu'à ce qu'il n'y ait plus d'air.

OÙ NOUS RÉUSSISSONS À NOUS ENFUIR,
POUR NOUS RETROUVER À LA DÉRIVE
DANS L'ESPACE INDIFFÉRENT.

Il me fallut plus de temps que je l'avais espéré pour aller chercher Myrtle dans sa chambre car elle insista pour mettre des vêtements propres et une brosse à cheveux dans son petit sac en tapisserie, puis elle retourna chercher son journal intime, dans lequel elle griffonne en permanence, ainsi que son précieux médaillon que lui a donné notre mère, et à l'intérieur duquel se trouve son portrait. Alors que je l'attendais sur le seuil de la chambre, j'entendais ces épouvantables araignées qui cavalaient sur le palier et maltraitaient les débris de nos autodomestiques, et je compris que ces sales bestioles n'étaient pas toutes aussi intelligentes que Mr Webster. Elles devaient s'imaginer que les automates étaient des créatures vivantes protégées par des armures et elles cherchaient de la chair sous l'enveloppe en métal ! Heureusement, d'ailleurs, car sinon elles se seraient jetées sur nous bien avant que Myrtle soit prête.

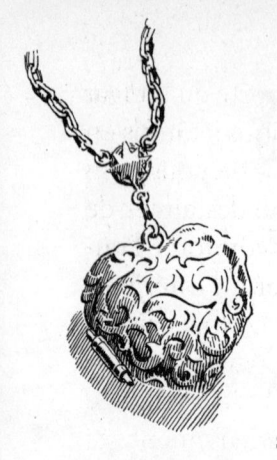

Évidemment, il n'était pas question de repasser devant elles et de traverser le couloir, le plus court chemin pour accéder au hangar. Coup de chance, j'avais passé de nombreuses heures à explorer les coins et les recoins de Larklight et je connaissais un autre chemin. J'ouvris une petite porte située en face de la chambre de Myrtle et nous gravîmes quatre à quatre les marches en bois d'un escalier en colimaçon, envahi par les toiles d'authentiques araignées bien de chez nous.

Myrtle ne cessa de se plaindre jusqu'en haut.

– Qu'est-ce qu'on fabrique dans cet endroit effroyable ? Que s'est-il passé, Art ? Où est Père ?

Je n'avais pas le temps de lui fournir un début d'explication, alors je ne dis rien et je la tins fermement par la main. L'escalier nous conduisit dans la bibliothèque. Là, il y avait un autre escalier, tout au fond, qui nous mènerait presque jusqu'à la porte du hangar mais, alors que nous nous en approchions à tâtons en longeant les rayonnages de livres, Myrtle poussa un cri strident. Je levai la tête et vis une des amies de Mr Webster courir au plafond après avoir forcé l'ouverture d'une lucarne pour se faufiler à l'intérieur. Elle essaya de fondre sur nous, mais je connaissais ses ruses après ce qui était arrivé à notre pauvre père et je poussai Myrtle sur le côté avec vigueur. L'araignée dégringola près de nous en agitant furieusement ses longues pattes, alors je saisis un épais volume de journaux reliés qui se trouvait sur une étagère à proximité et frappai de toutes mes forces sur sa tête couverte de piquants.

– Unk ! grogna-t-elle.

Puis elle battit en retraite en repliant ses pattes.

Alors que j'entraînais Myrtle vers l'escalier, je remarquai que l'ouvrage que j'avais choisi était une collection d'anciens numéros du *Times*. Je me dis que ma sœur avait eu raison quand elle m'avait conseillé de m'armer d'un journal.

Nous ne croisâmes pas d'autres araignées en dévalant l'escalier jusqu'au hangar. Nous connaissions bien les canots de sauvetage car Père nous avait entraînés à les utiliser au cas où un incendie se produirait à Larklight. Les engins en forme d'obus reposaient sur des plaques à ressorts au milieu du hangar obscur. Nous jetâmes des regards inquiets autour de nous pour vérifier qu'il n'y avait pas d'araignées avant de soulever le panneau d'écoutille du canot le plus proche et de nous glisser à l'intérieur.

– On n'attend pas Père ? demanda Myrtle, mais elle me regardait avec gravité en disant cela, comme si elle connaissait déjà la réponse.

Je secouai la tête.

– Ces horribles créatures étaient nombreuses ?

Je hochai la tête.

– Elles l'ont dévoré ? murmura Myrtle.

Je haussai les épaules et la repoussai quand elle essaya de s'accrocher à moi en gémissant :

– Mon pauvre Art ! Nous voilà orphelins !

Je ne savais qu'une chose : Père m'avait chargé de protéger Myrtle et je manquerais à mon devoir si je demeurais un instant de plus dans cette maison infestée d'araignées. Je m'attachai à un des sièges en cuir bosselés du canot et vérifiai que ma sœur en faisait autant avant de tirer sur le levier portant la mention « Lancement ».

Il y avait à l'avant de l'engin une petite vitre en cristal de Mars renforcé, à travers laquelle je vis coulisser la porte du hangar. Alors que je m'attendais à découvrir l'espace et les étoiles, tout était blanc derrière la porte. Dans la précipitation, j'avais oublié que Larklight était entièrement enveloppé de toiles d'araignée ! Mais trop tard pour annuler le lancement. Un mécanisme se mit à grincer quelque part sous nos fesses, faisant trembler notre petit vaisseau. Soudain, le grand ressort tendu sous la plaque de lancement se libéra et nous fûmes plaqués au fond de nos sièges lorsque le canot de sauvetage fut propulsé à l'extérieur telle une balle qui jaillit du canon d'une arme à feu. Les toiles d'araignée n'offrirent qu'une faible résistance au moment de l'impact, puis elles cédèrent avec un petit bruit de tissu qui se déchire et nous les traversâmes pour nous éloigner de Larklight au milieu d'un flot de filaments arrachés.

J'ôtai mes sangles et rampai jusqu'à la petite vitre arrière. De là, je pus apercevoir pour la dernière fois, j'en étais persuadé, notre maison. Larklight n'était déjà plus qu'une boule blanche et irrégulière de toiles d'araignée qui flottait dans l'espace, attachée par des écheveaux de soie à un étrange vaisseau noir en suspension dans l'éther.

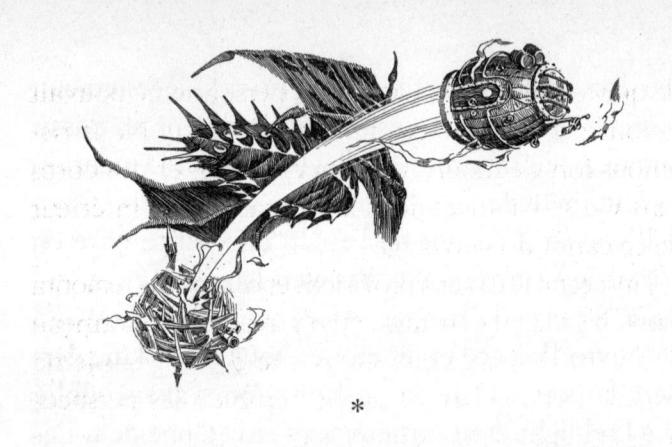

Je ne sais pas si vous êtes déjà monté à bord d'un canot de sauvetage. Je peux juste vous dire que c'est plus agréable que de se retrouver pris au piège dans une maison ensevelie sous les toiles d'araignée et envahie par des créatures de l'espace affamées. Mais c'est à peu près le seul avantage. L'habitacle est exigu, la vue monotone et, comme il n'y a pas suffisamment de place à bord d'un si petit vaisseau pour effectuer un mariage chimique, vous vous retrouvez propulsé dans l'espace uniquement grâce à l'élan fourni par le ressort de lancement.

– Qu'est-ce qu'on va devenir, maintenant ? demanda Myrtle.

– On doit attendre que quelqu'un nous récupère.

– Ça va être long ?

– Plusieurs heures, je suppose.

Mais alors que je prononçais ces paroles, une pensée désagréable me traversa l'esprit. Nous n'avions pas eu le temps de larguer des fusées de détresse avant de quitter Larklight. De ce fait, personne ne pouvait savoir que nous dérivions dans l'espace. Nous risquions fort de mourir de faim et de soif et nos corps sans vie se balanceraient à tout jamais à l'intérieur de ce canot de sauvetage !

J'inspectai le casier à provisions et cela ne me remonta pas le moral, au contraire : il n'y avait qu'un tonneau d'eau, une boîte de biscuits et une Bible. Mais je ne voulais pas que Myrtle sache combien les perspectives étaient sombres, alors je dis :

– Je suis sûr que quelqu'un aura vu ce grand navire noir approcher de Larklight. Je parie que la Royal Navy enverra une canonnière pour enquêter. Si ça se trouve, ils sont déjà en chemin.

Très vite, nous commençâmes à respirer difficilement à l'intérieur de notre minuscule engin en forme d'obus car, même si nous disposions d'une petite réserve de glace de comète et d'un appareil pour la transformer en air, je ne voulais pas l'utiliser avant que nous ayons épuisé la totalité de l'air disponible au départ. J'avais le sentiment que plusieurs jours, voire des semaines, pouvaient s'écouler avant qu'un bateau de passage nous aperçoive.

Il faisait également beaucoup trop chaud. Il faut dire que nous dérivions en plein dans la lumière du soleil, dont l'éclat aveuglant entrait par les vitres. Heureusement, il y avait à bord des lunettes noires que nous chaussâmes pour nous protéger des rayons aveuglants, mais nous ne pouvions rien faire contre la chaleur. J'ôtai ma veste et déboutonnai ma chemise, mais Myrtle jugeait inconvenant d'enlever sa robe en serge marron, aussi avait-elle de plus en plus chaud et était-elle de plus en plus irritable à mesure que les heures passaient. Enfin, elle s'endormit et je pus réfléchir à certaines questions qui me tracassaient depuis que nous avions quitté Larklight.

Premièrement, d'où venaient ces énormes araignées ? Je n'en avais jamais vu de semblables dans mes manuels scolaires ni dans les grosses encyclopédies qui se trouvaient dans la bibliothèque de Père. Et comment leur bateau noir était-il arrivé à Larklight ? Car tout le monde sait que seule notre École royale des alchimistes détient le secret du processus baptisé mariage chimique qui permet à nos éthernavires de voyager d'un monde à l'autre. Évidemment, les Français, les Russes et ces rebelles d'Américains ont souvent tenté de s'en emparer, ils ont même construit quelques navires miteux, mais voilà des siècles qu'aucune race extraterrestre n'est plus capable de naviguer entre les mondes.

Cela me fit penser aux légendes que le capitaine Cook et d'autres pionniers du voyage dans l'espace entendaient raconter par les indigènes de Mars et d'Io, des histoires de grands navires extrasolaires appelés des Starjammers, dotés d'ailes aussi larges et blanches que des lunes, qui sillonnaient inlassablement la Voie lactée et visitaient les mondes de notre cher Soleil tous les millénaires environ. Se pouvait-il que ces araignées proviennent d'un tel vaisseau ? Constituaient-elles l'avant-garde d'une redoutable invasion venue d'au-delà des étoiles ? Si ça se trouve, tout le système solaire était déjà pris dans leurs toiles !

Je m'obligeai à me calmer et à chasser ces pensées idiotes. L'Astronome royal, dans son observatoire sur Europa, aurait certainement repéré un Starjammer bien avant que celui-ci franchisse les orbites des mondes les plus reculés, et la Royal Navy réagirait avec fermeté face à une flotte d'envahisseurs. D'ailleurs, Père m'avait expliqué que ces vieilles histoires n'étaient que des superstitions stupides ; les civilisations des Martiens et des Ioniens étaient en plein déclin et elles avaient inventé ces histoires de voyageurs venus d'autres étoiles pour justifier les ruines que leurs propres ancêtres avaient laissées derrière eux.

Selon toute vraisemblance, pensai-je, cet éther-navire noir avait appartenu au véritable Mr Webster, le gentleman que nous attendions, mais il avait été attaqué et pris par les araignées alors qu'il faisait route vers Larklight. Je frémis en songeant au terrible sort qui avait été réservé à Mr Webster et à son équipage entre les mains (je devrais plutôt dire, les pattes) de cette énorme araignée qui avait usurpé son nom. Je me jurai d'informer les autorités dès que nous aurions été sauvés, avant toute chose.

Ayant pris cette décision, je commençai à m'assoupir et, comme Myrtle, je plongeai dans un sommeil agité où d'immenses ombres grêles ne cessaient de traverser mes rêves en galopant.

Je fus réveillé par ma sœur qui me donnait des coups de coude dans les côtes. Elle montra le hublot avant qui, constatai-je dans un demi-sommeil, n'était plus envahi par les champs d'étoiles de l'éther infini, mais par un tas de montagnes blanches pointues qui semblaient se rapprocher de plus en plus.

– Art ! s'écria Myrtle en me secouant pour essayer de chasser de mon esprit les vestiges de sommeil. J'exige que tu te réveilles et que tu fasses quelque chose ! Je crois que nous sommes sur le point de nous écraser sur la Lune !

CHAPITRE QUATRE

> 11 AOÛT 1703
> GRAND
> LANCEMENT
> DU CÉLÈBRE
> SPATIONAVIRE DU
> CAPITAINE FROBISHER,
> **LE MERCURY**
> EN PRÉSENCE DE
> SA MAJESTÉ, LA REINE ANNE
> QUE DIEU PROTÈGE LA REINE
> ET LE CAPITAINE FROBISHER !

COMMENT NOUS ARRIVÂMES SUR LA LUNE
ET CE QUI NOUS Y ATTENDAIT.

Depuis que le monde est monde, les gens lèvent la tête vers la Lune en se demandant quels secrets elle renferme. Toutes sortes de fantasmes et de théories ont entouré ses mers brillantes, ses montagnes éclatantes et les êtres sages et merveilleux qui y vivaient peut-être. Mais en 1703, quand l'éther-navire expérimental *Mercury* se posa pour la première fois dans la Baie de la Reine Anne, et quand le capitaine Frobisher et sa joyeuse bande débarquèrent pour planter le drapeau britannique sur ces sables blancs, ils découvrirent que la Lune était en réalité une sorte de décharge. Les mers, qui paraissaient si séduisantes quand on les observait à travers des télescopes depuis l'Angleterre lointaine, étaient de sinistres étendues de sel. Les seules plantes étaient des champignons insipides qui avaient un goût de carton et poussaient dans de vastes bosquets silencieux. Les habitants étaient eux aussi des champignons, mais d'un genre différent. Ils vivaient dans les coquilles vides d'escargots de Lune géants et étaient si primitifs qu'ils ne montrèrent aucune espèce d'intérêt pour les nouveaux arrivants.

Depuis, les choses se sont un peu améliorées sur la Lune. Des mines ont été creusées dans les collines à l'ouest de Port George et, non loin de là, au Mont Effroyable, une colonie de détenus a été installée. Ces criminels, exilés d'Angleterre pour avoir volé des moutons ou brisé des machines, ont vite regretté d'avoir suivi un mauvais chemin après quelques années de dur labeur dans cet air raréfié, et il se peut que leurs descendants peuplent un jour toute la surface de la Lune.

Hélas, hormis les mineurs, les champignons et les détenus, aucune personne de qualité ne choisit de s'installer sur la Lune, ni même de la visiter, si bien que de vastes étendues demeurent inexplorées. C'est dans une de ces régions que Myrtle et moi nous écrasâmes en dévalant le flanc escarpé et accidenté d'une montagne dans notre canot de sauvetage, pour finalement nous immobiliser au fond d'un profond cratère rempli de sable blanc et fin.

Heureusement, la pesanteur est si légère sur la Lune que nous ne fûmes pas blessés. Mais, en soulevant le panneau d'écoutille de notre engin pour regarder à l'extérieur, je compris que nos aventures n'étaient pas terminées. À vrai dire, elles ne faisaient peut-être que commencer.

Nous avions atterri quelque part sur la frontière qui sépare les faces visible et cachée de la Lune. Quand je regardais dans une direction, je voyais le Soleil éclairer brillamment une chaîne de collines blanches alors que, de l'autre côté, tout était plongé dans une nuit obscure. Le cratère au fond duquel notre canot de sauvetage s'était posé baignait dans un crépuscule perpétuel.

Après avoir récupéré le sac en tapisserie de Myrtle et tout ce que nous pouvions emporter de nos maigres réserves de vivres et d'eau, nous commençâmes à marcher vers le soleil, tout en sachant l'un et l'autre qu'il n'y avait peut-être aucune habitation humaine sur plusieurs centaines de kilomètres.

À cause de l'air raréfié, nous avions du mal à remplir nos poumons, c'est pourquoi nous parlions peu ; et marcher dans le sable se révélait pénible, c'était comme progresser dans la neige, à en croire Myrtle qui avait rendu visite à notre grand-tante Euphemia sur Terre, une fois, et qui n'arrêtait pas d'en parler depuis.

Heureusement, comme je l'ai dit, la pesanteur bienveillante nous permettait de parcourir six ou sept mètres à chaque pas, ce qui facilitait notre progression.

Parfois, nous traversions des bosquets de champignons blancs et maigrelets, semblables à des fantômes d'immenses coulemelles. Sur les faces ombragées des rochers poussaient des bouquets de vesses-de-loup lunaires et je recommandai à Myrtle de les éviter, ayant lu quelque part qu'elles avaient explosé au visage d'infortunés explorateurs et rempli leur tête de spores, qui avaient pris racine dans leur cerveau et donné naissance à des vesses-de-loup qui étaient ressorties par leurs yeux et leurs oreilles. («C'est absolument dégoûtant et je n'en crois pas un mot», répondit Myrtle, mais je remarquai qu'elle faisait de grands détours pour éviter les bouquets de vesses-de-loup par la suite.)

Nous avancions en faisant des bonds depuis une heure environ lorsque nous vîmes quelque chose bouger au sommet d'une colline, devant nous, et en nous en rapprochant, nous identifiâmes un groupe d'escargots de Lune géants. Ils se déplaçaient plus ou moins en troupeau, en laissant derrière eux des filets de bave ; leurs grosses coquilles mauves se balançaient et frottaient les unes contre les autres. Ils étaient accompagnés d'un champignon qui semblait faire office de berger, si je puis dire.

Myrtle, étant l'aînée, décida de prendre les choses en main. Elle bondit jusqu'aux escargots et dit d'une voix forte et claire :

— Excusez-moi, mon brave champignon, nous avons fait naufrage sur cette horrible planète. Veuillez nous indiquer où se trouve la résidence du gouverneur britannique.

Le champignon inclina devant elle sa large tête à pois et deux yeux noirs et tristes s'ouvrirent sous ses lamelles. Il s'agita et dit quelque chose en employant le langage de la Lune, qui ressemblait à un murmure ou à un soupir.

— C'est fort contrariant ! s'exclama Myrtle. Il ne parle pas anglais. Sans doute n'a-t-il jamais vu un être humain avant aujourd'hui. Je... Aaaaahh !

Elle fit un bond en arrière, d'au moins douze mètres.

L'homme-champignon avait tendu vers elle une de ses petites mains blanches pour toucher son médaillon qu'il avait sans doute vu scintiller dans l'éclat du soleil.

– Mais visiblement, il connaît la valeur de l'or ! s'exclama ma sœur en remettant de l'ordre dans sa tenue et en époussetant le sable sur sa robe. Tu as vu ça, Art ? Il a essayé de me détrousser !

– Je pense que c'était juste de la curiosité, dis-je.

J'avais de la peine pour l'homme-champignon qui, effrayé par les cris stridents de ma sœur, était devenu bleu pâle et avait refermé son chapeau comme un parapluie qu'on replie. Au bout d'un moment, il me jeta un regard furtif par en dessous et fit de petits gestes circulaires avec ses mains, sans cesser de chuchoter dans son étrange langage. On aurait dit qu'il essayait de me mettre en garde contre quelque chose, mais je ne comprenais pas de quoi il pouvait s'agir. Myrtle était déjà repartie d'un pas hautain vers les collines ensoleillées et je savais que je devais la suivre.

– Désolé ! lançai-je au champignon.

Je me retournai vers lui alors que je bondissais à la poursuite de ma sœur. Il continuait à faire des signes en appuyant ses mains sur sa tige, là où se serait trouvée sa gorge s'il en avait eu une. Je trouvai qu'il avait l'air triste.

Quand je rejoignis ma sœur, elle s'était arrêtée au sommet d'un promontoire de roche lunaire dentelé.

– Tu as été très grossière, déclarai-je. Père dit toujours que nous devons être polis avec les créatures sensibles, même si ce ne sont que des champignons. Il dit qu'un gentleman ne doit pas avoir de préjugés…

– Regarde !

Telle fut la réponse de Myrtle.

Je tournai la tête et vis immédiatement pourquoi elle s'était arrêtée à cet endroit. Au-delà de l'avancée rocheuse sur laquelle nous nous tenions s'étendait une plaine parsemée de grandes tours de pierre usées par le vent et, entre ces tours, empilés pêle-mêle, se dressait une énorme quantité de pots blancs. Tous plus grands que Myrtle et plus ou moins de forme sphérique. Autre particularité : ils étaient tous brisés, soit complètement fendus en deux, entourés d'éclats et de petits morceaux, ou simplement percés d'un petit trou sombre vers le haut. Les débris crissaient sous nos pieds tandis que nous descendions la pente de la colline, en regardant d'un air hébété ces monticules de pots autour de nous. Il y en avait au moins dix mille. Qui les avait fabriqués ? D'où venaient-ils ? Oubliant ma fatigue et ma peur, je me voyais déjà devenir célèbre pour cette découverte majeure : Arthur Mumby, premier explorateur de la Plaine des Pots !

– Oh, regarde ! s'écria de nouveau Myrtle en pointant le doigt.

Au fond d'un des pots les plus proches, dont il ne restait plus qu'une sorte de bol de couleur pâle, étaient éparpillés quelques os blancs.

– Il s'agit sans doute d'une urne funéraire, commentai-je. Je suppose qu'il y a fort longtemps, les défunts d'une grande race lunaire vaincue ont été inhumés dans ces récipients. Je me demande qui étaient ces individus. Certainement pas les ancêtres de notre ami champignon, c'est sûr. Les champignons n'ont pas d'os.

– Ni de boutons, ajouta Myrtle d'un ton nerveux.

Elle montra un objet au milieu des ossements. Je me penchai pour le ramasser. Elle avait raison : c'était un bouton en cuivre avec un dessin en relief représentant une ancre de marine autour de laquelle s'enroulait une corde.

– L'expédition MacCallister ! hoquetai-je. Ils sont partis de Port George pour explorer la face cachée de la Lune dans les années 1780. Ils ne sont jamais revenus et nul n'a jamais su ce qu'ils étaient devenus. L'un de ces marins a dû échouer ici…

Mais, alors que je prononçais ces paroles, j'éprouvai ce sentiment vertigineux qui s'empare de vous lorsqu'une de vos théories fétiches s'effondre, car comment un des hommes du capitaine MacCallister avait-il pu être inhumé dans une urne funéraire antique d'origine inconnue ?

– Pas juste l'un d'entre eux, murmura Myrtle, frappée d'effroi. Il y a des ossements dans ce pot également !

J'inspectai une autre urne, puis une autre. Encore des os, encore des boutons, et une épée rouillée. Les urnes elles-mêmes étaient faites dans une matière que je n'arrivais pas à identifier : ce n'était ni de la porcelaine ni de l'argile, mais tout aussi dur et brillant. Dans certaines, il n'y avait aucun ossement. Dans l'une d'elles, je découvris la coquille d'un jeune escargot de Lune qui s'effritait.

– Oh, Art, soupira Myrtle en tripotant le médaillon qui brillait autour de son cou dans l'éclat du soleil. Quel est cet endroit effrayant ?

Soudain, il se produisit un bourdonnement, un son tourbillonnant, un bruissement. Je levai la tête. Rien ne bougeait. Les étoiles brillaient d'une lumière vive et froide au-dessus de ma Plaine des Pots et le vent lunaire faisait voltiger de petits drapeaux de poussière au sommet des tours de pierre. Je me retournai vers Myrtle pour lui dire que nous devions partir rapidement d'ici. Mais elle avait disparu.

– Myrtle !

Je ne comprenais pas où elle avait bien pu passer étant donné que j'avais tourné la tête juste quelques secondes. Je la cherchai au milieu des pots les plus proches, et même à l'intérieur, mais je ne trouvai que des ossements. Je me mis à courir, en criant :

– Myrtle ! Myrtle !

Sur la Lune, vous pouvez parcourir rapidement une longue distance. À chaque appui, je faisais un saut de vingt mètres et, chaque fois que je retombais, je brisais une urne en mille morceaux et la réduisais en poussière. Dans l'une d'elles, je découvris un squelette plus récent que les autres ; des lambeaux de peau et de vêtements étaient encore accrochés aux os. Les chevilles étaient entravées par des fers rouillés. Ce pauvre individu était sans doute un détenu évadé de la colonie du Mont Effroyable, mais comment s'était-il retrouvé dans cette urne ?

La réponse me parvint d'en haut, dans un battement et un vrombissement d'ailes grises. J'eus le temps d'entrapercevoir un énorme corps velu, des yeux à facettes et une langue qui se déroulait comme le ressort d'une montre cassée. Puis quelque chose me piqua dans le cou et je sombrai dans les ténèbres.

CHAPITRE CINQ

OÙ NOUS NOUS RETROUVONS EMPRISONNÉS
DANS LA PLAINE DES POTS ET CONFRONTÉS
À UN DESTIN SINISTRE (UNE FOIS DE PLUS).

Lorsque je revins à moi, j'étais toujours dans l'obscurité et incapable de bouger. J'étais allongé sur une surface dure et inconfortable qui semblait s'incurver vers le haut au-dessus de mon visage et s'incurver sous moi également, comme une boule ou…

Saisi d'une terrible bouffée de lucidité, je compris que je me trouvais à l'intérieur d'une des urnes de la Plaine des Pots ! Quelqu'un, ou quelque chose, avait dû me croire mort et j'étais emprisonné dans un de ces grands vases mystérieux où mes os se dessécheraient comme ceux de ces pauvres hommes dont Myrtle et moi avions découvert les restes un peu plus tôt.

– Myrtle !

Je voulus crier, mais ma bouche ne fonctionnait pas.

Soudain, dans l'obscurité qui entourait mes pieds, quelque chose bougea. Je n'étais pas seul dans mon urne ! Je sentis le poids d'un corps lourd ramper le long de mes jambes paralysées. Ma frayeur était telle que je parvins à émettre une sorte de cri. (« Iiiiip ! ») La chose tressaillit et je l'entendis pousser un grognement, ou plutôt une sorte de gazouillis. Et elle se mit à tirer sur ma chaussure.

Je tentai désespérément de remuer les jambes, avec l'espoir de me libérer de cette prison à coups de pied, mais elles étaient aussi lourdes et inertes que des cordes mouillées. Alors, je m'efforçai de bouger les mains en pensant que, si je parvenais à atteindre ma poche, je pourrais trouver mes allumettes et en gratter une pour voir avec quelle créature j'avais été inhumé. Mais mes efforts restaient vains. La chose qui m'avait piqué, cette chose avec des ailes et des yeux à facettes brillants, avait dû m'injecter un produit paralysant ! Je l'avais à peine entrevue, mais elle ressemblait à une énorme mite. J'avais cru qu'elle me dévorerait, au lieu de m'enfermer dans un pot. Pourquoi une mite enfermerait-elle les gens dans des pots ?

Tout à coup, je compris. Je n'étais pas censé servir de nourriture à la mite, mais à ses petits ! Cette chose qui grignotait ma chaussure devait être une sorte de chenille ! La mite avait fabriqué ce pot avec de la bave, de la poussière de Lune et le paillis longuement mastiqué des arbres-champignons, puis elle avait déposé un œuf à l'intérieur, et elle m'avait laissé là avec lui, afin de servir de repas à la larve affamée lorsqu'elle serait éclose !

Parmi les livres de ma mère, j'avais découvert un jour une série d'histoires écrites par un certain Mr Poe, qui vit dans les colonies américaines de Sa Majesté. Il y en avait une, *L'Enterrement prématuré*, qui m'avait donné des cauchemars pendant des semaines après que je l'avais lue, et je me souviens d'avoir pensé qu'il n'y avait pas de destin plus horrible que d'être enterré vivant, tout en me demandant quel esprit dérangé et pervers avait pu inventer une telle histoire. Mais maintenant que je me retrouvais enfermé dans un pot sur la face cachée de la Lune, avec pour seule compagnie une chenille vorace, je comprenais que ce Mr Poe était en réalité un être joyeux et que son histoire était d'un optimisme touchant.

Au prix d'un énorme effort, je parvins à crier :

– Au secours !

Évidemment, je n'attendais aucune aide dans cette contrée inexplorée, mais ça me semblait être la seule chose à faire et je sentis mon détestable compagnon reculer légèrement.

– Au secours ! criai-je de nouveau.

À mon grand étonnement, un autre cri me répondit. Et quelques instants plus tard, un coup venu de l'extérieur ébranla le pot. Des fissures apparurent, puis s'élargirent sous l'effet d'un deuxième coup. J'entendis des voix qui criaient : « Par ici ! » et « Y a quelqu'un d'enfermé dans celui-ci ! » En anglais ! « Hourra ! » pensai-je. Et je me remis à crier « Au secours ! » le plus fort possible, pour encourager mes sauveteurs.

Soudain, tout un côté du pot s'effrita et, lorsque la lumière nous éclaira, je découvris la créature à laquelle j'allais servir de petit déjeuner. Elle aurait donné des cauchemars à Mr Poe lui-même. Un gros vers velu mesurant la moitié de ma taille se dressa sur quelques-unes de ses centaines de pattes et ouvrit une large bouche remplie de dents énormes pour me cracher au visage. Je ne voyais pas ses yeux, mais sans doute n'en avait-elle pas besoin étant donné qu'elle vivait dans le noir à l'intérieur d'un pot. De toute façon, je n'eus qu'une seconde pour l'observer. Un coup de tonnerre retentit tout près de mon oreille droite ; le haut du pot vola en éclats et emporta avec elle presque toute la chenille.

Je reconnus l'odeur de la poudre à canon, accompagnée d'une épaisse fumée. Une main agrippa mon épaule et me retourna. Un visage me toisa.

Je ne savais pas à quoi m'attendre. À un de ces grands chasseurs blancs, peut-être, qui sillonnaient en permanence les contrées sauvages d'Afrique ou de Mars en quête de gros gibier, avec pour seule compagnie quelques guides indigènes et leur fidèle carabine à éléphant. Mon sauveur possédait effectivement une arme de ce genre mais, à part cela, il ne ressemblait pas du tout aux chasseurs décrits dans les livres. À vrai dire, il ressemblait davantage à un garçon, un peu plus âgé que Myrtle. Il portait des cuissardes et un très vieux chapeau de feutre à large bord, et son visage, seule partie à ne pas être recouverte par sa combinaison spatiale goudronnée, était brun comme du thé longuement infusé. La multitude de couteaux et de revolvers glissés dans sa ceinture lui conférait un air désespéré, mais j'étais soulagé de voir un autre être humain, alors je lui dis, aussi clairement que le permettaient mes lèvres engourdies :

– Merci. Je suis Arthur Mumby. Enchanté.

Le garçon au visage brun posa son doigt sur sa bouche pour me faire taire. C'est alors que d'autres silhouettes émergèrent derrière lui pour s'emparer de moi et me soulever de terre. J'aurais tenté de courir

La multitude de couteaux et de revolvers glissés dans sa ceinture lui conférait un air désespéré.

si j'avais pu car ces nouveaux venus n'avaient rien d'humain. Des doigts et des tentacules fouillaient mes poches et une sorte de lézard bleu, de la taille d'un homme, me fourra le goulot d'un flacon entre les lèvres. Un liquide brûlant coula dans ma gorge ; je m'étranglai, paniquai, crachai et retombai par terre en hoquetant.

– Silence, ordonna le garçon avec la carabine à éléphant.

– C'est infect ! bafouillai-je.

– C'est du rhum.

– Assurément.

– Du rhum jamaïcain. Pour neutraliser le venin de la mite.

De fait, je m'aperçus très vite que je pouvais bouger de nouveau, même si mes bras et mes jambes étaient encore étrangement ankylosés et parcourus de fourmillements épouvantables. Alors que je murmurais des remerciements, une terrible pensée me frappa.

– Myrtle ! m'exclamai-je.

– Quoi ? demanda le garçon.

Ses amis non humains se regardèrent, haussèrent les épaules, soupirèrent et murmurèrent.

– Ma sœur ! ajoutai-je. Je crois que cette créature l'a capturée, elle aussi !

Le garçon fit la grimace et je compris pourquoi. Là où nous nous trouvions, une cinquantaine de pots étaient entassés à l'ombre d'une corniche rocheuse, et si certains étaient brisés, la plupart ne présentaient qu'un petit trou, par où les jeunes mites fraîchement écloses avaient dû sortir. L'un d'eux, je le savais, devait renfermer ma pauvre Myrtle. Mais lequel ?

Je crains de m'être mis à pleurer comme une Madeleine. Ça me paraissait tellement injuste de voir son père dévoré par une araignée et sa sœur mangée par une chenille le même jour ! (Je suppose que les mouches doivent affronter ce genre de drame en permanence, et pourtant on ne les entend pas se plaindre.) Je songeais combien c'était triste de se retrouver seul et j'avais encore plus de peine en pensant que, la dernière fois que j'avais parlé à Myrtle, c'était pour lui reprocher d'avoir été malpolie avec un champignon.

– Arrête de pleurnicher, me dit le garçon à voix basse. La mite est peut-être encore dans les parages.

Mais au lieu de se montrer discret lui aussi, il se tourna vers les plus étranges de ses compagnons, deux choses qui ressemblaient à des anémones de mer sur pattes, sans bras, ni tête ni visage, uniquement des couronnes de frêles tentacules qui se contorsionnaient.

– Il y a un autre enfant terrien prisonnier quelque part, les gars. Vous pouvez flairer ses pensées ?

Les rangées de pots remuèrent et tintèrent lorsque l'étrange duo se mit au travail en se déplaçant dans tous les sens sur leurs pieds mous semblables à des coussinets pour caresser et palper les pots avec l'extrémité de leurs tentacules. Finalement, ils se concentrèrent sur un pot qui paraissait plus intéressant que les autres, et ils commencèrent à pousser des trilles et à roucouler, tandis que leurs tentacules scintillaient. Le garçon et ses compagnons sortirent alors leurs hachettes pour donner des grands coups dans le pot.

À l'intérieur se trouvait Myrtle, vivante et intacte, serrant encore dans ses mains les anses de son sac. Bien que capturée la première, elle avait sans doute été enfermée dans ce pot après moi car elle était toujours inconsciente, et à ses pieds il n'y avait qu'un œuf tremblotant à la coquille molle. Notre sauveur l'écrasa sous son talon, alors que ses camarades transportaient Myrtle vers une étendue de sable entre les pots pour lui faire boire un peu de leur alcool infect. Elle se réveilla en toussant et en protestant, puis elle hurla en voyant le cercle de visages inhumains penchés au-dessus d'elle.

– Art ! Qui sont ces gens épouvantables ?
– Je m'appelle Jack, déclara le garçon d'un ton froid comme s'il n'aimait pas qu'on qualifie ses amis d'épouvantables. Et voici mon équipage ; ce sont tous de bons compagnons de bord. Vous feriez bien de parler moins fort, miss, car cette mite est peut-être toujours dans les parages.
– Quelle mite ? demanda Myrtle, perplexe.
– La Mite Potière, répondit Jack. Elle hante ce secteur. Elle fait son nid au milieu de ces aiguilles rocheuses, puis elle attaque les voyageurs pour qu'ils servent de repas à ses larves. Si mes hommes et moi, on ne vous avait pas sortie de là, un gros ver serait en train de vous grignoter les os en ce moment.
– On ne peut pas appeler ça des hommes, souligna Myrtle d'un ton pédant.
Le garçon prénommé Jack ignora cette remarque.
– La mite capture surtout des escargots et des créatures-champignons, mais elle ne crache pas sur quelques riches petits Terriens, garçons ou filles, quand elle réussit à en attraper. Tout ce qui brille l'attire. Je parie qu'elle a vu scintiller votre joli collier de son aire.
– Voilà donc ce que l'homme-champignon essayait de nous dire ! m'exclamai-je.
– Évidemment, confirma Jack. Et c'est dommage que vous ne l'ayez pas écouté. Heureusement, il savait que notre bateau était amarré près d'ici et il est venu nous dire que deux jeunes Terriens ignorants erraient

sur le territoire de chasse de la mite. Cachez votre babiole qu'on puisse repartir en paix.

Il voulut glisser le médaillon de Myrtle sous le col de sa robe.

– Comment osez-vous me toucher ? brailla-t-elle en lui tapant sur la main.

La chaîne se brisa et le médaillon tomba. Myrtle trébucha et tomba lourdement assise sur le sol, en soulevant un nuage de poussière et des fragments de coquillages qui auraient pu ensevelir à tout jamais le médaillon, si votre serviteur n'avait eu la présence d'esprit de le ramasser prestement pour le ranger dans sa poche. (La robe en serge de Myrtle n'avait pas de poche de toute façon, j'estimais donc que mon rôle était de veiller sur le médaillon jusqu'à ce que l'on fasse réparer la chaîne.)

– Je suis sujette de Sa Majesté britannique, déclara Myrtle, devenue cramoisie. Et ce médaillon m'a été offert par ma chère et regrettée maman ! Oh, c'est intolérable ! J'exige que vous nous conduisiez, mon frère et moi, auprès du gouverneur ! Sur-le-champ !

Cet éclat ne produisit pas le résultat qu'avait sans doute escompté Myrtle. Nos nouveaux amis gloussèrent et échangèrent des coups de coude, fort amusés, je suppose, par la facilité avec laquelle nous nous étions laissé transformer en nourriture pour chenilles.

– Ils sont plutôt verts, commenta l'un d'eux.

Mais lui était tout gris, et il avait quatre bras. Il était plutôt mal placé pour faire des réflexions !

Jack lança un regard noir à Myrtle, comme s'il n'était pas habitué à ce qu'on lui parle sur ce ton et ne savait pas quelle attitude adopter.

– D'où venez-vous, d'abord ? demanda-t-il. Qu'est-ce qui vous amène sur la Lune ?

– Monsieur, dis-je, désireux de faire bonne impression sur nos sauveurs avant que ma sœur ajoute quelque chose qui les mette en colère, nous venons de Larklight. Il s'agit d'une maison, une sorte d'habitation flottante, tout là-haut. Elle a été attaquée par des araignées monstrueuses et notre pauvre père a été dévoré.

Voilà qui mit fin aux rires de la bande d'énergumènes, c'était déjà ça. Jack m'observa.

– Vous êtes des orphelins, alors ?

Je hochai la tête.

Cela sembla modifier l'opinion qu'il se faisait de

nous. Il nous regardait maintenant avec une sorte de pitié forcée.

— Venez, dit-il. Notre bateau se trouve à quelques kilomètres d'ici. Il vaut mieux qu'on vous prenne à bord.

— Quel bateau ? demanda Myrtle d'un ton agressif, alors que Jack s'éloignait à grands pas entre les amoncellements de pots, sa carabine à éléphant en bandoulière. Ce n'est qu'un garçon, Art ! Comment peut-il avoir un bateau ?

Un des compagnons de Jack se pencha pour aider Myrtle à se relever, mais elle eut un mouvement de recul car le personnage en question était une sorte de gigantesque crabe qui, au lieu de lui tendre la main, lui offrait une pince bleue presque noire. Il jeta un coup d'œil furtif à ma sœur de l'intérieur de sa coquille et dit, avec ferveur :

— Vous en faites pas, miss. Il arrive jamais rien à ceux qui naviguent sur l'océan d'éther avec le cap'taine Jack Havock.

— Laissez-moi, horrible insecte !

L'espèce de lézard bleu s'approcha de Myrtle de l'autre côté. Ma sœur se leva d'un bond pour lui échapper et se retrouva en train de courir après le garçon presque sans le vouloir, entourée du gros crabe et du reste de l'équipage, qui scrutaient le ciel derrière nous de temps à autre, prêts à dégainer leurs sabres d'abordage et à utiliser leurs tromblons. Je courais derrière eux en criant aussi fort que je l'osais :

— Ce n'est pas Jack Havock ! Ce n'est pas possible !

CHAPITRE SIX

OÙ NOUS MONTONS À BORD DU *SOPHRONIA*
ET OÙ JE FAIS UNE REMARQUABLE DÉCOUVERTE
CONCERNANT LE MARIAGE CHIMIQUE.

Le véritable Jack Havock n'était pas un garçon de quinze ans, j'en étais absolument certain. Nul ne savait trop qui il était, ni d'où il venait, mais une chose était évidente pour tout le monde : ce n'était pas un enfant. Comment serait-ce possible ? Il était la terreur du grand large éthérique : un chef pirate intrépide qui attaquait les navires de la Compagnie royale interplanétaire depuis trois ans maintenant, et qui s'enfuyait ensuite à bord de son brick dont les cales étaient remplies de butin. Quand l'expédition du professeur Ptarmigan sur Saturne avait disparu sans laisser de traces, c'était Jack Havock qu'on avait accusé. Toutes les représentations de lui que j'avais vues montraient un solide boucanier avec des cierges allumés dans sa barbe et un couteau entre les dents, se lançant à l'assaut de pauvres navires marchands sans défense avec un pistolet dans chaque main, suivi de sa bande de Callistans monstrueux et d'Ioniens en armure qui beuglaient derrière lui. Comment ce frêle garçon à la peau brune, avec son groupe hétéroclite de lézards et de crustacés, osait-il usurper le nom de Jack Havock ? Et si le véritable Jack Havock l'apprenait et venait récupérer son bien ?

Je rattrapai Myrtle et lui pris la main. Elle me regarda avec des yeux exorbités, remplis d'effroi.

– Nous devons échapper à ces crapules, Art ! me souffla-t-elle.

– Ce n'est pas parce qu'ils ont l'air un peu bizarre, répondis-je, que ce sont forcément des crapules. Ils nous ont sauvés de la Mite Potière, je te le rappelle. Ils peuvent sans doute nous aider à contacter les autorités.

– Oui, tu as peut-être raison, soupira Myrtle. Hé, garçon ! cria-t-elle, quand on arrivera à votre bateau, j'exige que vous nous conduisiez immédiatement chez le gouverneur à Port George. Nous devons informer Son Excellence que des araignées ont envahi notre maison, afin qu'il envoie une canonnière et quelques escouades de soldats.

Jack se retourna vers Myrtle, sans s'arrêter.

– Je n'ai pas l'intention d'approcher de Port George, miss.

– Oh, mais, sir, dis-je en courant pour le rattraper, c'est peut-être terriblement important ! Jamais je n'avais vu des araignées semblables à celles-ci ! Notre père lui-même a été surpris et, pourtant, il a étudié pendant de nombreuses années les créatures les plus étranges du ciel ! Je pense qu'elles viennent d'au-delà des frontières de l'espace connu, de Saturne, voire d'Uranus…

– Art ! s'écria Myrtle. Les gens bien élevés parlent de cette planète solitaire en employant son nom d'origine : *Georgium Sidus*. Afin d'éviter les plaisanteries faciles.

– Myrtle ! Comment peux-tu te préoccuper de telles futilités à un moment pareil ? Père a été dévoré ! Et tout l'Empire est peut-être menacé par ces créatures arachnéennes !

– Raison de plus pour rester vigilants face à la grossièreté et à la vulgarité.

– Je suis désolé pour votre père, dit Jack en continuant à avancer, mais je n'ai rien à f… de votre Empire.

– Oh ! s'exclama Myrtle, sans que je sache si elle était choquée par le manque de patriotisme du garçon ou par son langage.

– Vous croyez que ça change quelque chose pour moi et mon équipage ? reprit-il. Nous, ça nous est égal d'être gouvernés par la reine Victoria ou par une bande de bestioles rampantes venues d'Ura… de *Georgium Sidus*. Nous serons toujours des marginaux, pas vrai, les gars ? On sera toujours obligés de vivre d'expédients et de nous cacher dans le noir, là où la loi n'a pas cours…

Ses membres d'équipage acquiescèrent avec des mouvements de tête et des murmures. En désespoir de cause, Myrtle tenta d'en appeler aux instincts de mercenaire de notre nouvel ami.

– Je vous en prie, conduisez-nous à la résidence du gouverneur ! Je lui demanderai de vous offrir une petite récompense pour votre aide…

En entendant cela, Jack s'arrêta cette fois. Il se retourna et pointa sa carabine sur la tête de Myrtle.

– Bon, d'accord, canaille ! cria-t-elle en rentrant la tête dans les épaules. Une grosse récompense !

Le coup de feu partit et la détonation se répercuta comme un grondement de tonnerre au milieu des montagnes lunaires silencieuses. La carabine n'était pas réellement pointée sur Myrtle, évidemment, mais sur la grosse mite qui descendait du ciel derrière elle, en planant. Des morceaux du monstre – ses pattes, ses antennes et la poussière argentée de ses ailes – dégringolèrent sur nos têtes, tandis que la fumée de la carabine se dissipait.

– Je vous avais dit de parler moins fort, miss ! pesta Jack.

Le recul de son arme l'avait projeté quinze mètres en arrière et, après s'être relevé, il nous attendait dans un bosquet d'arbres-champignons.

– Joli tir, cap'taine ! lancèrent en chœur ses compagnons en esquissant quelques pas de gigue sur les restes gluants de la mite, sans craindre de tacher leurs pantalons. Voilà une mite qui ne s'emparera plus des pauvres petits hommes-champignons ! Bien visé, cap'taine Jack !

Alors que nous repartions, je commençais à me demander s'il ne s'agissait pas du véritable Jack Havock, après tout. Ses membres d'équipage avaient quelque chose de sauvage et de brutal, assurément. Tandis que nous poursuivions notre chemin, j'eus l'occasion de les étudier, de les écouter parler et j'en profitai pour apprendre leurs noms. Il y avait un Ionien trapu avec un torse large comme un tonneau et quatre bras aux doigts épais, que les autres appelaient respectueusement Mr Munkulus ; je devinai qu'il s'agissait du second. Il y avait les deux anémones de mer sur pattes, presque identiques, dotées de couronnes de bras qui s'agitaient doucement, là où auraient dû se trouver leurs têtes ; elles ne parlaient pas mais roucoulaient et poussaient des trilles comme des oiseaux : Squidley et Yarg, les Jumeaux Tentacules. Il y avait ensuite un lutin nommé Grindle, dont le langage semblait constitué uniquement de jurons effroyables. Je voyais ma sœur rougir chaque fois qu'il ouvrait la bouche. Sans oublier la chose ressemblant à un crabe, nommée Nipper, qui ne cessait de tourner en rond en répétant : « Surveillez votre langage, Mr Grindle ! N'oubliez pas qu'il y a des dames ! »

Au début, je ne comprenais pas de qui il parlait, jusqu'à ce que je regarde de plus près cette sorte de lézard bleu à la tête couverte d'épines. Il se déplaçait avec la grâce d'une jeune fille et je finis par conclure qu'il s'agissait d'une femelle, mais je n'aurais su dire de quelle espèce car il n'existait aucun lézard bleu doué de la parole dans toutes les encyclopédies que j'avais lues. Après un peu plus d'un kilomètre de route, le lézard confirma mes soupçons en tendant délicatement une main bleue vers ma sœur et en disant :

– Je m'appelle Ssilissa, misss. Ce sssera un plaisir d'avoir une autre fille à bord.

Myrtle eut un mouvement de recul ; elle paraissait profondément choquée. Mais j'ignorais ce qui la troublait le plus : les dents aiguisées et scintillantes de Ssilissa et sa langue pointue noire comme de l'encre, ou le fait qu'elle portait un pantalon.

Nous parcourûmes encore un ou deux kilomètres en cette étrange compagnie, avant de franchir la lisière d'une forêt clairsemée d'arbres-champignons, dont certains culminaient à presque cent mètres du fait de la faible pesanteur. Nous suivîmes un défilé rocheux étroit que surplombaient les cimes des arbres-champignons et, soudain, droit devant nous, apparut un éther-navire posé sur le sol du canyon, totalement invisible jusqu'alors. Il mesurait environ un quart de la taille du cargo qui livrait les provisions à Larklight et les cercles de métal qui enveloppaient la coque en bois étaient marbrés de rouille, constellés de bernacles et parsemés de grappes d'algues pendantes. Il paraissait avoir au moins cent ans, et à l'arrière, au-dessus des trompettes d'échappement de la salle de mariage, les fenêtres à meneaux d'un beau et vieux balcon luisaient dans l'éclat de la Terre lointaine. Sous les fenêtres, une sculpture sur bois dorée représentant des oiseaux, des anges et un rouleau de parchemin dont la peinture s'écaillait, portait le nom du navire :

SOPHRONIA

– Quel rafiot crasseux ! s'exclama aussitôt Myrtle. Vous n'espérez tout de même pas qu'on va monter à bord ? C'est trop dangereux !

– Il fera l'affaire, répondit Jack en se retournant pour la foudroyer du regard, et ses amis l'imitèrent car aucun éthernaute n'aime qu'on dénigre son navire, aussi modeste soit-il.

Jack sortit de sa poche une lourde clé qu'il introduisit dans la serrure de la grande écoutille bombée.

– Je suis désolé que mon bateau ne soit pas à la hauteur de vos exigences, Miss Mumby. Peut-être préférez-vous faire le chemin à pied, tout compte fait ?

– Je n'ai pas dit ça, répondit Myrtle d'un air guindé qui s'accentua lorsque Jack souleva le panneau d'écoutille et que l'odeur de moisi et de renfermé des entrailles du *Sophronia* nous assaillit.

– On vous déposera au Mont Effroyable, déclara Jack en se tournant de nouveau vers nous, alors que ses camarades passaient devant lui pour s'engouffrer dans l'écoutille. De là, vous pourrez marcher sans peine jusqu'à Port George.

– Oh, non! s'écria Myrtle. Assez de marche à pied! On en a plus qu'assez de marcher et d'échapper d'un cheveu à une mort certaine. Vous ne pourriez pas trouver un moyen de nous déposer directement à Port George, de préférence dans un joli endroit d'où l'on puisse aisément rejoindre la résidence du gouverneur?

Les autres, ceux qui avaient entendu cette requête, s'esclaffèrent, mais Jack, lui, se contenta de prendre un air renfrogné. Nipper tapota gentiment sur l'épaule de ma sœur avec sa pince.

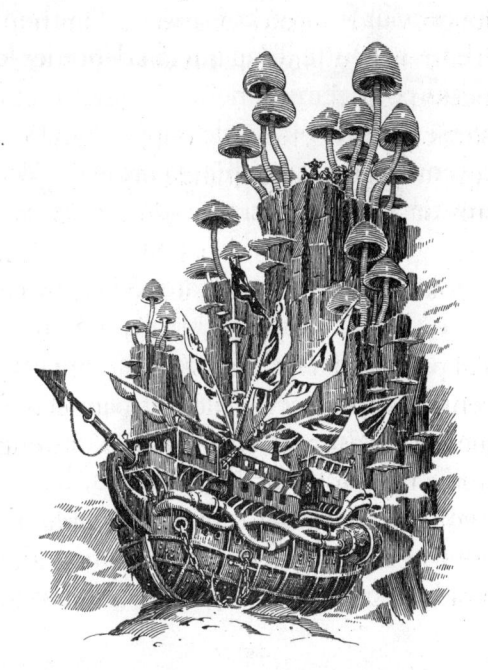

– Cap'taine Jack ne peut pas approcher de Port George, miss ! Et encore moins de la résidence du gouverneur, avec tous ces canons et ces soldats ! Vous savez donc pas que c'est un pirate et qu'il serait mis aux fers avec nous autres si jamais il se faisait prendre ?
– Un pirate ? répéta Myrtle d'une toute petite voix.

Elle leva les yeux vers le grand mât du vieux navire et vit le drapeau qui flottait fièrement tout là-haut, dans la brise lunaire : noir comme la nuit, orné d'une tête de mort à trois yeux et de deux os croisés, peints en blanc.

C'en était trop pour elle. La journée avait été longue, remplie d'araignées, de mites et de champignons, et se retrouver pour finir en compagnie d'authentiques pirates, ce fut la goutte d'eau qui fait déborder le vase. Elle émit un petit gémissement, s'évanouit et tomba à la renverse dans les pinces de Nipper, qui la souleva délicatement et lui fit franchir le panneau d'écoutille pour pénétrer dans les entrailles du *Sophronia*.

L'intérieur du bateau des pirates était une caverne en bois qui sentait le moisi, encombrée de cordes enroulées, de tonneaux, de hamacs, de coffres, de lanternes, d'échelles, de caisses, de cages à poule, de râteliers à outils, d'un canon attaché, d'un tas d'obus, d'épées, d'écouvillons et de refouloirs, le tout baignant dans une forte odeur de goudron et de corps sales. Des sous-vêtements avaient été mis à sécher sur une corde et je remarquai qu'un grand nombre de caleçons possédaient des rabats à des endroits insolites et certains maillots de corps avaient plusieurs bras. Je me réjouis que Myrtle soit évanouie car ses nerfs fragiles n'auraient pas résisté à pareil spectacle.

Nipper la déposa sur un amas de toiles goudronnées dans un coin tranquille entre deux des étais en

bois qui renforçaient les flancs du bateau et tous les autres membres d'équipage se rassemblèrent pour l'observer. En la voyant allongée comme ça au milieu de ces silhouettes étranges, je songeai à une image tirée des contes de Grimm, à Blanche-Neige entourée de ses sept nains. Ils semblaient tous préoccupés par son état et je trouvais cela touchant mais Jack ne l'entendait pas de cette oreille.

– Ne restez pas plantés là, bouche bée, comme si vous n'aviez jamais vu une Terrienne ! beugla-t-il. Si jamais quelqu'un a assisté à l'atterrissage de leur canot de sauvetage, les navires du gouvernement vont rappliquer vite fait. Et si ça se trouve, cette canonnière qui nous pourchasse depuis Mars rôde peut-être encore dans les parages. Il ne faudrait pas qu'ils nous rattrapent sur la terre ferme, pas vrai ?

Les marins se dispersèrent rapidement dans différents coins du bateau pour tirer sur des cordes, introduire des perches dans les cabestans... tels de vieux loups de l'espace aguerris en chantant à tue-tête une rengaine intitulée : *Adieu à vous, dames de Ph'Arhpuu'xxtpllsprngg*. Je m'accroupis près de Myrtle. Bien que pâle sous la pellicule de poussière de Lune, elle dormait paisiblement. Je jugeai cruel de la réveiller car je savais qu'elle détesterait le vacarme et la crasse qui nous entouraient, alors je regardai autour de moi en me demandant ce que je pouvais bien faire et je vis l'espèce de créature reptilienne nommée Ssilissa se faufiler par une petite porte en cuivre située au fond de l'immense cabine. J'avais une petite idée de ce qui pouvait se trouver de l'autre côté, alors je m'élançai derrière elle et bloquai la porte juste avant qu'elle se referme pour me glisser par l'entrebâillement sans être vu.

Comme je l'avais espéré, cette porte donnait sur la salle de mariage, la salle des machines alchimique, située à l'arrière du *Sophronia*. Des tuyaux, des tubes et des conduits serpentaient autour de moi et s'enchevêtraient sur les murs et au plafond, d'une manière qui me rappelait vaguement la salle de la chaudière de Larklight. Au centre trônait le gros alambic : le récipient à l'intérieur duquel on mélangeait les substances secrètes qui constituaient le mariage chimique destiné à propulser nos éther-navires.

Je me souvins alors d'un détail qui figurait dans les récits des méfaits de Jack Havock, que publiaient les journaux : un certain mystère entourait son navire. L'École royale des alchimistes affirmait qu'aucun de ses membres ne s'abaisserait à accomplir le mariage chimique pour un pirate, et pourtant le *Sophronia* filait gaiement dans l'éther en précédant les crimes de Jack, à des vitesses qui ne pouvaient être atteintes sans un moteur alchimique et sans un alchimiste pour le faire fonctionner.

Tremblant d'excitation, je me cachai derrière les entrelacs de tuyaux, curieux de découvrir l'alchimiste renégat qui était au service de Jack Havock.

Mais, à mon grand étonnement, Ssilissa le lézard bleu était la seule créature présente. De plus en plus stupéfait, je la vis mettre un épais tablier en cuir et de longs gants, puis chausser des lunettes noires pour se protéger les yeux. Ainsi équipée, elle se pencha au-dessus de l'alambic et souleva le lourd couvercle, mais impossible de voir ce qu'elle fit ensuite car une lumière aveuglante envahit toute la pièce et une étrange musique se fit entendre. Des notes sombres et vacillantes se mêlaient pour former des mélodies mystérieuses. Le pont du bateau se mit à palpiter et à trembler ; les tuyaux derrière lesquels j'étais caché se mirent à chauffer. Effrayé, je reculai à quatre pattes, ouvris la porte et retournai en douce dans la cabine. C'est alors qu'une main puissante se referma sur mon épaule.

Jack Havock me releva. Son visage sombre s'était encore assombri.

– Alors, on espionne ?

– Non, sir ! Je vous en prie, sir ! Je regardais, c'est tout ! Je n'ai jamais vu le mariage chimique...

– Moi non plus, répondit Jack en se laissant fléchir quelque peu. (De fait, il me lâcha.) À bord de ce bateau, la salle de mariage est le domaine de Ssilissa et on la laisse tranquille pour effectuer son travail. Tu serais bien avisé d'en faire autant.

– Mais elle... je veux dire, elle n'est pas...

– Tu croyais que seuls les humains pouvaient accomplir le mariage chimique, c'est ça ? demanda Jack. Uniquement les gentlemen britanniques. C'est ce que l'École royale des alchimistes aimerait nous faire croire. Mais ce n'est pas vrai, comme tu viens de le constater. Ssilissa possède ce talent. Pour Ssil, foncer à travers l'éther est aussi facile que de marcher. Grâce à elle, on a souvent donné une leçon à la marine de Sa Majesté.

– Mais comment a-t-elle appris les secrets de cet art ? demandai-je.

Je savais que les vrais alchimistes possédaient des rayonnages entiers de livres et des tables de logarithmes qui leur indiquaient quelles quantités d'éléments ils devaient mélanger et qui les aidaient à éviter les récifs d'astéroïdes et à ne pas percuter les planètes en mouvement. Or je n'avais pas vu de tels ouvrages dans la salle des machines du *Sophronia*.

Jack se renfrogna.

– J'en ai déjà trop dit. Elle connaît les secrets, c'est tout ce qui compte. Et elle les protège aussi farouchement que l'École elle-même. Si je te surprends encore à espionner, je te livre à Ssil et tu verras qu'elle ne plaisante pas. Elle te jettera dans le grand alambic et laissera les redoutables éléments te réduire en cendres !

Sur ce, il me poussa et s'éloigna à grands pas sur le pont qui vrombissait et bourdonnait, en criant :

– Levez l'ancre, les gars ! Mr Munkulus, choisissez un cap qui nous conduira au Mont Effroyable en restant à l'abri des regards humains.

L'Ionien toucha son front bosselé avec son poing en

guise de salut et grimpa à une échelle qui conduisait à une plateforme haute où se trouvait la roue du gouvernail. Les autres actionnèrent le cabestan et les chaînes d'ancre s'entrechoquèrent. Le *Sophronia* s'ébranla, fit une embardée, puis s'éleva dans les cieux. J'eus l'impression d'avoir laissé mon estomac derrière moi, sur la terre ferme.

Je me précipitai vers le hublot le plus proche, en me demandant si je devais réveiller Myrtle. Mais je savais qu'elle se plaindrait des conditions de voyage et insisterait sur les périls qui nous menaçaient. Et voyant le spectacle derrière la vitre, j'eus envie tout à coup de profiter de mon premier vol sans supporter ses lamentations.

C'était sublime ! Le *Sophronia* avait déployé ses ailes spatiales et volait à très basse altitude, si bien que la pesanteur de la Lune me permettait de garder les pieds sur le pont. Pendant un moment, je vis notre ombre noire et intense courir en dessous du bateau sur les parois blanches des montagnes, puis celles-ci restèrent derrière nous et nous nous élevâmes au-dessus d'un paysage accidenté où les arbres-champignons poussaient à profusion et où des troupeaux d'escargots sauvages paissaient tranquillement dans des prairies de mousse de Lune ; leurs traînées de bave argentées s'étendaient à travers les plaines comme des routes brillantes. Une rivière sinueuse descendait des hauteurs et s'élargissait ensuite, à mesure qu'elle sortait en serpentant de la zone crépusculaire pour déboucher dans la lumière vive du Soleil et se déverser enfin dans une mer lunaire scintillante. Je contemplai pendant un instant les vagues paresseuses – l'eau était si peu profonde qu'on apercevait distinctement le fond –, puis j'eus envie d'en voir plus. Je me précipitai vers l'avant du navire, où Nipper me souleva gentiment pour me permettre de regarder à travers un hublot situé plus haut.

– Où sommes-nous ? lui demandai-je. Quelle est cette mer ?

– Elle a pas de nom, répondit Nipper de sa voix hargneuse qui s'échappait d'une petite ouverture dans sa coquille, en même temps qu'une légère odeur de poisson. Deux yeux ronds et honnêtes me regardaient en clignant des paupières à l'intérieur de cette même fente, tandis que deux autres yeux, fixés sur des tiges, s'incurvaient pour me toiser. Je me demandai de quel monde étrange il venait. Une quelconque lune de Jupiter, me dis-je, là où les indigènes prenaient toutes sortes de formes étranges.

– Elle a pas de nom terrestre, en tout cas, dit-il. Les hommes-champignons lui en ont donné un, sûrement, mais personne le connaît. Peu de gens de votre espèce viennent dans cette partie de la Lune. Elle est inexplorée, et elle le restera, car il existe des créatures plus étranges et plus terribles que cette vieille Mite Potière dans ces collines obscures derrière nous, prêtes à s'emparer des explorateurs qui viennent fouiner par ici.

Devant nous, au-dessus de l'éclat de la mer, une autre chaîne de montagnes apparut ; elle semblait s'élever de plus en plus sous mes yeux ; de hauts sommets enneigés se dressaient au-dessus de la courbure de la Lune. Je reconnaissais leurs profils déchiquetés pour les avoir vus dans l'*Atlas du système solaire pour les jeunes garçons*. Le Mont Effroyable et ses voisins : le Mont Horrible, le Mont Vil et le Mont Absolument Affreux. Le capitaine Frobisher devait être de sale humeur le jour où il les avait baptisés car d'après ce que je voyais, ils n'étaient pas plus repoussants que les autres sommets que nous avions vus, ici sur la Lune.

– La colonie pénitentiaire se trouve juste derrière cette grosse montagne là-bas, indiqua Nipper. On y sera bientôt.

– Vous êtes sûr que ce n'est pas risqué pour vous de voler si près de Port George ? demandai-je car je n'aurais pas aimé que nos sauveurs soient capturés et exécutés à cause de nous.

– Allons donc par exemple, jeune Terrien, grogna Nipper. Le cap'taine Jack l'aurait jamais proposé s'il ne pensait pas pouvoir vous transporter en toute sécurité. Vous en faites pas, dès qu'on vous aura débarqués, Miss Mumby et vous, Ssil veillera à ce qu'on quitte l'orbite si rapidement que pas un seul navire gouvernemental sur toute la Lune ne pourra nous rattraper. On est aussi bien protégés que la banque de Mars.

À cet instant se produisit un énorme bang, tout le bateau vibra et je vis apparaître un trou aussi gros que la tête de Nipper dans les planches au-dessus de nous, puis un autre, encore plus gros que le premier, dans le flanc opposé, lorsque le boulet de canon eut traversé la cabine à toute allure.

CHAPITRE SEPT

HOURRA ! À MOI, LA VIE DE MARIN !

ENGAGEZ-VOUS DANS LA ROYAL NAVY

OÙ NOUS RENCONTRONS LES GENTLEMEN
DE LA ROYAL NAVY DE SA MAJESTÉ.

Une bourrasque de vent de lune se leva, faisant voler les cordages et des papiers dans tous les coins ; mes cheveux et mes vêtements menaçaient de s'arracher. Nipper s'empressa de me poser.

– C'était quoi, ça ? m'écriai-je, mais le grand crabe s'enfuyait déjà.

Tous les pirates cavalaient et détalaient et, soudain, j'eus l'impression d'être le seul à ne pas savoir ce qui se passait, ni ce que j'étais censé faire.

Je gravis quelques barreaux en fer fixés dans le mur le plus proche et sortis timidement la tête par le trou aux bords déchiquetés. Le vent m'envoya une rafale de poussière de lune dans les yeux, heureusement mes lunettes étaient restées autour de mon cou et, après les avoir chaussées, la première chose que je vis, c'est un autre navire qui volait à nos côtés. Des sabords de batterie dessinaient un échiquier sur ses flancs. Au sommet du mât flottait fièrement l'Union Jack, le drapeau de mon pays, éclatant dans la lumière du soleil lunaire. J'apercevais même des marins qui s'affairaient sur le pont, autour d'un canon qui, sous mes yeux, cracha un nuage de fumée blanche et un deuxième boulet qui frôla dans un sifflement l'avant du *Sophronia*.

– Hourra! m'exclamai-je, rempli d'une intense ferveur patriotique en voyant nos valeureux loups de mer.

Mais j'ajoutai aussitôt :

– Oh, non! en comprenant que si Myrtle et moi étions sauvés, cela signifiait une mort certaine pour Jack Havock et son équipage.

– Allez, du balai! grogna Mr Grindle en me poussant d'un coup de coude pour que les Jumeaux Tentacules et lui puissent colmater le trou avec une pièce de toile goudronnée. Et baisse la tête! ajouta-t-il en me regardant par-dessus son épaule, tandis qu'il se mettait au travail avec un marteau et des clous. Ça va être une sacrée bataille!

Je jetai un coup d'œil derrière moi. Nipper et les autres s'empressaient de charger les gros canons du

Sophronia avec tout ce qu'ils trouvaient – pierres, pièces de monnaie, couverts, vieux sandwiches à la mousse de poisson – avant de les faire rouler jusqu'aux sabords. Tout là-haut, dans la timonerie, Mr Munkulus tenait le gouvernail pendant que le capitaine Jack avait l'œil collé à un périscope en cuivre. Il affichait une mine sinistre et au bout d'un moment, il recula et récupéra sa trompette parlante.

– C'est inutile, les gars ! cria-t-il. On ne peut pas les distancer. Caranguez !

– Caranguez ! beugla Mr Munkulus pour relayer l'ordre du capitaine à Ssilissa qui se trouvait dans la salle de mariage.

Le *Sophronia* ralentit et le chant des moteurs se tut peu à peu. Le navire s'arrêta en douceur au milieu de l'océan lunaire, et par-dessus les craquements du bois et le clapotis de l'eau, j'entendais le battement des ailes de l'autre embarcation qui flottait au-dessus de nos têtes. Les membres d'équipage de Jack grommelaient, juraient et agitaient le poing. Squidley et Yarg roucoulaient et faisaient des gestes compliqués avec leurs tentacules pour exprimer leur désespoir. Grindle pleurait.

– Saleté de soldats ! pesta Nipper. Ils nous suivent depuis l'espace de Mars, et pour quelle raison ? Parce qu'on a subtilisé quelques bricoles à deux navires de commerce qui faisaient route vers la Terre, rien de plus !

Je courus prendre des nouvelles de Myrtle, mais elle avait dormi durant cette brève poursuite, et elle dormait toujours. Alors que je me relevais après m'être agenouillé près d'elle, le capitaine Jack descendit de la timonerie en dévalant l'escalier et passa tout près de moi.

– Qu'est-ce qu'on va faire, Jack ? lui lança Grindle en enrobant sa question d'un chapelet de jurons que je ne répéterai pas.

– Nous rendre, évidemment, répondit le jeune

capitaine d'un air sinistre. Ils me pendront, c'est certain, mais peut-être que si nous nous livrons sans résister, ils vous épargneront.

Tous les membres d'équipage protestèrent ; ils préféraient mourir au combat, dirent-ils, plutôt que de voir leur capitaine fait prisonnier. Je n'étais pas loin de partager ce sentiment, même si je le connaissais depuis une heure ou deux seulement et savais que c'était un redoutable pirate. Mais après tout, il nous avait sauvés de la Mite Potière, Myrtle et moi, et je ne supportais pas de l'imaginer avec les fers aux pieds, traîné jusqu'à la potence. Je m'écriai :

– Y a-t-il quelque chose que je puisse faire pour vous aider ?

– Toi ? (Il me jeta un regard incrédule.) Bien sûr que non ! railla-t-il.

Mais ses yeux se posèrent sur ma sœur, indifférente à tout ce qui se passait. Myrtle présente toujours son meilleur visage quand elle est inconsciente. Ses lunettes avaient glissé et elle était presque jolie, couchée ainsi, pâle, comme évanouie. Jack Havock fronça les sourcils d'un air songeur en triturant le bord de son large chapeau en feutre.

– Peut-être que si, finalement, murmura-t-il.

Il lança des ordres, trop rapides et truffés de jargon de voyageurs de l'espace pour que je les comprenne. Toujours est-il qu'une seconde plus tard, Mr Munkulus s'était emparé de moi, Nipper avait repris ma sœur dans ses pinces et Jack Havock nous précédait sur l'échelle en colimaçon qui menait au poste de timonerie, puis nous continuâmes à monter en franchissant une ouverture circulaire découpée dans le plafond, pour finalement déboucher sur le pont supérieur du *Sophronia*, le point le plus haut du navire, à ciel ouvert.

Le bâtiment de guerre nous dépassa et nous sentîmes le battement lent de ses énormes ailes noires qui faisaient penser à des chauves-souris. Sur le pont supérieur, des officiers en uniforme s'étaient rassemblés et un jeune homme au visage rond et rougeaud porta à sa bouche une trompette parlante pour s'adresser à nous par-dessus l'abîme qui séparait les deux bateaux.

Sophronia ! brailla-t-il. Je suis le capitaine Moonfield, du vaisseau spatial de Sa Majesté, *L'Infatigable*. L'amirauté britannique m'a donné ordre d'appréhender le tristement célèbre pirate Jack Havock. Je vous conseille de nous le remettre, faute de quoi j'ouvrirai le feu.

Jack s'approcha du garde-fou rouillé qui faisait le tour du pont supérieur du *Sophronia*. Il n'avait pas besoin d'une trompette parlante.

– Je suis Jack Havock ! cria-t-il et on entendit l'écho

de sa voix se répercuter au-dessus de la mer stagnante, sur des kilomètres.

– Mensonges et balivernes! répondit le capitaine Moonfield. Tu n'es qu'un garçon! Que le véritable capitaine Havock se montre immédiatement!

– C'est bien moi! lança Jack. Et ces enfants terriens sont mes otages! Alors, que dites-vous de ça, hein?

Je vis briller des longues-vues lorsque celles-ci se déplacèrent pour se braquer sur Myrtle et moi. Nipper secoua légèrement ma sœur pour donner l'impression qu'elle se débattait et Mr Munkulus se servit d'une de ses mains libres pour me pincer l'arrière de la cuisse, afin que je me torde de douleur.

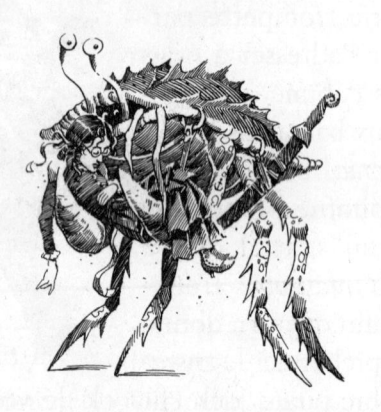

– On va repartir, déclara Jack. Si vous essayez de nous arrêter, cette adorable jeune fille et son frère mourront. Si vous nous tirez dessus, je fais sauter le *Sophronia* pour l'expédier au paradis, et eux avec.

Cette menace provoqua une immense consternation à bord de *L'Infatigable*. Toutes sortes de longues-vues et de lunettes étaient pointées sur nous maintenant et je voyais le capitaine Moonfield qui houspillait ses officiers ; sans doute voulait-il savoir qui étaient ces otages et pourquoi on ne l'avait pas informé de cette complication. Je me demandais s'il faisait partie de la race des gentils capitaines qui aurait pitié de nous ou de celle qui ferait passer ses ordres et l'intérêt de l'Empire avant tout. Je me contorsionnai de plus belle en pensant qu'il appartenait peut-être à la seconde catégorie, auquel cas je risquais de mourir d'une seconde à l'autre sous un déluge de projectiles tirés par les batteries de *L'Infatigable*, les canons Armstrong et les Agitateurs Rokeby-Pinkerton au Phlogiston.

Mais Jack, qui avait dû anticiper la confusion que provoqueraient ses paroles à bord du navire d'en face, donna un grand coup de pied sur le pont supérieur du *Sophronia* et quelque part dans les entrailles du bateau, Ssilissa entendit ce signal et lança à plein régime ses moteurs qui tournaient au ralenti. Le *Sophronia* fit un bond en avant. *L'Infatigable* et la mer pâle de la Lune disparurent à une vitesse vertigineuse en dessous de nous tandis que, dans notre sillage, l'air raréfié se remplissait de la lumière et du vacarme du mariage chimique. Lorsque Jack souleva le panneau d'écoutille pour me pousser à travers l'ouverture, j'eus le temps d'entrapercevoir l'œil bleu de la Terre lointaine qui tournoyait dans le ciel, devant nous.

Je loupai les marches et basculai dans le vide, mais ça n'avait pas d'importance car nous nous étions libérés de la faible pesanteur de la Lune et tout ce qui n'était pas attaché flottait dans le vide. Je dégringolai sans me faire mal au milieu d'un gigantesque fouillis, tandis que Jack, Nipper et Mr Munkulus descendaient derrière moi en planant. Les jambes de Myrtle, libérée des pinces bienveillantes du grand crabe, s'agitaient faiblement dans un nuage de jupons. Elle bascula cul par-dessus tête et ils recouvrirent son visage, ce qui la réveilla. Elle s'empressa de les rabattre et de les maintenir en place, tout en nous foudroyant du regard comme si elle était la victime d'une plaisanterie déplacée. Mais même Myrtle ne pouvait ignorer longtemps les grincements et les gémissements alarmants qui montaient de la coque du vieux navire, ni la lumière dorée et blafarde qui se déversait à travers chaque hublot, comme un coucher de soleil dans le brouillard.

— Où sommes-nous ? demanda-t-elle d'une voix haletante.

— Sur les Routes d'Or de sir Isaac, répondit Jack en flottant devant elle avec un air triomphant. Ssilissa a accompli sa magie dans le grand alambic et elle nous a propulsés presque à la vitesse de la lumière. Aucun œil humain ne peut plus nous repérer maintenant et aucun navire ne peut plus nous suivre.

Je nageai dans l'air encombré d'objets pour prendre ma sœur par la main.

— Tout ira bien, Myrtle, promis-je. Il y a eu un léger malentendu avec quelques gentlemen de la Royal Navy, mais tout est arrangé. Nous sommes à l'abri et nous faisons route de nouveau vers le Mont Effroyable.

— J'ai peur que non, dit Jack en retrouvant un air sombre tout à coup. Je ne peux pas courir le risque d'un nouvel affrontement avec cette frégate. La vérité, c'est que nous sommes recherchés. Pas plus tard que la semaine dernière, nous avons abordé et pillé deux gros navires qui revenaient de Mars, remplis de riches nababs et de leurs épouses qui retournaient sur Terre pour cette fameuse exposition. J'avais cru que si nous nous cachions dans les montagnes de la Lune pendant quelque temps, la tension retomberait mais, visiblement, l'armée continue à nous traquer. Nous allons devoir nous cacher encore plus loin, dans un endroit que je connais, à l'abri du danger, dans les profondeurs obscures de l'espace.

– Et nous ? gémit Myrtle en commençant à pleurnicher.

Jack Havock répondit par l'équivalent d'un haussement d'épaules en apesanteur.

– Nous atteindrons un port dans environ une semaine. D'ici là, vous feriez bien de vous habituer à notre vie de voyageurs de l'espace, miss. Votre frère et vous, vous allez devenir des pirates pendant quelque temps.

CHAPITRE HUIT

NOUVEAU MIRACLE
DE LA PHILOSOPHIE
NATURELLE

LA MACHINE
DE MARIAGE
CHIMIQUE
DE NEWTON

OÙ MYRTLE ET MOI SAVOURONS NOTRE PETIT
DÉJEUNER AVEC NOS NOUVEAUX CAMARADES.

Lorsque je me réveillai le lendemain matin, couché dans un hamac qui se balançait entre deux poutres dans une des étroites cabines du *Sophronia*, il me fallut un certain temps pour me remémorer où j'étais et ce qui m'était arrivé. Puis, comme une douche d'eau glacée, tous les horribles souvenirs de la veille s'abattirent sur moi : les araignées blanches, la capture de Père, la Mite Potière et le combat contre *L'Infatigable*.

J'écartai l'épais rideau de feutre qui pendait devant le hublot, près de mon hamac, et une lumière dorée envahit la cabine. Je l'avais souvent vue de loin, cette lueur* alchimique qui entoure nos éther-navires lorsqu'ils traversent les cieux à toute vitesse. Se retrouver enveloppé à l'intérieur de ce voile de lumière mystique et protecteur, c'était merveilleux, et soudain, malgré toutes les horreurs que j'avais subies, je ne pus réprimer une certaine excitation.

Je roulai hors du hamac, dérivai jusqu'au placard où j'avais rangé mes affaires et m'habillai. Des odeurs alléchantes s'infiltraient entre les planches disjointes de la porte de la cabine et en m'aventurant dans la partie centrale du bateau, je découvris tout l'équipage réuni autour d'une table, en train d'engloutir un petit déjeuner composé de Poissons Siffleurs frits et de gâteaux aux pommes de terre.

Je demeurai en retrait tout d'abord, craignant de me joindre à eux car ils paraissaient plus inquiétants et bizarres que dans mon souvenir. Mais Ssilissa me vit et agita sa longue et délicate tête dans ma direction. Nipper se retourna et me tira jusqu'à la table d'une pince amicale.

– Où sommes-nous ? m'enquis-je en regardant

---

* L'École royale des alchimistes appelle cette lumière l'« éclat bienveillant ». Lorsque le mariage chimique atteint son apogée, l'éther qui entoure le vaisseau se décale légèrement par rapport au reste de la création, formant ainsi une bulle ou une niche d'espace alchimique à l'intérieur de laquelle le vaisseau peut se déplacer à des vitesses stupéfiantes sans être mis en pièces et sans que l'équipage se retrouve écrasé contre les murs comme de la confiture de fraise. L'onde lumineuse des particules modifiées par l'alchimie qui entoure nos vaisseaux a conduit nos éthernautes à employer l'expression « suivre les Routes d'Or de sir Isaac » pour parler d'un trajet rapide entre les mondes.

Grindle (le cuisinier du bateau) me remplir une assiette et s'empresser de poser un couvercle dessus pour empêcher la nourriture de s'envoler.

– On fonce sur les Routes d'Or, répondit Nipper.

– Nous voilà dans les profondeurs les plus sombres de l'espace, très au sud de la Terre, gloussa Grindle.

– Ne lui racontez pas tout ! lança Jack Havock, qui se prélassait tout au bout de la table, dans le vide.

Il se curait les dents d'un air songeur.

– Il fait partie de la bande maintenant, Jack ! protesta Nipper.

– Ah bon ?

Jack jeta son cure-dents et flotta vers la pagaille d'objets en tous genres qui dansaient sous le toit ondulé.

– Ça m'étonnerait, ajouta-t-il. Il sait ce que c'est que d'être un objet de curiosité, un fugitif ? Ce n'est encore qu'un enfant, alors on doit le nourrir et le protéger, mais n'allez pas croire qu'il fait partie de la bande. S'il le pouvait, il nous vendrait sans hésiter.

– Oh, non, jamais... je vous le jure..., bredouillai-je.

J'étais sur le point de prêter allégeance au *Sophronia* et à son équipage, mais Myrtle gâcha tout comme d'habitude. Elle sortit de sa cabine, les cheveux en bataille et dressés sur la tête du fait de l'apesanteur.

– Pourquoi n'ai-je pas d'eau pour me laver ? demanda-t-elle d'un ton cassant. Art, je t'interdis de manger quoi que ce soit qui ait été cuisiné par cette créature ; elle a les mains noires de crasse. D'ailleurs, ce bateau dans son ensemble est d'une saleté repoussante !

Je rougis de honte ; certains membres d'équipage éclatèrent de rire, d'autres parurent outrés. Jack Havock, lui, se contenta de foudroyer ma sœur du regard. Puis il saisit un des globes en étain qui servaient de timbales à l'équipage. Il dévissa les deux moitiés et fit jaillir une boule d'eau tremblotante.

– Vous voulez de l'eau, miss ? Tenez, en voici.

Jack et ses amis devaient parfois se livrer à des batailles d'eau pour tromper l'ennui des profondeurs spatiales, songeai-je, car il visa avec précision. Telle une grosse balle hésitante, la sphère liquide traversa les airs et s'écrasa en plein sur le visage furieux de ma sœur, où elle éclata en une infinité de billes qui s'envolèrent dans tous les sens.

– Oh !… s'écria Myrtle.

La suite de ses paroles fut étouffée par les rires grossiers des membres d'équipage hilares.

Seul Jack Havock ne riait pas.

– Je suis désolé que notre maison vous paraisse si sale, répondit-il froidement. En vérité, nous sommes trop occupés à fuir votre marine pour faire le ménage. Et généralement, nous ne prenons pas de passagers. Ceux qui voyagent à bord du *Sophronia* doivent travailler

pour payer leur traversée. Je trouvais que votre frère et vous aviez l'air de bons à rien, mais vous venez de me donner une idée, miss. Durant tout le temps que vous naviguerez avec nous, vous ferez le ménage. Vous récurerez, vous astiquerez, vous rangerez derrière nous. On verra bien si vous réussissez à donner à notre bateau un aspect qui vous plaît davantage.

105

Sur ce, Jack s'écarta de la table et s'éleva vers une estrade. Grindle et Munkulus faisaient des cabrioles dans le vide en riant à gorge déployée, tandis que ma pauvre sœur restait plantée sur le seuil de sa cabine, trempée et furieuse. Des larmes coulèrent de ses yeux et montèrent rejoindre l'auréole liquide qui flottait au-dessus de sa tête.

Je me demandais si je devais voler à son secours car elle me faisait de la peine, mais j'étais en colère également. J'avais eu le sentiment que les pirates commençaient à m'accepter, et maintenant, à cause de sa petite crise, je n'étais plus qu'une bonniche à bord de ce vaisseau. Alors, je reportai mon attention sur le petit déjeuner (pas facile de manger du Poisson Siffleur et du gâteau aux pommes de terre en apesanteur, mais des années d'expérience à Larklight avaient fait de moi un spécialiste) et, finalement, ce fut Ssilissa qui alla prendre Myrtle par la main pour la conduire à table.

— Allons, missss, dit la fille bleue très gentiment, en poussant vers ma sœur une assiette pleine et une boule de thé. Nous n'avons pas toujours le temps de nous laver à bord du *Sssophronia*, mais mangez pour l'inssstant, je vous trouverai du ssssavon et de l'eau quand vous aurez terminé.

Myrtle regarda le plat posé devant elle en fronçant les sourcils.

— Je ne peux pas accepter de la nourriture volée à de pauvres gens assassinés.

– Quels gens ? demanda Nipper en toute innocence.

Et Grindle s'exclama :

– Qui a été assassiné ? Où ?

Myrtle les regarda en levant le menton d'un air hautain.

– Osez-vous nier que vos victuailles ont été volées à bord des navires que votre capitaine est si fier d'avoir abordés et pillés récemment ?

– Ces poissons, c'est moi que je les ai pêchés ! s'exclama Grindle avec colère. Sur le pont supérieur avec une canne et une ligne !

– Les patates ont été volées, c'est vrai, avoua Nipper, d'un air honteux.

– Mais nous n'avons asssasssiné persssonne ! précisa Ssilissa, dont la corolle d'épines s'était hérissée d'indignation. Nous sssommes peut-être des pirates, misss, mais nous ne sssommes pas des asssasssins ! Nous ne pointons nos canons que sssur les ailes et les trompettes d'échappement et, quand nous partons à l'abordage, c'est toujours avec des armes déchargées.

– Mais il est vrai qu'on aime bien dégainer nos épées, admit Nipper.

– Et parfois, nous sssommes obligés d'asssommer un éthernaute trop virulent pour l'empêcher de nous faire du mal…

– Mais jamais aucun de nous ne tuerait quelqu'un.

– Tout ce qu'on raconte dans la presse…, dit Myrtle.

Cette remarque déclencha l'hilarité des pirates.

— Ce ne sssont que des hissstoires, misss, dit Ssilissa. Les journalisssstes exagèrent, et peut-être que les équipages des navires que l'on pille exagèrent eux ausssi...

— Ils ont honte de rentrer chez eux et de dire à leurs patrons qu'ils ont été abordés et dépouillés par un jeune gars et une bande de créatures inoffensives comme nous, ricana Grindle.

Des larmes de joie jaillirent de ses yeux et tournèrent en orbite autour de sa tête comme un nuage de paillettes.

— J'ai entendu dire que Jack mesurait trois mètres de haut et qu'il avait une grande barbe noire broussailleuse ! gloussa Nipper.

— Et l'expédition sur Saturne, hein ? s'écria ma sœur. Le navire *Aeneas* porté disparu avec cent hommes à bord. Tout le monde sait que les coupables sont Jack Havock et sa bande !

— Tout le monde sse trompe, alors, misss, dit Ssilissa.

— Il y a des zones inexplorées entre Jupiter et Saturne, dit Nipper en baissant ses petits yeux pédonculés par respect pour les explorateurs disparus. Il a pu arriver n'importe quoi à l'*Aeneas* dans ce coin, et c'est la faute à personne, sauf au professeur Ptarmigan qui a été assez imprudent pour aller là-bas.

— Pourquoi est-ce qu'on s'en prendrait à une expédition scientifique, d'abord ? demanda Grindle. Elles ne transportent que des instruments et des drôles de crânes d'œuf en perruque et redingote. Par contre, ces navires marchands qui revenaient de Mars, ils étaient remplis d'or et d'argent...

– Et de cristal ! s'exclama joyeusement Nipper.

– Et tout ce qu'on a eu à faire pour s'en emparer, c'est de tirer quelques boulets sur leurs étraves et de se précipiter à bord en poussant des grands cris et en agitant nos pistolets non chargés, dit Grindle. La réputation de Jack Havock a fait le reste. Ces riches Terriens se bousculaient pour se rendre et nous offrir leurs biens. Ma parole, si Jack nous avait laissés prendre tout ce qu'ils nous offraient, ils auraient pas eu assez d'air ni de nourriture pour aller jusqu'à Londres !

– Mais on n'est pas des assassins, miss, insista Nipper en voyant ma sœur tressaillir devant le sourire édenté de Grindle que le souvenir de ces pillages anciens mettait en joie. On n'est que des pauvres orphelins qui vivaient derrière des barreaux jusqu'à ce que Jack nous libère et nous trouve un moyen de gagner notre vie.

Myrtle l'observa d'un air méfiant. Elle ne s'était pas encore adressée directement à Nipper car je crains qu'elle jugeait indigne d'elle de parler à un crustacé, mais sans doute fut-elle intriguée par ses paroles car elle demanda :

— Peut-on savoir pourquoi vous étiez emprisonnés, monsieur Nipper ?

Ce fut Ssilissa qui répondit :

— Parccce que nous sssommes différents, misss. Vous autres, habitants de la Terre, vous êtes plutôt gentils dans l'ensssemble, mais il y en a parmi vous qui ne peuvent pas voir une créature inhabituelle comme Nipper, Squidley, Yarg ou moi sans éprouver le besoin de nous sssonder, de nous interroger et de nous examiner. À l'exccception de Grindle et de Mr Munkulusss, nous avons tousss grandi dans un endroit où nous étions étudiés et harcccelés, et peut-être que nous ssserions morts sssans notre cher ami Jack.

— L'Institut royal de xénologie, dit Nipper et, pour une fois, il n'y avait aucune tendresse dans sa voix, uniquement de la haine et un soupçon de peur.

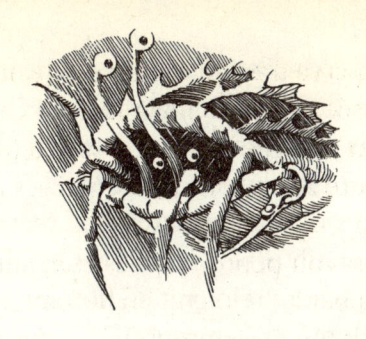

Je regardai fixement Myrtle en espérant capter son regard et lui rappeler qu'il serait malvenu d'indiquer à cet aréopage de monstres que notre pauvre père avait été un des correspondants de l'Institut. Mais Myrtle avait les yeux levés vers le gouvernail, où Jack faisait mine de l'ignorer, de manière très étudiée.

— Mr Havock semble avoir un penchant pour les orphelins, fit-elle remarquer et elle rougit jusqu'aux oreilles, ce qui jura affreusement avec Ssilissa dont le visage était marbré de taches pourpres.

— C'est lui-même un orphelin, lui confia Nipper. Ses parents faisaient partie de la colonie envoyée sur Vénus. Et vous savez ce qui s'est passé là-bas, miss.

— Dans ce cas, ils ne sont pas vraiment morts, soulignai-je. Je veux dire… techniquement parlant.

Myrtle me décocha un grand coup de pied sous la table. Sans doute avait-elle peur que je fasse de la peine à Jack Havock, ce qui ne manquait pas de culot si l'on songe que cinq minutes plus tôt, elle le traitait d'assassin et ainsi de suite !

— Vénus, dit-elle à voix basse. C'est épouvantable !

Comme je suis contente que le destin ne m'ait jamais conduite près de cet orbe maudit !

— Oh, mais c'est justement là que le destin vous conduit, miss ! dit Nipper, gaiement.

— Le *Sssophronia*, plus exactement, rectifia Ssilissa.

— C'est quoi, un orbe ? demanda Grindle.

Jack Havock nous rejoignit en flottant avec la légèreté d'une plume et s'immobilisa à ma hauteur. Il avait beau faire semblant de nous ignorer, il n'avait pas perdu une seule de nos paroles car il dit :

— Ne craignez rien. C'est une bonne cachette. Après tout, qui aurait encore envie d'aller sur Vénus ?

CHAPITRE NEUF

OÙ NOUS ATTERRISSONS SUR L'ÉTOILE DU BERGER.

Vous savez tous ce qui s'est passé sur Vénus, évidemment. Tout le monde sait ce qu'il est advenu des colonies installées là-bas, en 39, quand les Arbres Échangeurs ont fleuri.

Je crus que Myrtle allait s'évanouir de nouveau lorsque Jack lui annonça que nous allions sur Vénus, mais non. Elle se tut et mangea son petit déjeuner et, ensuite, elle commença à nettoyer le bateau. Je pense qu'elle avait changé d'avis sur Jack depuis qu'elle avait appris ce qu'il avait vécu. Avant cela, elle le considérait comme un individu irrémédiablement malveillant mais, maintenant, elle estimait qu'il s'agissait d'un pauvre pêcheur qui avait souffert et s'était fourvoyé mais que, si elle lui montrait le bon exemple, elle pourrait le convaincre d'abandonner son existence de criminel et de pirate.

Au cours de ce voyage de plusieurs jours jusqu'à Vénus, elle dut récurer, astiquer et lustrer chaque recoin de la grande cabine du *Sophronia*, et elle m'obligea à l'aider, je suis au regret de l'avouer. Quand nous eûmes terminé, le résultat était plutôt pas mal et je pense que les pirates étaient impressionnés, ou peut-être étaient-ils simplement stupéfaits de nous voir faire ; difficile à dire quand vous êtes face à des crabes, des calamars et des lutins. Le plus dur fut de ramasser toutes les miettes et les petits morceaux de nourriture qui flottaient partout. Alors qu'elle les pourchassait avec sa brosse et sa pelle à poussière, Myrtle déclara :

– Ce qu'il vous faut, monsieur Havock, c'est un troupeau de Porcs Voltigeurs.

— Des Porcs Voltigeurs ? Pas sur mon bateau, répondit-il d'un air renfrogné.

Il sentait, je pense, qu'elle essayait de le faire changer et il regrettait le jour où il l'avait nommée femme de ménage. Il y avait entre ma sœur et le jeune pirate ce que les érudits appellent, je crois, « un conflit de personnalités ». Souvent, je la surprenais en train de le regarder fixement quand il avait le dos tourné, comme si elle réfléchissait à d'autres façons de sauver son âme. Et quand c'était elle qui avait le dos tourné, c'était Jack qui la regardait en songeant certainement que la vie serait plus simple s'il ouvrait un panneau d'écoutille pour la jeter par-dessus bord.

Entre deux séances de ménage, Myrtle se retirait dans la petite cabine que nous partagions et là, elle griffonnait furieusement dans son journal. Sans doute notait-elle toutes sortes de détails qu'elle espérait utiliser un jour comme preuves contre Jack et son équipage lorsqu'ils seraient traduits en justice. Quant à moi, je m'occupais en réparant la chaîne de son médaillon, qu'elle avait brisée quand nous étions sur la Lune, si vous vous souvenez. J'avais fait du bon travail, mais quand je rendis son médaillon à Myrtle, elle me dit :

— Je t'en prie, Art, garde-le à l'abri sur toi pendant quelque temps encore. Si Jack Havock le voit, je crains qu'il soit tenté de me le voler.

Je rangeai donc le pendentif dans ma poche de veste, même si, intérieurement, j'étais certain que ni Jack ni ses amis n'auraient tenté de le voler. Ils étaient trop occupés à se partager la montagne de butin provenant des navires martiens qu'ils avaient attaqués. Je ne sais pas qui a lancé la rumeur selon laquelle le crime ne paie pas, mais je peux vous assurer qu'il s'est trompé. Ça paie très bien. Parmi les trésors acquis malhonnêtement par mes compagnons de bord se trouvaient des coffres remplis d'or et d'argent, des colliers en diamants, des caisses de superbes objets en cristal de Mars et un assortiment de montres de gousset, de boutons de manchettes et autres babioles. Quant aux robes en soie volées par Ssilissa, elles faisaient l'admiration de Myrtle, qui se disait certainement que la piraterie dans l'espace était une manière assez séduisante de gagner sa vie.

Bref, il se passait tellement de choses à bord que j'avais presque fini par oublier que nous voguions vers le territoire le plus tristement célèbre de l'Empire. Mais vint le jour où les moteurs ralentirent, la lueur dorée provoquée par notre avancée fulgurante dans l'éther s'atténua derrière les hublots et la lumière verte et froide de l'étoile du Berger se déversa sur nous.

De nos jours, nos anciennes colonies sur Vénus sont toutes en ruine et la planète a été désertée, à l'exception de quelques campements miniers près du pôle austral. Au moins, nous ne craignions pas d'être observés, alors que le *Sophronia* descendait dans cette atmosphère semblable à un bain de vapeur pour se poser sur une étendue d'herbe bleue entre les hauteurs boisées et le bord de la mer. Mais j'avais d'autres craintes. Je jetai des regards inquiets en direction des forêts d'où semblait s'échapper de la brume. Le feuillage bleu-vert des Arbres Échangeurs se balançait doucement au gré de courants qui n'avaient rien à voir avec le vent.

Nipper me donna un petit coup de pince amical dans le dos.

— Y a rien à craindre, Art. Les Arbres Échangeurs

fleurissent tous les cinquante ans. Jack dit que ça se reproduira pas avant 1889. D'ici là, on sera vieux, riches et loin d'ici.

– Oui, bien sûr, répondis-je en essayant de paraître courageux.

Mais s'il se trompait ? Si certains de ces arbres fleurissaient en ce moment même et si leur pollen invisible flottait autour de nous dans l'air empli de vapeur ?

Cette sinistre pensée ne semblait pas troubler mes compagnons de bord. Myrtle est toujours trop occupée par ses histoires de robes et ainsi de suite pour lire les articles du *Journal des garçons* et d'autres publications importantes, alors peut-être qu'elle ne savait pas précisément ce qui était arrivé aux colonies de Vénus. (Ou peut-être était-elle trop fière pour montrer à Jack Havock qu'elle s'inquiétait. En tout cas, elle le regardait d'un drôle d'air au moment de débarquer.) Quant aux autres, je pense qu'ils auraient franchi les grilles de l'enfer avec leur chef si celui-ci le leur avait demandé.

Ne voulant pas passer pour un froussard, je descendis la passerelle avec eux et foulai l'herbe de Vénus, plus épaisse et caoutchouteuse que l'herbe terrestre. Les brins bleus s'agitaient nerveusement sous nos pieds. Sur Vénus, la distinction entre les espèces animales et végétales n'est pas aussi nette que dans d'autres mondes et il existe de nombreuses espèces de plantes capables de se mouvoir. De fait, sur la pente où nous nous étions posés, des petits buissons dérangés par l'arrivée du *Sophronia* se déracinaient et détalaient. Je crus même en entendre certains maugréer. J'inspirai une grande bouffée d'air chaud et brumeux en pensant : « Eh bien, Art, s'il y a du pollen d'Arbre Échangeur dans l'atmosphère, tu en as plein les poumons maintenant et rien ne pourra te protéger de la Maladie des Arbres, alors inutile de te faire du mauvais sang. »

Après quoi, comme n'importe quel touriste, j'admirai le paysage autour de moi.

C'était un sacré spectacle. À l'est et à l'ouest, les falaises sculptées par le vent s'étendaient à l'infini et la mer moutonneuse grignotait leurs pieds. Derrière nous, les forêts se dressaient sous forme de vagues bleu-vert et, droit devant, un étroit éperon de terre dessinait un promontoire déchiqueté sur lequel reposaient les vestiges de quelques constructions envahies par la végétation. Les toits s'étaient écroulés depuis longtemps, mais les murs et les cheminées étaient toujours debout au milieu des arbres, tristes souvenirs de la funeste tentative de l'Empire pour exercer son influence sur ce monde.

– Quel est cet endroit ? interrogea ma sœur.

– Il s'appelait New Scunthorpe, répondit Jack Havock d'un ton sec. Des gens vivaient ici, jusqu'à ce que les Arbres Échangeurs fleurissent. Maintenant, c'est notre cachette.

Nous le suivîmes en file indienne sur le promontoire balayé par les vents, avec le ressac qui grondait en contrebas. Un épais bosquet de sortes de palmiers cuirassés avait poussé devant l'entrée, dans le mur d'enceinte de la colonie mais, lorsque Jack cria, ils se déracinèrent et s'écartèrent. Des Arbres Échangeurs, dressés telles des sentinelles silencieuses parmi les bâtiments vides, agitèrent leurs feuilles sur notre passage. Des toiles collantes, tissées par quelque plante carnivore, dansaient comme des rideaux de dentelle sales devant les fenêtres aveugles.

– Eh bien, dit Myrtle en reniflant avec mépris, j'espère qu'il ne compte pas sur moi pour faire le ménage ici également !

Je ne répondis pas. J'étais trop impressionné et intimidé par le décor. Lire des articles sur la Maladie des Arbres dans les livres, ce n'était pas comme se promener entre les maisons de tous ces pauvres colons qu'elle avait décimés. Cet endroit était véritablement affreux !

Mais, pour Jack et ses amis, ce n'était qu'une cachette, un endroit où ils pouvaient dissimuler leur butin à l'abri des regards indiscrets. Dans une ancienne chapelle, où des rayons de soleil verts filtraient à travers les poutres étouffées par les fougères, très haut sous le toit, ils avaient rassemblé des caisses, des tonneaux et des montagnes d'objets sous des toiles goudronnées, au milieu desquels ils se déplaçaient en riant, leurs grosses voix résonnant contre les murs couverts de mousse. Grindle ouvrit une caisse de bouteilles de rhum et tout le monde but au goulot sauf moi (j'étais trop jeune, dirent-ils) et Myrtle (qui était contre les alcools forts). Ssilissa prit ma sœur par la main pour l'emmener voir quelque chose à l'autre bout de la salle.

– Des trucs de filles, commenta Jack avec mépris en les regardant s'éloigner. Ta sœur a une mauvaise influence sur Ssil.

Je me demandai ce qu'il voulait dire. Je me demandai également comment il avait découvert cet étrange endroit. Enfin, je me demandai, et ce n'était pas la première fois, comment il en était venu à sillonner l'éther avec son équipage de créatures non humaines. Mais au cours des heures qui suivirent, je n'eus pas le temps d'essayer de trouver les réponses à ces questions. Nous étions tous très occupés à transporter les vivres, avec des brouettes et des charrettes à bras, entre la chapelle et le *Sophronia*, et le butin entre le *Sophronia* et le temple.

La journée vénusienne, longue de plusieurs mois, touchait à sa fin et la brume se para de teintes lilas et roses tandis que le soleil déclinait lentement à l'est.

Nous retournâmes à bord du *Sophronia* pour dîner, puis Myrtle et moi fîmes la vaisselle, en maugréant pour ma part, mais ma sœur me rappela à voix haute que « la propreté du corps s'apparente à la propreté de l'âme ». Après quoi, nous rejoignîmes les autres qui avaient allumé un feu de camp dehors, dans l'herbe, et nous nous assîmes tous en rond pour bavarder et chanter les chansons des autres sphères, aux étranges sonorités.

Je ne voudrais pas que vous pensiez, parce que je n'ai guère parlé du chagrin provoqué par la disparition de Père, que je n'avais pas pensé à lui au cours de notre voyage vers Vénus. Bien au contraire. Je pensais souvent à lui et, la nuit, je rêvais de la dernière fois où je l'avais vu, enveloppé comme une barbe à papa, prisonnier de cette immense araignée. Dans mes rêves, celle-ci se confondait avec la Mite Potière, et avec les souvenirs de mon séjour dans son pot, incapable de bouger, transformé en pierre par son venin. De fait, je pensais beaucoup au venin et aux sales méthodes des araignées ou d'autres insectes. Le spectacle de ces toiles tendues au milieu des ruines de New Scunthorpe, dans lesquelles avaient été emprisonnés de minuscules insectes repliés sur eux-mêmes, m'incita à confier mes pensées à Myrtle.

– Et si Père n'était pas mort ? demandai-je. Après tout, sur Terre, les araignées paralysent leurs proies et les enveloppent vivantes pour plus tard, comme l'a fait la Mite Potière avec nous, non ?

– Oh! fit Myrtle, qui n'avait visiblement pas envisagé cette hypothèse. Tu veux dire que notre pauvre papa est peut-être suspendu dans le garde-manger d'une araignée, en attendant d'être dévoré? Oh, quelle horreur, Art! (Etc.)

– Ces araignées n'appartenaient pas à une espèce ordinaire, insistai-je en haussant la voix pour couvrir les lamentations de ma sœur. Elles étaient intelligentes. Leur chef, du moins. Il possédait un vaisseau spatial et un chapeau, et il parlait un anglais correct. Supposons qu'il garde Père pour un autre usage? Pour servir d'esclave, par exemple, ou pour l'interroger?

– Art, tu lis trop de romans à quatre sous, déclara Myrtle en sortant un mouchoir pour se moucher. Pourquoi voudraient-elles interroger Père? Ce n'est pas un espion, ni un fonctionnaire. Il ne sait rien, il ne connaît que les Ichtyomorphes éthériques, et il est toujours heureux d'en parler à quiconque veut bien l'écouter. Pas besoin de l'envelopper dans une toile d'araignée pour ça!

Jack Havock, qui se prélassait de l'autre côté du feu, vint s'asseoir près de moi, prêt à soutenir Myrtle. C'était un peu gênant car je ne voulais pas qu'il entende ce que je disais. J'avais espéré qu'il me prendrait pour un aventurier intrépide et ça m'embêtait qu'il sache que je me languissais de mon père.

– Écoute, Art, dit-il chaleureusement, je sais que tu veux continuer à espérer, mais ton père a disparu, tu dois l'accepter. J'imagine que c'est dur…

– Balivernes ! s'exclama Myrtle qui devait le trouver fort malpoli, je suppose, de fourrer son nez dans notre chagrin intime. Qu'est-ce que vous en savez, hein ? Vous êtes orphelin depuis toujours, je présume. Alors que notre douleur est encore vive.

Jack se tut, les yeux fixés sur le feu. Les autres s'étaient tus eux aussi ; ils se demandaient comment allait réagir leur chef. Finalement, il se leva mais, au lieu de retourner à sa place, il me tendit la main et dit :

– Viens, Art.

– Où l'emmenez-vous ? s'écria Myrtle. Je vous l'interdis !

– Vous pouvez venir aussi, si vous le souhaitez, répondit Jack sans même la regarder.

Je pris la main qu'il me tendait et il m'aida à me relever. Côte à côte, nous descendîmes la pente qui conduisait à la mer scintillante. Myrtle marchait derrière nous en tapant du pied. Les pirates rassemblés autour du feu s'étaient remis à murmurer, puis Mr Munkulus entonna une chanson joyeuse, mais l'écho de leurs voix mourut bientôt, alors que nous suivions le morne promontoire qui s'avançait parmi les ruines obscures. La mer chuchotait et, entre le bruissement des vagues qui se brisaient et leur long soupir lorsqu'elles se retiraient, il me semblait entendre les battements de cœur lents et étouffés des Arbres Échangeurs.

– Où va-t-on ? s'enquit Myrtle.

Jack ne répondit pas, mais il nous fit entrer dans

une des vieilles maisons ; une petite construction carrée où les mauvaises herbes qui poussaient en rangs serrés bruissaient comme si elles nous adressaient des murmures de reproche parce que nous envahissions leur demeure.

— Pourquoi nous avez-vous conduits ici ? demanda Myrtle, les mains sur les hanches.

Sa peur de l'obscurité naissante et de toutes les bestioles vénusiennes qui pouvaient s'y cacher la faisait hausser le ton, comme si elle s'adressait à une personne sourde.

— C'était la maison de mes parents, expliqua Jack.

Cette réponse coupa le sifflet à ma sœur. À moi aussi.

– Les premiers signes de la maladie sont des vertiges et une sorte de somnolence plutôt agréable, ajouta-t-il en balayant du regard les murs écroulés. Au-dehors, les Arbres Échangeurs étaient massés, compacts et immobiles. Il était facile d'imaginer qu'ils écoutaient.

Jack continua :

– Je n'étais qu'un enfant, mais je me souviens que tout le monde avait sommeil, les gens s'endormaient au travail et ainsi de suite. Au début, ils disaient que c'était juste un coup de froid, mais les périodes pendant lesquelles ils restaient éveillés devenaient de plus en plus brèves. Ils demeuraient immobiles pendant des heures, face au Soleil. Ils parlaient de plus en plus lentement, jusqu'à ce qu'un simple mot puisse s'étirer sur une heure ; ils mettaient parfois une journée entière à prononcer une phrase. Ensuite, ils ont cessé d'utiliser des mots. Leur peau s'est durcie et a viré au gris argenté. L'un après l'autre, ils sont sortis dans leur jardin ou ils sont partis dans les champs et les bois pour se trouver un endroit. Là, ils ont recroquevillé leurs orteils dans la terre et ils n'ont plus jamais bougé.

Myrtle dit à voix basse :

– Vous ne pouvez pas vous souvenir de ça. Vous ne pouviez pas être là. Personne ne survit à la Maladie des Arbres !

– Tout le monde a survécu, corrigea Jack. Simplement, une fois que la maladie s'est installée, ils n'étaient plus eux-mêmes. À l'exception d'un garçon. Quand les secours sont arrivés avec leurs combinaisons en toile goudronnée et caoutchoutée, leurs grosses lunettes et leurs masques, ils ont découvert un petit garçon, tout seul. Ils pensaient qu'il avait été contaminé par le pollen des Arbres Échangeurs comme les autres, mais de manière différente, moins visible. Ils craignaient qu'il soit contagieux. Alors, ils l'ont conduit en quarantaine dans un endroit situé à l'arrière de la Lune et ensuite, quelques mois plus tard, ils l'ont emmené à l'Institut royal de xénologie de Londres.

– Et ce garçon, c'était vous ? demandai-je.

– À quoi bon nous raconter cette histoire s'il s'agissait de quelqu'un d'autre ? rétorqua Myrtle d'un ton cassant. Franchement, Art ! Essaye de suivre. (Elle soupira et posa sur notre compagnon un regard compatissant.) Pauvre Jack ! Ça a dû être horrible pour vous ici, avec votre père et votre mère morts…

— Ils ne sont pas morts, dit Jack. Venez voir.

Une bande de lumière couleur citron s'étendait à l'horizon, juste au-dessus de la mer. Elle éclairait nos visages alors que nous suivions le promontoire. Devant les maisons en ruine, les Arbres Échangeurs formaient de petits bosquets ; ils étaient toujours par deux, trois ou quatre. Leurs cœurs végétaux battaient lentement, à un rythme régulier. Le sol s'élevait en pente douce jusqu'à un petit cap.

— Chez nous, mon frère Syd a été le premier à se transformer, reprit Jack. Je me souviens très bien quand on l'a conduit ici, maman, papa et moi, lorsque vint le moment de le planter. Dans d'autres colonies, des émeutes ont éclaté ; des gens effrayés ont brûlé et abattu les nouveaux arbres. On ne voulait pas qu'il arrive la même chose à Syd. Mais à cette époque-là, maman avait commencé à changer, elle aussi. Je me souviens du contact de sa main qui tenait la mienne : elle était dure et rugueuse, mais chaude, comme de l'écorce. Il lui a fallu une éternité pour monter jusqu'ici car elle s'arrêtait et se figeait sans cesse. « Maman, maman », je disais pour l'encourager — je n'avais que quatre ans ou à peu près —, mais déjà elle s'éloignait de nous, elle pensait comme un arbre. La semaine suivante, elle est venue ici toute seule, et elle y est restée. La semaine d'après, ce fut au tour de papa. Et je me suis retrouvé seul. Heureusement, il y avait largement de quoi se nourrir ; on était en plein été et la récolte avait été abondante dans les vergers et les potagers. Je me suis débrouillé du mieux que j'ai pu. Je passais le plus clair de mon temps assis ici, en attendant de me transformer en arbre. Mais ça ne s'est jamais produit.

Nous gravîmes les derniers mètres qui nous séparaient de l'extrémité du promontoire. Tout en bas, la mer avait les reflets du bronze dans cet étrange et long coucher de soleil. À la pointe, au milieu des rochers et de l'herbe bleue balayés par les vents, le père, la mère et le frère de Jack semblaient nous attendre ; leurs branches feuillues jetaient des ombres tachetées sur nos visages renversés. Ils faisaient de jolis arbres avec leur écorce argentée et leurs feuilles d'un vert pâle qui paraissaient presque blanches quand les bourrasques les agitaient.

– Je pensais sans cesse à cet endroit, reprit Jack, durant tout le temps où ils m'ont gardé enfermé à l'Institut. Et, dès que j'ai eu le *Sophronia*, je suis revenu ici. C'est à ce moment-là que je me suis aperçu que c'était le lieu idéal pour se cacher, effectuer des réparations et ainsi de suite.

Myrtle le suivit dans un petit vallon qui descendait en pente douce entre trois arbres. Son cœur avait été ému par le portrait qu'il nous avait tracé de ce petit garçon solitaire dans cette ville fantôme et elle voulait une fin heureuse pour cette histoire.

– Allons, dit-elle sans animosité, je suis sûre que

vous n'étiez pas vraiment prisonnier. Les gentlemen de l'Institut royal de xénologie vous ont certainement traité avec gentillesse.

– Drôle de gentillesse, répondit Jack avec un petit ricanement.

Il parut songeur pendant un moment. Puis il s'assit par terre en s'adossant à une pierre et nous fit signe d'en faire autant. Et là, dans l'éclat de l'étoile du Berger, sous les branches des arbres qui avaient été sa famille, il nous raconta son histoire.

CHAPITRE DIX

BRÈVE DIGRESSION AU COURS DE LAQUELLE
NOUS APPRENONS CERTAINS FAITS RELATIFS À LA VIE
ET AUX AVENTURES DE JACK HAVOCK.

Imaginez Londres. Imaginez la capitale de la Grande-Bretagne, le cœur de l'Empire, la plus grande et la plus formidable ville de tous les mondes du Soleil. Imaginez les tours de lancement des éther-navires qui s'élèvent au-dessus des toits telle une forêt majestueuse, ou bien les mâts des bateaux faisant route vers la mer sur la Tamise et, à l'est, le nouvel ascenseur spatial de Mr Brunel, étincelant dans l'éclat du Soleil. Imaginez le Parlement, les palais et les villas, l'animation incessante des rues grouillantes de monde.

Et maintenant, imaginez un jeune garçon qui grandit au cœur de cette ville, mais caché, enfermé, ignorant tout de la vie qui se déroule au-dehors de l'immeuble sombre et bruyant où il habite, ne connaissant rien du monde extérieur à l'exception du jardin triste, entouré d'un grand mur, où il avait parfois le droit de jouer.

L'Institut (ainsi qu'on lui avait appris à nommer cet endroit) sentait la cire, le formol et le savon de Marseille. Au sous-sol, il y avait une cuisine d'où sortaient à intervalles réguliers des plats bourratifs, en même temps qu'une forte odeur de chou. Les femmes qui travaillaient dans ces cuisines paraissaient joyeuses; parfois, quand Jack parvenait à coller son oreille à la porte, il entendait leurs voix, leurs rires étouffés. Mais elles n'avaient pas le droit de lui parler, ni de sortir de leur cuisine pour arpenter les couloirs sinistres.

Il y avait un grand nombre de scientifiques à l'Institut et beaucoup de domestiques mécaniques, mais les automates ne parlaient pas et les messieurs ne parlaient qu'entre eux.

Il y avait d'autres détenus également. D'autres enfants ; Jack n'en était pas sûr. Ce n'étaient pas des êtres humains en tout cas. Il les voyait parfois quand ils se promenaient dans le jardin ou quand ils passaient dans les couloirs, accompagnés par des médecins à l'air maussade, vêtus de manteaux sombres. Un couple de créatures ressemblant à des anémones de mer sur pattes, des spécimens provenant de la récente expédition de sir Abednego Steam sur la lune-océan de Ganymède. Un crabe de terre géant, appelé Nipper, capturé lors du même voyage et qui faisait maintenant office de factotum à l'intérieur de l'Institut. Monstre inoffensif et naïf, Nipper fredonnait souvent pendant qu'il balayait les escaliers et les couloirs sans fin ou qu'il frottait les grilles des cheminées à la mine de plomb. Jack aimait bien Nipper. Il était toujours gentil et parfois, quand il revenait d'une course dans le monde extérieur, il donnait en douce à Jack une pâtisserie cachée dans un repli de sa carapace. À l'arrivée, les pâtisseries sentaient un peu le poisson, évidemment, mais Jack était quand même content, et il se réjouissait de l'amitié de Nipper.

Il était plus sceptique vis-à-vis de l'autre monstre, une espèce de lézard bleu tout fin avec des épines en guise de cheveux, qui lui souriait parfois. Mais c'était un sourire rempli de dents aiguisées et Jack avait l'impression que cette bestiole voulait le manger. Il était toujours mal à l'aise quand il devait passer devant la chambre du machin lézard, la 76, dans l'aile ouest. Une fois, il l'avait entendu pleurer et il craignait que le lézard pleure parce qu'il avait faim, qu'il sorte brusquement et l'avale tout cru s'il l'entendait passer.

Jack avait sa chambre lui aussi, sous les toits, avec une fenêtre donnant sur une cour, un lit en fer et un lavabo. Des vêtements qui grattaient, tous de couleur sombre, étaient suspendus dans un placard. Il avait un autre placard rempli de jouets : des cubes et des balles multicolores, des soldats de plomb, des maquettes d'avion, et un lapin en laine que Jack adorait et qu'il câlinait en secret le soir quand il se couchait.

Chaque journée débutait par des leçons. Il étudiait l'histoire, l'anglais et les Écritures. Les mathématiques également, matière dans laquelle il excellait. Puis c'était le déjeuner, toujours identique : pain bis et soupe grise. Il y avait ensuite la promenade dans le jardin. Puis de nouvelles leçons, sauf quand les médecins le conduisaient dans une des grandes salles du rez-de-chaussée où la lumière avait du mal à pénétrer à travers les rideaux couleur thé. Dans cet amphithéâtre, de vieux visages sévères le toisaient du haut de leurs bancs en acajou, tandis que les gentlemen de l'Institut le mesuraient, lui posaient des questions et l'obligeaient à jouer à de drôles de petits jeux avec des balles et des chiffres. Ensuite, ils murmuraient entre eux et griffonnaient des notes dans leurs grands carnets noirs.

– Toujours aucun signe d'infection…, commentait le docteur Allardyce, visiblement déçu.

– Apparemment, c'est un enfant normal, en bonne santé, confirmait le professeur Snead en faisant la moue.

– C'est un enfant normal et en bonne santé, confirmait le professeur Ptarmigan d'un ton bourru. Quand l'admettrez-vous enfin et le laisserez-vous sortir d'ici ?

Les autres secouaient la tête et murmuraient : « Trop risqué, Ptarmigan » ou bien « On ne peut pas être sûrs » ou alors « Il faut encore rassembler des preuves », puis ils rangeaient leurs papiers, leurs plumiers et ils laissaient au professeur Ptarmigan, jeune homme pâle et nerveux, le soin de raccompagner Jack dans sa chambre en empruntant l'escalier en colimaçon.

Le professeur Ptarmigan était différent des autres. Plus gentil. Plus enclin à considérer Jack comme une personne et non comme une chose. Une ou deux fois, timidement, il lui avait offert un cadeau : un jouet provenant de quelque magasin invisible situé au-delà des grands murs de l'Institut et un livre intitulé *Histoires maritimes pour les garçons* que Jack avait lu et relu, se délectant de ces récits de pirates et de boucaniers, dans des contrées où le ciel était bleu et non pas couleur de fumée.

C'était donc vers Ptarmigan, bien évidemment,

que Jack s'était tourné lorsque, en grandissant, il avait commencé à s'interroger : « Pourquoi suis-je ici ? »

– Quel est donc cet endroit, professeur Ptarmigan ? demanda-t-il un mercredi humide de novembre.

– C'est l'Institut royal de xénologie, répondit le jeune médecin. C'est ici que nous étudions les spécimens anormaux de la vie extraterrestre.

Jack regarda ses mains. Il savait qu'il avait la peau plus sombre, plus mate que le professeur Ptarmigan et les autres gentlemen au teint cireux qui l'étudiaient mais, pour tout le reste, il avait l'impression de leur ressembler. Il demanda :

– Je fais partie de ces spécimens ?

– Bien sûr que non, Jack ! Tu es aussi humain que moi. Du moins…

– Quoi ?

Le jeune homme pâle paraissait gêné. Sa pomme d'Adam descendit se cacher derrière son col haut amidonné, puis réapparut. Il conduisit Jack dans une galerie remplie d'ossements d'Ichtyomorphes fossilisés, déserte à l'exception de Nipper qui balayait patiemment dans un coin, et là il raconta brièvement à Jack le triste sort qui s'était abattu sur lui.

– Tu étais immunisé contre la Maladie des Arbres, Jack, chuchota-t-il. On ne sait pas pourquoi. Je crois que c'est simplement une question de chance, comme celle qui permet à certaines personnes de survivre au choléra ou à la diphtérie, alors que tout le monde dans leur entourage a été décimé. Mais mes collègues ne sont pas de cet avis. Je suis sûr que le docteur Allardyce s'attend à ce que tu développes des branches et des feuilles pour ton douzième anniversaire !

Jack voulait en savoir plus, évidemment. Comment s'appelaient ses parents ? Pourquoi étaient-ils sur Vénus ? Et tout le reste. Mais le professeur Ptarmigan ne voulait rien dire.

– Je ne peux pas, Jack, expliqua-t-il. Ma carrière a atteint un stade critique. Le gouvernement m'a enfin autorisé à conduire une expédition sur Saturne. On est en train de préparer l'éther-navire HMS *Aeneas* à Farpoo. Je serai parmi les premiers philosophes naturels à visiter cette planète isolée, où des merveilles d'une importance capitale attendent d'être découvertes, j'en suis persuadé. Si je provoquais le mécontentement de l'Institut maintenant, un autre pourrait prendre ma place. Je suis navré, Jack.

« Rien à faire, donc », se dit le jeune garçon. Mais, le lendemain soir, il trouva une clé par terre dans sa chambre, juste derrière la porte. Il devina immédiatement qui l'avait glissée là et quelle porte elle ouvrait. Cette nuit-là, il ne dormit pas ; il récita des prières en remerciement de la gentillesse du professeur Ptarmigan et il attendit impatiemment que les bruits du bâtiment cèdent place au silence.

Enfin, quand il n'entendit plus ni pas ni voix, lorsque même les cris et les baragouinages des étranges animaux enfermés dans l'autre aile se furent tus, il s'empressa de descendre. Il n'y avait personne dans les parages, à part le vieux veilleur de nuit, Slapestone, installé dans son cagibi près de la porte d'entrée, en train de lire un journal de sports. Jack passa devant lui telle une ombre et se dirigea vers la salle des archives.

Il y avait là une énorme quantité de dossiers, mais ils étaient tous soigneusement classés par ordre alphabétique et il ne fallut pas longtemps à Jack pour trouver celui qui portait la mention « Spécimen 1072 : Jonathon Havock ». Il le descendit de l'étagère et l'ouvrit. C'est ainsi qu'il découvrit pour la première fois les noms et les visages de ses parents Josiah Havock (1809-1839), chirurgien dans la Royal Navy, et son épouse Maria (1805-1839), esclave affranchie originaire des Îles du Vent.

Tenant son bout de bougie tremblotante dans une main, il tourna les pages sans bruit pour lire cette fine écriture moulée et impassible. Son père, apprit-il, était le fils cadet d'une vieille et noble famille écossaise, les Havock du Stirlingshire. Mais ils avaient été scandalisés quand Josiah avait ramené à la maison sa fiancée noire et leur bébé, et ils l'avaient chassé sans un sou. Nullement découragés, Josiah et Maria avaient répondu à l'appel de l'aventure et décidé de partir s'installer dans une des nouvelles colonies sur la planète Vénus. Josiah était chirurgien et son épouse doctoresse (ils s'étaient rencontrés, précisait une note annexe, alors qu'ils soignaient des marins souffrant de la fièvre jaune aux Antilles). Les colons avaient un trop grand besoin de bons médecins pour se soucier du fait que Mrs Havock soit noire, rouge ou verte ; de plus, les épouses de toutes ces couleurs étaient monnaie courante dans les colonies spatiales. Très vite, le couple s'installa dans un agréable cottage derrière l'hôpital de New Scunthorpe, sur Vénus, et c'est là que le 12 décembre 1838 naquit leur deuxième fils, Jonathon.

Jack regarda longuement leurs photos et ses souvenirs confus, vacillants, de mer, de ciel bleu et de bonheur, commencèrent à prendre un sens. Il se souvint des arbres également, des équipes de secours avec leurs combinaisons caoutchoutées, et des hommes qui l'avaient conduit dans cet Institut glacial.

Il y avait une autre photo de sa famille, de ce qui leur était arrivé. Jack l'observa longuement elle aussi, en se remémorant le promontoire, le bruissement de la mer, et l'attente du changement qui ne s'était jamais produit.

Tous ceux qui se trouvaient sur Vénus ce printemps-là, indiquait le dossier, avaient succombé à la maladie. Même ceux qui avaient été emmenés très peu de temps après son apparition étaient tombés malades et s'étaient métamorphosés dans les cabines des navires de secours. Sur les vingt mille colons, seul Jonathon Havock avait survécu.

Pourquoi ? Pourquoi est-ce que le pollen qui avait contaminé tout son entourage ne l'avait pas changé, lui aussi ? Quel était le secret de son immunité ? La Maladie des Arbres avait-elle pris une autre forme chez lui, le transformant en une chose qui n'était plus tout à fait humaine ? Voilà ce que les gentlemen érudits de l'Institut royal de xénologie cherchaient à découvrir depuis des années. Mais autant que pouvait en juger Jack, après avoir parcouru toutes ces pages de notes, ils n'avaient pas encore trouvé la réponse.

Il essaya d'interroger le professeur Ptarmigan le lendemain, puis le surlendemain, mais celui-ci était subitement devenu presque aussi froid et renfermé que les autres gentlemen.

Jack conserva la clé et à partir de ce jour, très souvent, il se faufila dans la salle des archives quand l'Institut dormait. Lors de ses premières visites, il se contenta de lire et de relire son dossier, et plus particulièrement les passages concernant ses parents. Mais cela avait pour seul effet de remplir son crâne de questions de plus en plus nombreuses, auxquelles il n'avait pas les réponses. Finalement, lassé, il entreprit d'explorer les autres dossiers qui encombraient les étagères. C'est ainsi qu'il apprit les noms de certains occupants de l'Institut, ces êtres étranges qu'il entrapercevait parfois dans les couloirs et les jardins. Jusqu'alors, à l'exception de Nipper, ils lui paraissaient effrayants; on aurait dit des créatures cauchemardesques. Mais dès qu'il put leur donner un nom et qu'il connut un peu mieux leurs histoires, il les regarda avec davantage de bienveillance.

Les spécimens 1010 a et 1010 b, les jumeaux qui ressemblaient à des anémones de mer sur pattes, étaient considérés comme des êtres intelligents qui communiquaient entre eux par la pensée. Le spécimen 1026, le lézard bleu, était sorti d'un œuf découvert gelé dans une mine, dans les profondeurs de Jupiter. On l'avait baptisé Millicent, comme la sœur du docteur Allardyce, mais le son le plus proche de ce nom que réussissait à produire sa bouche de lézard était Ssilissa, et au bout d'une vingtaine de pages, ceux qui rédigeaient ces dossiers avaient pris l'habitude de l'appeler ainsi. Elle possédait un don pour l'alchimie, qui méritait d'être étudié, soulignait une étrange note. Si les autres spécimens de sa race inconnue étaient aussi rapides pour calculer les trajectoires à travers l'éther et pour saisir les principes fondamentaux du mariage chimique, cela pouvait représenter un danger pour l'Empire…

À l'époque du douzième anniversaire de Jack, des changements se produisirent à l'Institut. Le professeur Ptarmigan se rendit à Io, où il devait embarquer à bord de l'éther-navire *Aeneas* afin d'entreprendre son voyage historique vers Saturne. Presque au même moment, le vieux docteur Allardyce prit sa retraite et un nouveau directeur fut nommé à sa place ; quelqu'un de l'extérieur qui possédait des amis au gouvernement. Il s'appelait sir Launcelot Sprigg ; c'était un homme aux cheveux poil-de-carotte, relativement jeune, avec un visage grassouillet constellé de taches de rousseur et des yeux gris, froids et étroits comme des lames de rasoir. Quand les autres gentlemen lui présentèrent Jack et expliquèrent comment et pourquoi il s'était retrouvé à l'Institut, le docteur Sprigg dit, en plissant encore plus les yeux :

– Il est ici depuis sept ans, hein ? Sept ans de nourriture ingurgitée par ce sauvage aux frais des contribuables, et dans quel but, je vous prie ? Avec quels résultats ? Hein ? Hein ?

– Nous avons effectué de nombreux tests, sir Launcelot, bredouilla le professeur Footlinge. Apparemment, c'est un garçon humain normal.

– Au diable, les tests ! déclara le nouveau directeur avec mépris. Au diable, les dossiers ! Quant à savoir s'il est humain ou pas, c'est moi qui en déciderai. Vous n'êtes pas plus avancés qu'avec ce misérable lézard bleu ! Vous faites venir des alchimistes pour bavarder avec elle, vous vous pliez à ses caprices en écoutant

*Jack fut déshabillé, mesuré et photographié
par un appareil expérimental.*

ses affirmations fantaisistes, comme si une créature inférieure comme elle était capable de comprendre les immenses découvertes de sir Isaac ! Fini, tout ça ! Une ère nouvelle exige des méthodes nouvelles, messieurs. Des méthodes qui portent leurs fruits !

Jack fut déshabillé, mesuré et photographié par un appareil expérimental. L'assistant du photographe enflamma une cuvette pleine de poudre lumineuse qui emplit l'amphithéâtre d'une fumée bleue odorante et fit éternuer tout le monde. Sir Launcelot se moucha dans un gigantesque mouchoir à dessin cachemire et dit :

– Très bien, messieurs. Voilà tout ce que peut nous apprendre l'extérieur. Ramenez-moi ce garçon demain à… (Il consulta une liste.)… onze heures de la matinée. Je le caserai juste après le spécimen 1029. Bonne journée à vous tous.

Qu'est-ce que ça signifiait ? Rien de bon, Jack en était convaincu. Les vieux gentlemen se regardèrent, ils regardèrent Jack, puis ils secouèrent la tête et échangèrent des paroles à voix basse.

– Pauvre garçon ! dit le docteur Snead, mais aucun ne s'adressa directement à Jack, de peur que sir Launcelot les entende et les renvoie.

Ils étaient tous très âgés et la plupart avaient fait toute leur carrière à l'Institut. S'ils avaient été contraints de gagner leur vie à l'extérieur de ces murs, ils auraient été aussi perdus et impuissants que Jack.

Ce soir-là, couché dans son lit, incapable de trouver le sommeil, Jack contempla la lune à travers les barreaux de sa petite fenêtre en essayant de distinguer les mers et les villes qui se trouvaient à sa surface. Alors qu'il venait d'apercevoir un clipper qui décollait de Port George, on frappa à sa porte. Il se redressa, surpris. On frappa de nouveau.

Il se leva pour aller ouvrir et Nipper entra dans sa chambre.

– Oh, Jack ! fit le crabe en agitant nerveusement ses yeux sur pédoncules. Il faut que tu partes d'ici ! Il faut qu'on parte tous, cette nuit !

– Pourquoi, Nipper ? Que se passe-t-il ? demanda le garçon en se précipitant vers le sympathique crustacé pour caresser sa carapace.

– Je sais ce qu'il prépare ! chuchota Nipper. Je les ai entendus parler à travers la porte. Je les ai vus tout préparer dans l'amphithéâtre. Oh, Seigneur ! Au secours !

– Mais de quoi parles-tu ? Qu'est-ce qui va se passer ?

– Le nouveau directeur... ce sir Launcelot, il a l'intention de t'ouvrir en deux pour regarder à l'intérieur ! Une dissection, il appelle ça. C'est la seule façon sûre de savoir, dit-il. Et pas seulement toi, Jack. Ssilissa et les anémones aussi ! Oh, au secours ! Seigneur !

— Il ne fera pas ça ! s'exclama Jack.

— Il le fera ! Crois-moi ! Sauf si tu t'enfuis cette nuit. Je t'aiderai, Jack. Il ne m'aime pas, ce Sprigg. Combien de temps encore avant qu'on me jette à la rue ou qu'on me dissèque comme vous autres ? On va s'enfuir, Jack. On ira dans un cirque, ou bien on partira pour les champs d'or d'Amérique ou les étendues de sel de Spoo…

Glissant la patte à l'intérieur de sa carapace, il en sortit un gros anneau en fer sur lequel tintaient des dizaines de clés.

— J'ai pris ça dans le placard de Slapestone. Comme l'autre clé que je t'ai donnée.

— C'est toi qui m'as donné la clé des archives ? s'exclama Jack, à la fois stupéfait et déçu car il avait toujours cru que c'était le professeur Ptarmigan qui lui avait offert la possibilité de découvrir son passé.

Nipper abaissa ses pédoncules ; c'était sa manière à lui de prendre un air honteux.

— Je t'ai entendu questionner Ptarmigan dans la salle des ossements, ce jour-là, avoua-t-il. Je savais que tu n'obtiendrais aucune réponse de sa part. Il avait trop peur pour sa position et sa place dans l'expédition. Alors, j'ai pris une des clés pour te la donner. Slapestone a plusieurs doubles et généralement, il est trop saoul pour s'apercevoir qu'il en manque.

Comme ce soir. J'ai déposé une bouteille de gin à côté de son bureau ; ce n'est pas lui qui nous empêchera de partir. Tout seul, dehors dans ce vaste monde, ce sera effrayant. Mais tant que je serai avec toi...

Jack tapota la carapace épineuse du gros crabe. Il était terrorisé mais, d'une certaine façon, le fait de devoir veiller sur Nipper lui donnait du courage.

– Tout ira bien, Nip, promit-il.

Après avoir pris les clés, il fonça dans les chambres où vivaient Ssilissa et les anémones et déverrouilla les portes. Les créatures jumelles ne parlaient pas anglais ; elles s'exprimèrent par des roucoulements et des trilles quand il leur expliqua ce qui se passait, mais leurs couronnes de tentacules virèrent au bleu et au rouge et il en déduisit qu'elles avaient compris ses pensées, à défaut de saisir ses paroles. Quant à Ssilissa, elle prit immédiatement conscience du danger et, pendant un instant, elle fut frappée de terreur ; elle se roula en boule comme si elle souhaitait retourner dans son œuf. Puis elle parut se ressaisir. Elle sourit à Jack et, cette fois, son sourire plein de dents ne l'effraya pas ; au contraire, il lui redonna des forces nouvelles car il savait qu'il avait trouvé une amie et une alliée.

Tous les cinq, ensemble, ils descendirent dans le hall à pas feutrés. Slapestone ronflait derrière son bureau ; le fond de sa bouteille de gin brillait faiblement dans la lueur de sa lampe. Mais Jack n'était pas encore prêt à partir.

– Attendez, glissa-t-il à ses compagnons et, avec Nipper sur les talons, il courut ventre à terre jusqu'à la salle des archives où il s'était rendu si souvent.

Il fourra dans les poches de son manteau le contenu de son dossier, les photos de ses parents et le journal de son père. Puis il prit également les dossiers des anémones et de Ssilissa en se disant qu'ils seraient heureux, eux aussi, de connaître leur histoire.

Il avait parcouru la moitié du chemin en sens inverse lorsqu'une autre pensée le frappa. Ssilissa, les anémones et lui étaient les seuls êtres pensants de l'Institut, mais tous les autres ? Ceux qui ne pensaient pas, ou du moins pas d'une manière perceptible par les gentlemen de l'Institut ? L'aile est était remplie d'animaux et d'oiseaux extraterrestres envoyés par des naturalistes des nouveaux mondes de l'espace. Devait-il laisser ces pauvres créatures se faire découper par sir Launcelot Sprigg ?

Non, évidemment.

– Peux-tu te montrer féroce ? demanda-t-il à Nipper.

– Non, Jack. C'est pas dans ma nature. Mais je pourrais faire semblant, peut-être…

Ils coururent jusqu'à l'aile est. Ils n'avaient pas les clés de cette partie du bâtiment, mais Jack força la serrure de la porte. De l'autre côté, il y avait un gardien, un homme comme Slapestone, mais éveillé et sobre celui-ci. Peu importe. Nipper avança vers le pauvre homme en grognant et en faisant claquer ses pinces. Il ne pouvait s'empêcher de glousser discrètement en assistant à son numéro mais, aux yeux du gardien apeuré, il n'en était que plus terrifiant.

– Pitié ! cria le pauvre homme d'une voix stridente en reculant contre le mur. Il est devenu fou ! Retiens-le !

– Faites ce que je vous dis et je l'empêcherai de vous faire du mal, promit Jack.

Il bâillonna le gardien avec son propre mouchoir et se servit de ses bretelles pour le ligoter sur une chaise.

– Ai-je été suffisamment effrayant ? demanda Nipper pendant que Jack récupérait un autre trousseau de clés dans la poche du gardien.

– Il n'y a pas plus effrayant, Nip !

Ils se précipitèrent dans toutes les salles de l'aile est, ouvrirent les grandes cages qu'ils y trouvèrent et renversèrent les vivariums. Les couloirs obscurs s'emplirent de grognements et de couinements, de croassements et de hululements. Des polypodes aveugles, des insectes frêles, des serpents à fourrure et des coléoptères gros comme des tables jaillirent de leurs prisons et coururent dans tous les sens, pris de panique. Un Chardon Mordeur ingrat s'en prit à Jack et sans doute l'aurait-il dévoré si Nipper n'avait pas été là pour grogner et agiter ses pinces afin de le mettre en fuite. Quand la dernière cage fut ouverte et que l'aile est ressembla à une jungle où résonnaient les cris des anciens captifs, le grand crabe prit délicatement Jack par la manche de sa veste pour le ramener vers l'entrée principale en lui rappelant que leurs amis les attendaient.

Ils étaient encore là et Slapestone dormait toujours ; une bulle de bave scintillait entre ses lèvres. Des Oiseaux Méduses et des Chauves Souris Parapluie de Mars virevoltaient, projetant des ombres inquiétantes dans le hall. Jack courut à la porte, tourna la grosse clé dans la serrure, abaissa la poignée et découvrit pour la première fois le monde au-delà de l'Institut.

Il vit des palissades en fer entourant un jardin sinistre ; des lampadaires à gaz éclairant le pavé mouillé. Quelques marches menaient au trottoir. Il s'apprêtait à les descendre quand il entendit un vacarme qui allait s'amplifiant. Au coin de la rue surgit une voiture noire étincelante tirée par deux chevaux blancs.

Jack demeura sur le seuil, comme pétrifié, devant ses camarades regroupés derrière lui. Un Coléoptère Titanesque bourdonna à son oreille et vola vers le lampadaire à gaz le plus proche. La voiture s'arrêta en dérapage au bord du trottoir et les sabots des chevaux firent crépiter des étincelles sur les pavés. Sir Launcelot Sprigg en jaillit, en habit de soirée, avec une longue cape qui tourbillonna autour de lui tandis qu'il gravissait les marches. Il brandissait une canne dans une main, et dans l'autre un objet rond et noir qu'il agita violemment devant Jack. Ce dernier et tous les autres firent un bond en arrière lorsque la chose en question se transforma en un chapeau haut de forme brillant que sir Launcelot posa sur sa tête.

– Que signifie ce scandale ? rugit-il. J'ai dû quitter ma loge à l'opéra pendant l'aria de Mrs Paradiso en apprenant qu'il y avait des troubles et voilà ce que je découvre… Où est Slapestone ?

Une deuxième voiture arriva sur les chapeaux de roues et, après s'être arrêtée derrière celle de sir Launcelot, elle déversa sur le pavé une file d'agents de police matraque au poing. En levant la tête, Jack vit que le ciel au-dessus de l'Institut grouillait de silhouettes inhumaines ; des Mouches et des Dragonnets à Hélice, des Mites Royales et des Potières. Un banc d'Ichtyomorphes passa à toute vitesse.

Sir Launcelot, dont la fureur assombrissait le visage rond, leva sa canne et gravit les marches d'un pas lourd. Ssilissa grogna, mais il l'ignora ; il avait l'habitude des créatures extraterrestres et il estimait que la meilleure chose à faire, c'était de ne pas afficher sa peur. Il saisit Jack par le col et leva sa canne bien haut, prêt à lui donner un coup sur la tête qui aurait pu le tuer si Ssilissa n'avait volé à son secours.

Depuis qu'elle était sortie de son œuf, Ssilissa avait été obligée de porter une robe en serge bleu, toute simple, qui tombait presque jusqu'au sol. De ce fait, Jack n'avait jamais remarqué qu'elle avait une queue. Une longue queue musclée et fort utile, munie à l'extrémité d'un gourdin en os bien plus large que le pommeau en argent de la canne de sir Launcelot. Alors que le directeur furieux s'apprêtait à frapper, ce fut Ssilissa qui frappa la première en pivotant sur elle-même pour décocher un coup de queue qui déchira sa robe bruyamment. Le gourdin osseux renversa le haut-de-forme de sir Launcelot, avant de s'abattre sur le sommet de son crâne. Il poussa un gémissement, tomba à la renverse et dévala les marches.

– Hé là ! Arrêtez ça ! s'écrièrent les agents de police en agitant leurs matraques et en se précipitant au secours de sir Launcelot. Stop ! On vous arrête !

Des coups de sifflet retentirent. Un attroupement s'était formé, des lumières s'allumaient aux fenêtres et sur le pas des portes tout autour de la place car les voisins de l'Institut royal voulaient connaître la cause de ce vacarme inaccoutumé.

Et soudain, alors que les agents de police se rapprochaient et que Jack incitait Ssilissa à ne pas faire usage de sa redoutable queue contre eux, de crainte d'aggraver la situation, un monstre à quatre têtes, avec des rayures et des crocs, venu des contrées les plus reculées de Mars, jaillit de l'entrée principale de l'Institut en mugissant, renversa les anémones, manqua de faire tomber Jack dans l'escalier et dispersa les agents de police. Il descendit les marches en faisant cingler ses épines, et ses pinces aiguisées comme des faux raclaient la pierre. Jack sentit la panique se propager parmi les spectateurs, d'un bout à l'autre de la place.

Il tendit le bras derrière lui et trouva la main de Ssilissa, il appela Nipper et se concentra pour demander aux Jumeaux Tentacules (ainsi qu'il les avait surnommés) de les suivre. Ils dévalèrent les marches en enjambant sir Launcelot qui gisait toujours au pied de l'escalier, évanoui. La créature martienne poussa un rugissement de défi face aux agents de police qui avaient déniché un filet quelque part et tentaient de la capturer. Nul ne vit Jack et les autres traverser la rue et se précipiter vers l'autre bout de la place. Arrivé là, Jack jeta un dernier regard à ce bâtiment imposant, noir de suie, qui avait été sa maison.

– Et ensuite, qu'avez-vous fait ? demanda Myrtle, haletante. Vous aviez un plan d'action ?
– Non, aucun, répondit Jack en contemplant la mer, le front plissé par ses souvenirs. Je ne savais absolument pas quoi faire. Mais je devais faire comme si je le savais car les autres comptaient sur moi pour les guider. On a couru dans les ruelles et, sans savoir comment, on s'est retrouvés à l'est, dans l'immense espace portuaire de Wapping. Là, les rues et les tavernes étaient remplies de marins venus des autres mondes, si bien que Ssil, Nipper et les Jumeaux Tentacules passaient davantage inaperçus. On a déniché une cabane pour les cacher, puis Nipper et moi, on s'est

mis en quête d'un bateau, au milieu de cette forêt de tours d'amarrage et de réserves de carburant. Je n'avais pas d'argent, évidemment, pas un seul penny. Dans les tavernes et les grills, tout le monde ne parlait que des terribles événements de la nuit : sir Launcelot Sprigg, commotionné, était à l'hôpital, une faune extraterrestre était pourchassée dans toute la capitale, deux Lézards Ailés ioniens avaient trouvé refuge au sommet de la cathédrale Saint-Paul. Je compris alors que j'étais dans de sales draps. Je me demandai si je ne ferais pas mieux de marcher jusqu'au fleuve pour mettre un terme à ma misérable existence, une bonne fois pour toutes…
– Mais vous ne l'avez pas fait ? dis-je.
Jack me jeta un regard plein de lassitude.
– Bien sûr que non, Art. Je suis là, pas vrai ?
– Oh, oui.

Et donc, Jack nous raconta comment Nipper et lui avaient sillonné le port à la recherche d'un bateau à bord duquel les fugitifs pourraient s'embarquer clandestinement. Pas sur un de ces grands clippers élégants amarrés aux quais du milieu car leurs éthernautes en costume blanc étaient trop vigilants, leurs cales trop propres, trop bien rangées. Pas sur un des navires de guerre avec leurs canons et leurs fusiliers marins. Ils s'enfoncèrent de plus en plus profondément dans ce labyrinthe d'entrepôts en passant devant des montagnes de charbon et d'anthracite, en empruntant des ruelles où flottaient des odeurs d'épices inconnues et les jurons des dockers et des marchands de quatre saisons, pour finalement déboucher parmi les taudis de Rotherhithe, où la puanteur du fleuve emplissait l'atmosphère brumeuse et où les docks de l'espace commençaient à céder la place aux chantiers de construction navale et aux quais destinés aux navires maritimes. C'est là qu'ils découvrirent, abandonné dans un bassin, le brick baptisé *Sophronia*, dont les cheminées et les trompettes d'échappement alchimique brillaient dans le soleil embrumé.

Le garçon et le crabe de terre en firent le tour, les yeux levés vers ses mâts frêles et les bernacles de l'espace accrochées à la coque. Apparemment, il n'y avait personne dans les parages. Mais quand Jack monta à bord et souleva un panneau d'écoutille, une fenêtre s'ouvrit sur le pont arrière et une paire de visages renfrognés et non humains le toisa.

— Fiche le camp et va au diable ! cria l'une des deux créatures.

— Tu cherches à t'embarquer clandestinement ? demanda l'autre, d'un ton plus chaleureux.

Elle avait si bien deviné les intentions de Jack qu'il se demanda, l'espace d'un instant, si ce robuste Ionien lisait dans les pensées comme les Jumeaux Tentacules. Mais Mr Munkulus (ainsi que se nommait cet Ionien) n'était pas devin, ce n'était qu'un vieux marin qui avait sillonné l'éther suffisamment longtemps pour savoir ce qu'avaient en tête les garçons qui rôdaient autour des quais.

– Le *Sophronia* n'est pas un bateau pour toi, ajouta-t-il avec une sorte de tristesse dans la voix. Il ne lui reste qu'un seul et dernier voyage à effectuer.

– Où va-t-il ? demanda alors Jack en se disant que n'importe quel endroit valait mieux que Londres.

– Au chantier de démolition d'Aberdeen, grommela le compagnon de bord de Mr Munkulus, un lutin qui semblait aussi triste que son ami, mais en colère également. Y a pas mieux comme petit bateau dans tout l'éther, mais la compagnie a décrété qu'il était plus rentable. Ils ont fait construire une flotte de nouveaux clippers tape-à-l'œil et ils veulent pas payer la révision de ce pauvre vieux *Sophronia*.

– Mr Grindle et moi, on est tout ce qui reste de l'équipage, soupira Mr Munkulus. On va le conduire à Aberdeen ce matin, une fois que l'alchimiste de la compagnie sera monté à bord pour allumer la salle de mariage. Ensuite, il sera envoyé à la ferraille et nous, on sera débarqués, sans retraite et sans qu'on nous demande notre avis.

Deux grosses larmes roulèrent sur son large visage, gouttèrent de son menton et s'écrasèrent sur le visage renversé de Jack comme de la pluie salée.

– Pendant trente ans j'ai été timonier sur ce bateau. Je connais ses petites manies, la manière dont il ronchonne, et je sais comment lui faire garder la tête haute dans une tempête. Tout ça pour finir à la décharge !

Jack avait de la peine pour les deux vieux éthernautes.

– Pourquoi vous ne fichez pas le camp avec le bateau ? demanda-t-il. Si les propriétaires n'en veulent plus, pourquoi vous ne le gardez pas ? Comme ça, vous pourriez nous emmener, mes amis et moi.

– Vous emmener où ? demanda Grindle. On peut pas décoller de ce monde sans un alchimiste. Et ça m'étonnerait fort que l'École royale nous en envoie un.

Jack repensa à ce qu'il avait lu dans le dossier de Ssilissa.

– Je connais une alchimiste, déclara-t-il. Elle ne sort pas de l'École royale, mais elle a des dispositions. Elle a fait toutes sortes de tests et de formations.

– Elle ? dit Mr Munkulus.

– Je ne te crois pas, Terrien, ricana Mr Grindle, puis il demanda à son ami : C'est quoi, des dispositions ?

– Même si ton amie réussissait à nous envoyer dans l'éther, ça ne servirait à rien, soupira Mr Munkulus. On n'a pas assez de carburant pour faire plus de la moitié du chemin jusqu'à la Lune.

– Volez-en, dans ce cas ! s'exclama Jack.

Il ne savait pas d'où lui venait cette idée. Il brûlait d'envie de s'échapper et ce vieux bateau lui apparaissait comme son unique chance. Il se souvint du livre offert par le professeur Ptarmigan avec toutes ces histoires de pirates et de corsaires ; sir Francis Drake faisant roussir la barbe du roi d'Espagne.

– Élevez-vous dans l'éther, au sud de la Lune, dit-il, et attendez le passage d'un navire marchand. Obligez-le à vous donner du carburant, des vivres et... d'autres trucs.

– C'est carrément de la piraterie ! protesta Grindle, outré.

– Nous n'avons pas d'armes, ajouta Mr Munkulus, d'un air songeur comme s'il réfléchissait sérieusement à l'idée de Jack.

– Faites comme si vous en aviez ! rétorqua le garçon.

Il regarda autour de lui. À l'extrémité du quai, à

côté d'un entrepôt, un empilement de tuyaux de gaz en fer attira son attention.

– Ces tuyaux peuvent passer pour des canons, suggéra-t-il. Pointez-les sur quelqu'un comme si vous aviez l'intention d'ouvrir le feu. Ça m'étonnerait qu'ils hésitent très longtemps avant de vous donner ce que vous réclamez.

– C'est quand même de la piraterie, répondit Grindle, visiblement nerveux. Et tu connais le sort réservé aux pirates. On les pend à la chaîne sur le Quai des Exécutions…

– Au moins, on s'offrirait une dernière croisière à bord de ce vieux *Sophronia*, non ? dit son ami. Ce serait chouette. L'emmener encore une fois parmi les étoiles, histoire de montrer à ces comptables radins de la compagnie qu'il n'est pas encore mort.

Il se pencha par-dessus bord et tendit une de ses quatre grosses mains à Jack.

– Amène donc ton amie alchimiste, mon garçon, et tu auras trouvé un bateau. Je le piloterai pour toi et Grindle m'aidera. Mais évidemment, la piraterie ce sera ton affaire. Mr Grindle et moi, on n'y connaît rien.

« Moi non plus », faillit répondre Jack, mais il se retint juste à temps car il commençait à comprendre que Mr Munkulus et Mr Grindle comptaient sur lui pour prendre les choses en main, comme Ssilissa et les Jumeaux Tentacules. Alors, à la place, il répondit :

– Préparez le bateau pour le départ.

Et il courut rejoindre ses amis cachés dans la cabane pour leur annoncer :
– On a un bateau !

Jack avait terminé son récit. Au-dessus de nos têtes, les Arbres Échangeurs bruissaient dans la brise. Personne ne parlait. J'attendais toujours la partie la plus excitante de l'histoire, celle sur la piraterie. Myrtle, elle, paraissait triste.

Jack aussi. Il se leva, se massa la nuque et s'éloigna sous les arbres, dont il caressa l'écorce en leur parlant à voix basse. En plissant fortement les yeux, il me semblait discerner leurs anciennes formes humaines, comme si la famille de Jack était toujours là, à l'intérieur de ces troncs argentés, envoûtée peut-être et faisant des rêves doux.

– Ils ne m'entendent pas, nous dit-il. Je crois qu'ils n'ont pas conscience de ce qui les entoure, à part le cycle des saisons, le soleil et la pluie. Et ils pensent comme des arbres.

– « Une pensée verte dans une ombre verte », récita Myrtle à voix basse.

Jack se retourna.

– C'est quoi, ça ?

– De la poésie, monsieur Havock.

La tête penchée sur le côté, Jack la regarda fixement, puis il sourit.

– C'est beau, dit-il. Ça me plaît.

Jack et Myrtle s'observèrent si longuement sous ces

arbres que je finis par me sentir mal à l'aise. Je fus presque soulagé quand un bruit soudain dans le ciel me fit lever la tête.

– Ça alors ! m'écriai-je. Un autre bateau !

En effet. Il faisait presque nuit maintenant au-dessus des collines, je ne pouvais donc pas distinguer de quel genre de bateau il s'agissait, mais ses lumières flamboyaient joliment alors qu'il descendait en piqué vers le poste d'amarrage du *Sophronia*.

– M… ! s'écria Jack Havock.

– Surveillez votre langage, Jack ! lança Myrtle.

Mais le jeune pirate ne l'écoutait pas. Le charme de ce promontoire paisible était brisé et nous courûmes à toutes jambes vers le *Sophronia*. Jack en tête, évidemment, et moi à la traîne pour aider Myrtle qui ne cessait de trébucher sur ses jupons et d'accrocher sa crinoline dans les buissons. Lorsque nous émergeâmes des ruines, nous vîmes des coups de feu crépiter autour du bateau et nous entendîmes des cris.

– Les soldats ! brailla Jack et il repartit de plus belle en dégainant le pistolet glissé dans sa ceinture.

– Oh, Jack ! s'exclama Myrtle en s'élançant derrière lui.

À cet instant, un éclair de lumière jaillit devant nous et je distinguai, très nettement cette fois, le bateau des nouveaux venus. Ce n'était pas *L'Infatigable*, ni rien de semblable, mais je le reconnus quand même. C'était ce même vieux rafiot noir, hérissé de piquants, ressemblant à une bogue de marron, qui flottait au-dessus de Larklight lors de notre fuite. J'en déduisis aussitôt que les araignées n'en avaient pas terminé avec Myrtle et moi et qu'elles avaient réussi, je ne sais comment, à suivre notre trace dans les contrées sauvages de l'espace.

– Myrtle ! criai-je en courant derrière elle, alors qu'elle courait derrière Jack.

Et soudain, une chose énorme et horrible surgit de l'obscurité, pleine de pattes, avec des yeux scintillants. Un long membre pâle jaillit et me saisit entre ses pinces.

L'araignée me souleva de terre et me retourna dans tous les sens, tout en m'observant attentivement avec ses gros yeux qui brillaient comme des vitres. Myrtle poussait des cris aigus et se lamentait. Les sons s'éloignaient de moi et je compris qu'il devait y avoir une deuxième araignée qui filait en emportant ma sœur.

— Jack ! hurlai-je à tue-tête.

Un coup de pistolet retentit, tout près de moi, et je sentis passer le souffle de la balle. Plusieurs des yeux semblables à des vitres s'éteignirent, brisés ! Mon araignée chancela et tituba, puis elle me lâcha et j'eus l'horrible vision de ses nombreuses pattes qui se découpaient en ombres chinoises dans les dernières lueurs du jour. Le pistolet se fit entendre de nouveau et la bestiole s'écroula en s'agitant furieusement, prise de mouvements convulsifs. Des mains puissantes m'agrippèrent par les épaules et par la ceinture de ma veste pour me dégager.

— Mr Munkulus ! haletai-je en reconnaissant mon sauveur.

— Tout va bien, Art, mon garçon ? demanda l'Ionien en se débarrassant de ses pistolets vides avant d'en sortir trois autres. Ces saletés sont des dizaines. Elles nous sont tombées dessus sans crier gare...

— Ma sœur !

Nous nous précipitâmes vers le *Sophronia*. De nouveau, cet éclair de lumière spectrale illumina le ciel et le sol, et cette fois, j'eus le temps de voir qu'elle émanait des tentacules de Squidley et de Yarg. Ils se tenaient côte à côte et la forte pulsation de courant électrique qui se déversait de leurs couronnes projeta une araignée en arrière, dans un nuage de vapeur suffocante. Le feu de camp brûlait encore. Ssilissa était accroupie à côté et s'occupait de Nipper qui avait perdu un œil et versait un sang clair et poisseux.

Jack jaillit de l'obscurité.

– Où est Myrtle ? cria-t-il.

– Je ne sais pas.

– Un de ces monstres répugnants l'a emmenée, Jack, répondit Grindle.

Une nouvelle vague de lumière nous submergea. Cette fois, elle ne provenait pas des Jumeaux Tentacules, mais des moteurs du navire-araignée. Nous détournâmes la tête ou protégeâmes nos visages avec nos mains lorsque le vaisseau hérissé d'épines s'éleva dans le ciel. Les remous de sa salle de mariage enflammèrent les herbes, qui se consumèrent en poussant des cris et des gémissements insoutenables pendant que Mr Munkulus et les autres couraient partout en tapant du pied pour éteindre les flammes.

– Myrtle ? criaient-ils. Miss Mumby ?

Pas de réponse. Nous allâmes chercher nos lanternes à bord du *Sophronia* et sillonnâmes les alentours, de la lisière de la forêt jusqu'aux ruines du promontoire. Nous découvrîmes six araignées mortes, recroquevillées comme des mains blanches et osseuses. Mais de ma pauvre sœur, aucune trace.

Jack marchait de long en large en arrachant rageusement les toiles que les araignées avaient tissées autour de la coque de son bateau, comme si elles espéraient le clouer au sol. En atterrissant, elles avaient tiré avec une sorte de gros canon et on apercevait maintenant quatre cratères fumants dans le sol, là où leurs projectiles avaient manqué leur cible, largement, et un horrible trou dans le flanc du *Sophronia*, là où un autre projectile, lui, ne l'avait pas manquée.

– Comment ont-elles fait pour nous suivre ? demanda Jack d'un ton furieux. En quoi Miss Mumby et Art sont-ils si importants que ces bestioles traversent la moitié de l'espace pour s'emparer d'eux ? Car nul doute qu'elles auraient emmené Art également si on n'avait pas été là pour leur flanquer la frousse…

Il continuait à faire les cent pas en arrachant les toiles, en les lacérant avec son sabre d'abordage. C'était comme s'il fallait qu'il bouge ; il y avait en lui une colère intense qui forçait tous ses muscles à s'animer ; elle l'obligeait à serrer les poings et les dents, elle entraînait ses pieds, encore et encore. J'étais certain que ce n'était pas l'enlèvement de ma sœur qui l'affectait à ce point car il n'avait jamais paru apprécier particulièrement Myrtle et d'ailleurs, c'était réciproque. Sans doute était-ce dû au fait que les araignées avaient envahi son refuge et tenté de faire du mal à son équipage.

– Peut-être qu'elles cherchent quelque chose, suggéra Nipper, qui s'était redressé en position assise.

Un bandage flottait tel un drapeau autour du moignon de son pédoncule sectionné.

– Une chose qu'elles espéraient trouver dans ta maison, Art, confirma Mr Munkulus. Mais elle n'y était pas, et elles pensent que vous l'avez emportée avec vous.

– Mais que peuvent-elles bien vouloir ? sanglotai-je. Nous ne possédons aucun objet de valeur. Nous n'en avons jamais eu. À part les livres et les échantillons de Père, que nous avons laissés à Larklight. Et pourquoi ont-elles enlevé Myrtle ? Où l'ont-elles emmenée ?

Jack haussa les épaules.

– Là d'où elles viennent, je suppose. Ssil, tu as bien observé ces créatures. Tu en as déjà vu de semblables ?

La fille-lézard secoua la tête, en regardant Jack. Nous avions tous les yeux fixés sur lui ; nous attendions qu'il nous dise quoi faire. Mais pour une fois, le chef des pirates semblait dubitatif.

– Où est le problème ? demanda Grindle. Ils nous servent à rien, ces Terriens. Si les araignées les veulent, qu'elles les prennent, voilà ce que je pense. Dommage qu'elles aient pas emporté le garçon aussi.

– Miss Myrtle était notre camarade de bord ! s'écria Jack à la surprise générale. De toute façon, c'est mauvais pour les affaires, ces bestioles rampantes qui volent partout et qui chamboulent tout. C'est nous qui sommes censés être les pirates les plus terrifiants de l'éther. Je ne veux pas qu'une bande de vieilles araignées s'empare de butins qui nous reviennent de droit. On doit découvrir qui elles sont, d'où elles viennent et quelles sont leurs intentions. Et on doit découvrir où elles ont emmené Myrtle car une chose est évidente : on ne fait pas tout ce trajet pour enlever quelqu'un uniquement pour le manger. Si elles voulaient Miss Myrtle, c'est pour une bonne raison, et elles doivent la cacher quelque part.

Mr Munkulus prit la parole, de sa voix grave et grondante :

– Tu pourrais demander au Cumulus. Il y a peu de choses qu'il ignore. Je me disais justement qu'un petit saut à Io pourrait se révéler utile. On a quelques réparations à effectuer. On laissera le *Sophronia* en lieu sûr dans un chantier naval et on ira interroger le vieux Cumulus au sujet de ces sales bestioles.

Les autres se regardèrent, avant de reporter leur attention sur Jack, dans l'attente de sa réponse.

– Le Cumulus, dis-je, n'est-ce pas juste une légende ? (Je faillis dire « une superstition païenne », mais je ne voulais pas offenser Mr Munkulus.)

L'Ionien haussa ses quatre épaules.

– Jadis, mon peuple le prenait pour un dieu, et certains le croient encore, mais il est on ne peut plus réel. Il ne se passe pas grand-chose entre les mondes sans que le Cumulus en soit informé. Si quelqu'un a entendu parler de ces araignées, c'est lui.

Jack hocha la tête lentement et parla rapidement :

– Ssil, les araignées ont-elles endommagé notre salle de mariage ?

– Non, je ne penssse pas, Jack. Je crois que sssi on arrive à couper toutes ccces toiles et ccces fils avec lesquels elles nous ont ligotés…

– Au travail, Grindle, ordonna Jack. Art, accompagne-le. Mr Munkulus, vous allez m'aider à colmater ce trou. La route est longue jusqu'à la Planète des Orages.

Comme engourdi, je suivis Grindle en direction du bateau. Jack m'arrêta au moment où je passais devant lui et me tendit un sabre.

– Pour couper les toiles, expliqua-t-il, puis il baissa la voix comme s'il ne voulait pas que son équipage l'entende. N'aie pas peur, Art. Fais-moi confiance. On la retrouvera.

Nous nous mîmes au travail. Un excellent remède contre le mal de tête et l'inquiétude. Dans l'obscurité de Vénus, nous débarrassâmes, nous déblayâmes, nous nettoyâmes et effectuâmes des réparations ; nous fixâmes des bâches goudronnées toutes neuves sur la brèche dans la coque de ce pauvre *Sophronia*, pendant que Yarg et Squidley montaient la garde, avec leurs tentacules illuminés pour éclairer notre travail et chasser les plantes carnivores qui pouvaient rôder dans les parages.

Quand nous eûmes terminé, Ssilissa se mit au travail

dans la salle de mariage, après quoi nous commençâmes notre voyage à destination des mondes de Jupiter. C'était un long et lent voyage ; les vapeurs alchimiques qui s'échappaient par les bords du joint goudronné emplissaient le navire d'une brume dorée et nos têtes de rêves étranges. Mais ce n'était pas un voyage excitant, d'après les critères habituels du *Sophronia*, et donc, pendant ce temps, je vais vous apprendre ce qui est arrivé à Myrtle et, pour cela, le mieux c'est de vous faire lire quelques passages de son journal intime.

CHAPITRE ONZE

EXTRAIT DU JOURNAL DE MISS MYRTLE MUMBY.

23 avril

Quelle curieuse journée !

Je me suis réveillée ce matin dans un lit confortable, dans cet appartement charmant dont les fenêtres donnent sur un jardin bien entretenu, avec de nombreux hêtres rouges d'une taille imposante. J'ai compris immédiatement que je me trouvais sur la planète Mars car j'ai reconnu les sommets enneigés du Mont Victoria qui se dressait au loin, comme sur le tableau accroché dans le salon bleu à Larklight. (Quelle joie, soit dit en passant, que la plus haute montagne de la création ait été conquise par des Anglais et baptisée du nom de notre reine bien-aimée !)

Pendant quelques instants, je fus prise de panique car j'ignorais quel était cet endroit et comment je m'étais retrouvée ici. En outre, mon esprit était assailli par les souvenirs d'un rêve absurde et inquiétant que je venais de faire, avec des pirates, des araignées – Oh, quelles effroyables choses ! – et un individu nommé Jack Havock qui… *(Ici, plusieurs lignes ont été rayées d'une main ferme. A. M.)*

Une jeune Martienne vêtue d'un uniforme de domestique est entrée, avec des choses pour le petit déjeuner, sur un plateau, et une théière fort bienvenue. Bien qu'elle ne soit qu'une indigène, elle parle un anglais correct et semble très civilisée, malgré sa peau brun-roux et ses cheveux violets. Elle s'appelle Ulla. (C'est elle qui m'a trouvé ce petit carnet dans lequel je note le récit de mon aventure. Comme je regrette la perte de mon journal intime, qui a dû rester à Larklight. Avec le pendentif de cette pauvre maman.)

Ulla m'a expliqué que je suis ici depuis plusieurs jours. On m'a sortie inanimée de l'épave d'un canot de sauvetage qui s'est écrasé dans le désert près d'ici. Il semblerait qu'un incendie se soit déclaré à Larklight, mais je n'en ai aucun souvenir ; je me souviens uniquement de mon rêve étrange. Papa et Art se sont enfuis ensemble dans l'autre canot de sauvetage, ils sont maintenant sains et saufs sur la Lune mais, pour une raison quelconque, je me suis retrouvée seule et j'ai dérivé dans l'éther jusqu'à ce que j'atteigne Mars. Ulla m'a indiqué que le gouverneur avait été informé de mon arrivée et qu'il avait écrit à papa.

C'est horrible d'imaginer Larklight calciné, avec toutes nos affaires. Mais, au moins, papa et Art sont indemnes. Alors que dans mon rêve… mais assez parlé de ce rêve idiot !

Passons à une chose tout à fait extraordinaire. Cette maison n'est autre que Les Hêtres, la résidence secondaire de sir Waverley Rain, le magnat de l'industrie dont la société a construit le Pont de la Manche, les autoroutes martiennes, ainsi que tous les autodomestiques de Larklight, et qui est en train de construire le Crystal Palace pour la grande exposition ! C'est un ermite célèbre ; il ne fréquente presque plus personne. C'est donc un immense honneur pour moi d'être invitée sous son toit.

Serai-je conviée à le rencontrer ? Il faut que je me brosse les cheveux et que je demande à Ulla s'il est possible de faire quelque chose pour ma robe, affreusement déchirée et sale.

Ensuite, je réciterai mes prières et je remercierai Dieu de m'avoir délivrée du danger et d'avoir fait en sorte que je sois recueillie par un gentleman aussi respectable.

24 avril

Deuxième journée aux Hêtres. Toujours aucun signe de sir Waverley. Ulla, la domestique, dit que c'est un homme très renfermé qui ne quitte presque jamais son bureau, sauf quand il s'absente pour aller visiter l'une ou l'autre de ses usines sur Phobos et Diemos, les deux lunes de ce monde. Hier soir, je les ai vues scintiller dans le ciel, enveloppées par la fumée des usines de sir Waverley. Quel grand homme ce doit être pour avoir laissé ainsi sa marque dans les cieux !

J'ai passé la matinée à explorer certaines pièces du rez-de-chaussée, comme la bibliothèque et ainsi de suite, toutes merveilleusement meublées. Mon hôte semble nourrir une passion pour les antiquités martiennes et il possède de nombreux exemplaires pittoresques de statues et de sculptures récupérées dans de vieux temples païens sur les hauteurs désertiques. Il y a également un grand nombre de tableaux représentant les célèbres canaux de Mars et d'autres paysages insolites. C'était très intéressant.

J'ai toujours rêvé de découvrir Mars, le joyau de la couronne des territoires extraterrestres de Sa Majesté. Peu de Martiens auraient pu imaginer, je suppose, dans les premières années du XVIIIe siècle, que des intelligences bien supérieures aux leurs, et pourtant tout aussi mortelles, les observaient à l'autre extrémité du golfe de l'espace et qu'elles élaboraient lentement mais sûrement des plans contre elles. Leur surprise a dû être grande quand le duc de Marlborough a atterri avec son armée pour apporter l'ordre et la civilisation sur cette planète poussiéreuse et arriérée !

Cet après-midi, après avoir déjeuné seule, je suis partie explorer les jardins de sir Waverley, très bien ordonnés. Les Hêtres occupent une petite île sur un lac baptisé Stonemere. Cette île a été aménagée de façon à ressembler à un parc anglais, avec un petit troupeau de cerfs et un grand nombre de hêtres rouges. Je dois avouer que ces masses de feuilles rouge sombre qui se mélangent au ciel rougeâtre, au sable couleur rouille et aux rochers des terrains vagues environnants confèrent à ce lieu un aspect plutôt morose. Le lac est assez laid, lui aussi, car il n'est pas rempli d'eau, contrairement aux lacs d'Angleterre, mais d'une sorte de roche martienne qui fond à une température étonnamment basse. La surface est recouverte d'une croûte rocailleuse qui se fissure constamment et se sépare en petits fragments qui frottent les uns contre les autres en produisant un bruit de tous les diables. Dans les profondeurs, m'a-t-on dit, la roche est liquide et bouillonne en permanence, paresseusement. À la place de sir Waverley, j'aurais fait vider tout le lac et je l'aurais remplacé par un terrain de croquet ou bien un saut-de-loup.

Les domestiques sont tous très polis, même si la plupart d'entre eux ne sont pas humains. Les femmes de chambre et les jardiniers sont tous des Martiens, à l'image d'Ulla : de fines créatures semblables à des elfes, avec une peau couleur rouille. Mais à part Ulla, aucun ne parle anglais, apparemment. Il y a également des valets qui semblent appartenir à une espèce de cactus intelligents ; ils ont quelque chose de bestial avec leurs larges épaules, leurs mains vertes toutes plates et ces protubérances sans yeux qui leur servent de tête, hérissées d'épines et de piquants. Ils ne parlent pas. Ils me font un peu peur, même si je suis certaine qu'ils sont bien domestiqués. Sinon, pourquoi sir Waverley les garderait-il ?

25 avril

Nouvelle sensationnelle ! Ulla vient de m'annoncer que sir Waverley Rain m'avait conviée à dîner ce soir ! Je ne tiens plus en place à l'idée que je vais enfin être reçue dans le monde. J'espère que je ferai bonne impression.

Plus tard

Quelle entrevue extraordinairement déplaisante ! Je sais que sir Waverley est un self-made-man qui s'est hissé jusqu'au sommet grâce à son génie et à un dur labeur, mais bien qu'il soit d'extraction modeste, j'estime que cela n'excuse pas une telle excentricité !

Ulla est entrée dans ma chambre à six heures moins le quart, en m'apportant une robe en mousseline pas trop mal ; on ne peut pas vraiment dire qu'elle soit du dernier cri, mais ça partait d'un bon sentiment, assurément. Pour une raison étrange, alors qu'Ulla m'aidait à m'habiller, je me suis surprise à regretter les dîners moins formels à bord du bateau de pirates de Jack Havock. Je dus me rappeler, avec fermeté, que J. H. et son bateau n'étaient rien d'autre que des fragments de mon rêve idiot. Pourquoi suis-je incapable d'oublier ce curieux rêve ? Pourquoi est-ce que tout cela paraît si réel dans ma mémoire ?

Un peu avant sept heures, je me rendis à la salle à manger : une pièce somptueuse située au rez-de-chaussée, décorée avec un goût exquis mais, malgré tout, je le crains, quelque peu sinistre. Une immense table en ébène brillait comme une flaque d'essence, avec des décorations et des couverts en argent, et des domestiques-cactus prêts à tirer ma chaise dès que j'eus fait ma révérence. En bout de table était assis un personnage minuscule et immobile qui ne pouvait être que sir Waverley. Il ne ressemble pas du tout à un sir. J'avais imaginé un visage rude, ridé, mais beau, une crinière de cheveux gris, un air de noblesse et de grande intelligence. Au lieu de cela, sir Waverley possédait un petit visage rond et grisâtre, comme un vieil œuf, une touffe de cheveux gris au-dessus des oreilles et pas la moindre expression. Seuls ses yeux bougeaient. Ils me suivirent lorsque j'entrai et traversai la pièce, puis s'abaissèrent lentement tandis que je m'asseyais sur la chaise qu'avait tirée un domestique.

– Miss Mumby, dit-il simplement.

D'autres domestiques entrèrent pour déposer devant moi une assiette creuse et une autre devant sir Waverley. Une odeur agréable s'en dégageait : l'odeur de la soupe à la tortue, ma préférée ! J'attendais que sir Waverley récite le bénédicité ou m'adresse un signe pour que nous puissions commencer à manger, mais il restait figé comme une pierre.

Je décidai alors de faire la conversation, par politesse, même si lui ne le voulait pas.

– Je suis extrêmement sensible à votre hospitalité et je vous remercie de veiller sur moi avec une telle charité chrétienne. C'est comme la parabole du Bon Samaritain…

Sir Waverley se pencha en avant et m'observa avec ses étranges yeux pâles.

– Je me réjouis que vous vous sentiez à l'aise, dit-il. Sachez que nous sommes entre amis ici. J'espère que vous me considérez comme votre ami, Miss Mumby ?

– Euh… oui, évidemment, bredouillai-je.

Mais il avait dit cela sur un ton étrange, froid, qui n'avait rien d'amical !

– Où est-elle ? demanda-t-il, de la même voix morne. Où est la clé ?

Je ne m'attendais pas à ce qu'on s'adresse à moi sur ce ton et je sentis monter ma nervosité.

– Je ne sais pas de quoi vous parlez, sir.

– La clé, siffla sir Waverley. (Certaines personnes désagréables pourraient faire remarquer qu'il n'est pas possible de faire siffler le mot « clé » car il ne contient aucune sifflante, mais je ne vois pas d'autre moyen de décrire sa voix lorsqu'il me demanda ça.) La clé. La clé de Larklight !

– Je ne l'ai pas, sir, dis-je en toute franchise.

Toutes les clés de Larklight étaient suspendues à leur crochet à côté de la porte du placard à provisions, la dernière fois que je les avais vues, et nul doute qu'elles s'y trouvaient encore, à moins qu'elles aient brûlé dans l'incendie. J'aurais aimé expliquer ça à sir Waverley, mais il y avait quelque chose de si glacial, de si inquiétant, dans la manière dont il me dévisageait que je ne parvins pas à décrocher un mot.

Soudain, il sembla retrouver ses bonnes manières. Son visage se transforma peu à peu, jusqu'à ce qu'il finisse par me sourire, même si je n'ai jamais vu un sourire aussi crispé et peu naturel ; on aurait dit que des poulies invisibles relevaient les commissures de ses lèvres.

– Si je vous demande ça, Miss Mumby, dit-il, c'est parce que votre père voudrait le savoir.

– Vous avez parlé à papa ?

– Nous avons correspondu. Dès que j'ai compris qui vous étiez, je l'ai contacté par télégraphe éthérique. J'ai reçu une réponse ce matin. Votre père est fou de joie de savoir que vous êtes saine et sauve, mais il est inquiet au sujet de la clé…

Évidemment, dès que je sus que c'était dans l'intérêt de mon père qu'on m'interrogeait, je redoublai d'efforts pour essayer de deviner de quelle clé il s'agissait et où elle pouvait se trouver, mais je ne voyais que ce gros anneau en cuivre où étaient accrochées toutes les clés de placard et de porte.

— Toutes les clés sont suspendues à un crochet à côté du placard à provisions, dis-je.

Le sourire s'effaça du visage de sir Waverley, comme du plâtre qui se détache d'un mur humide. Il regarda l'homme-cactus qui se tenait derrière ma chaise et dit :

— Elle ne sait rien. Peut-être que c'est son frère qui sait. Webster aurait dû me l'amener, lui aussi. Il faut le retrouver. Emmenez-la.

Avant que je puisse protester, les poings couverts d'épines de l'homme-cactus se refermèrent sur mes bras ; je fus arrachée à mon siège et ramenée dans ma chambre à travers les couloirs décorés avec goût, mais lugubres.

Il est évident maintenant que sir Waverley est dérangé. Je ne sais même pas s'il a réellement informé les autorités de ma situation ou si ma présence ici, dans sa demeure solitaire, est un secret. Et papa dans tout ça ? Et le pauvre petit Arthur ? Sont-ils véritablement en sécurité ? Et mes rêves qui paraissent si réels ? Je ne peux oublier la manière dont ils se terminaient... avec ces effroyables araignées qui s'emparaient de moi... Le chef de leur tribu ne s'appelait-il pas Mr Webster, d'ailleurs ? C'était le nom qu'avait prononcé sir Waverley.

Qu'est-ce que ça signifie tout ça ?

Pour aggraver encore mon inconfort, sir Waverley m'avait fait quitter sa table de force avant que j'aie pu avaler une seule cuillerée de soupe de tortue ; par conséquent, je mourais de faim et mon estomac ne cessait de faire des bruits déplaisants. Je ne voyais pas comment la situation pouvait être pire.

26 avril

Dieu du ciel, protégez-moi ! Depuis la dernière fois, la situation a empiré !

Je ne sais même pas par quoi commencer. Sir Waverley, les cactus, les vers… tout cela est trop horrible ! On se croirait dans un de ces romans à sensation dont raffole Art !

Il faut que je m'efforce d'ordonner mes pensées…

Hier soir, après avoir noté le récit de ma désagréable rencontre avec sir Waverley, je m'apprêtais à me coucher quand on a frappé à ma porte avec insistance. Je suis allée ouvrir et j'ai vu Ulla. Jusqu'à présent, elle avait toujours été une créature douce et polie. Mais à peine avais-je ouvert ma porte qu'elle s'est engouffrée dans ma chambre de façon fort impertinente en déclarant :

— Vous devez partir sur-le-champ !

— Qu'est-ce que ça signifie ? m'écriai-je.

J'imaginais qu'elle obéissait aux ordres de sir Waverley et qu'il s'agissait d'un nouvel exemple de l'impolitesse de mon hôte.

— Comment voulez-vous que je parte ? On est au beau milieu de la nuit !

— Vous ne verrez pas le jour se lever si vous restez ici, répondit la Martienne. J'ai entendu sir Waverley discuter avec son invité et dire qu'ils n'avaient plus besoin de vous.

— Mais…, protestai-je. Mais…

Ulla posa sa main sur mon bras, ce qui me fit sursauter.

— Vous ne comprenez pas ? dit-elle. Tout ce que je vous ai raconté est un mensonge ! Sauf ce que je vous dis là, évidemment.

— Que voulez-vous dire ? m'exclamai-je.

— Il m'a forcée à vous mentir ! L'histoire du canot de sauvetage ! Jamais aucun canot n'a atterri ici. On vous a amenée à bord d'un éther-navire qui venait de je ne sais où. On vous avait droguée, pour effacer vos souvenirs. C'est un navire tout noir. Il vient souvent ici. D'ailleurs, il est amarré derrière la maison en ce moment même.

Je laissai échapper un petit cri.

— Les araignées !

Ulla hocha la tête.

— Les araignées blanches sont les amies de sir Waverley. Il a inventé ces mensonges pour vous mettre à l'aise, afin que vous lui disiez une chose qu'il veut absolument savoir.

J'avais la tête qui tournait. Si tout ce qu'on m'avait dit était faux, alors les choses que je croyais avoir rêvées étaient vraies ! La Mite Potière, le *Sophronia* et Jack Havock. Mais où était Art ? Et Jack ? Les araignées les avaient-elles anéantis sur Vénus quand elles m'avaient capturée ?

— Nous devons fuir, déclara Ulla. J'ai écouté à la porte du salon. Sir Waverley a dit que vous n'aviez pas la chose qui les intéresse. Il a parlé de se débarrasser de vous.

— Je ne vous crois pas ! chuchotai-je.

— Il le faut ! Venez vite. J'ai des amis qui peuvent nous aider si nous réussissons à franchir le lac de pierre.

Je ne voyais pas ce que je pouvais faire, à part la croire. Sir Waverley avait déjà prouvé qu'il n'était pas mon ami. J'enfilai ma bonne vieille robe en laine, chaussai mes bottes et fourrai ce journal dans mon corsage. Puis, tout en récitant une prière muette, je suivis Ulla hors de la chambre et dans l'escalier. La lumière pâle des lunes de Mars, qui entrait par les fenêtres du palier, projetait sur les murs d'étranges ombres doubles qui décuplaient ma terreur. Ulla me poussa au fond d'une alcôve pour me cacher lorsqu'un des effroyables domestiques-cactus passa d'un pas lourd. Après quoi, nous nous empressâmes de descendre au rez-de-chaussée. Des voix s'échappaient de derrière la porte close du bureau. Ulla me glissa à l'oreille :

– Jetez donc un coup d'œil, vous verrez quel genre de personnes il reçoit.

J'ai toujours pensé que le fait de regarder par le trou de la serrure était le signe d'une mauvaise éducation, mais dans ce cas précis, cela me semblait justifié. Après tout, si sir Waverley Rain était impliqué dans une entreprise criminelle, il fallait que je découvre de quoi il s'agissait pour exposer les faits devant les autorités lorsque j'atteindrais Port-de-Mars. Alors, je m'agenouillai et collai mon œil à la grosse serrure en cuivre de la porte du bureau.

La première chose que je vis, ce fut sir Waverley lui-même, debout, tournant le dos à la cheminée. La vision de son visage gris et froid suffit à me convaincre qu'Ulla disait vrai, et puis, lorsque je vis à qui il s'adressait... !

C'était une des araignées, plus grosse encore que celles de mes rêves. Elle avait rassemblé ses horribles pattes pour se glisser dans un des grands fauteuils en cuir de sir Waverley et elle portait un chapeau melon.

– On devrait la conduire aux anneaux, disait-elle. Elle peut encore nous être utile. Pour attirer l'autre, par exemple. Ils ont un faible les uns pour les autres, ces primates de la Terre.

— Non, Mr Webster, dit sir Waverley. Elle ne nous est plus d'aucune utilité et elle nous a déjà trop vus. Nous allons la tuer et jeter son corps dans le lac.

Je crains de ne pas avoir réussi à étouffer un petit cri. Mon amie martienne fit une remarque fort inconvenante et m'entraîna aussitôt, mais c'était trop tard. Un trio d'hommes-cactus hérissés de piquants surgit d'un couloir menant à l'aile des domestiques et se précipita vers nous en tendant leurs mains rudimentaires et épineuses. Au même moment, j'entendis derrière nous un bruit de griffes courant sur le sol et la porte du salon qui s'ouvrait.

Je hurlai de nouveau, mais Ulla sortit de la poche de son tablier un objet qui luisait faiblement au clair de lune. Elle se jeta sur les hommes-cactus en balançant l'objet brillant dans un mouvement de va-et-vient. Il s'agissait, je crois, d'une sorte de hache ou de couteau, dont la forme était curieusement incurvée, de telle manière qu'il y avait plusieurs pointes et plusieurs lames. La sève verdâtre des hommes-cactus jaillit, aspergeant le papier peint et les plafonds de sir Waverley. Une tête pleine de piquants roula sur le tapis, à mes pieds.

– Venez ! me cria Ulla.

Je regardai par-dessus mon épaule. L'énorme araignée essayait de franchir l'encadrement de la porte du salon, trop étroit fort heureusement. Les lampes qui se trouvaient derrière elle projetaient des ombres cauchemardesques dans le couloir. Ulla me prit par la main et voilà que nous traversions maintenant les quartiers des domestiques, ventre à terre. Ulla criait aux Martiens hébétés qui sortaient de leurs dortoirs à moitié endormis de s'écarter de notre chemin et elle se servait de sa hache pour découper tous les hommes-cactus qui essayaient de nous arrêter. Je pense qu'elle espérait atteindre l'entrée de service dans l'aile ouest mais, bien avant qu'on y arrive, une meute de cactus s'avança d'un pas lourd, nous bloquant le passage, et nous dûmes gravir en courant un escalier en fer menant au premier étage.

Nous étions maintenant dans les appartements privés de sir Waverley, où nous traversâmes sans encombre plusieurs bureaux et une bibliothèque, pour finalement nous retrouver dans une pièce octogonale où les rayons de la lune pénétraient de biais à travers plusieurs fenêtres aux proportions parfaites. Je m'arrêtai pour reprendre mon souffle et regarder autour de moi, pendant qu'Ulla essayait de forcer une fenêtre. Sur les murs étaient accrochées des plaques de pierre, sans doute d'autres trésors archéologiques de sir Waverley. Sur chacune de ces plaques, au milieu d'une confusion de formes et de symboles, étaient gravées de colossales araignées.

Une voix s'éleva dans mon dos :

– Je vois que vous admirez ma collection, Miss Mumby.

Je me retournai en retenant mon souffle. Sir Waverley se tenait sur le seuil ; ses yeux pâles brillaient comme du verre au clair de lune. Derrière lui, j'entendais les hommes-cactus qui traversaient la bibliothèque de leur démarche pesante et aussi un désagréable tic-tic-tic, dont je craignais qu'il s'agisse des pas de cette monstrueuse araignée.

Je fermai les yeux en attendant de m'évanouir. Dans les romans, quand des jeunes femmes de bonne famille sont victimes d'un sort cruel, elles s'évanouissent généralement et découvrent en retrouvant leurs esprits qu'elles ont été sauvées par leur héros, qui les tient dans ses bras. Hélas, je ne fus victime d'aucun évanouissement, mais peut-être était-ce une bonne chose car, curieusement, le seul héros qui me venait à l'esprit était Jack Havock, et me retrouver dans ses bras aurait été totalement déplacé. J'ouvris donc les yeux, juste à temps pour voir la hache d'Ulla passer devant moi en sifflant dans un éclat de rayons de lune tranchants. Elle avait visé sir Waverley et n'avait pas manqué sa cible : la hache se planta au beau milieu de son plastron.

Je hurlai car c'était la première fois que je voyais un homme être tué de sang-froid. Puis je hurlai de nouveau car il n'y avait pas de sang et parce que sir Waverley n'était pas mort ! Son regard se posa avec intérêt sur la hache, qui continuait à vibrer dans sa poitrine, puis il reporta son attention sur Ulla et dit :

– On ne trouve plus de bon personnel de nos jours.

La Martienne ne se laissa pas décourager. Elle ôta son bonnet et extirpa de ses boucles violettes une épingle à cheveux étonnamment longue et pointue, qu'elle brandit à la manière d'un poignard.

– Méfiez-vous, sir ! déclara-t-elle. Je dois vous informer que j'appartiens aux services secrets britanniques !

– Oh, chouette ! m'exclamai-je, ravie au plus haut point par cette nouvelle inattendue.

Mais sir Waverley ne semblait nullement impressionné. Il affichait ce sourire faux que j'avais vu lors du dîner.

– Je sers un empire plus ancien et plus grand que le vôtre, répliqua-t-il.

Il fit un pas à l'intérieur de la pièce et montra les plaques en pierre sur les murs.

– Vous voyez celle-ci ? Elle a été déterrée dans une des cités dévastées de votre peuple. Celle d'à côté provient de la lune Callisto, plus précisément d'un temple qui tomba en ruine bien avant que les êtres humains foulent le sol de la Terre. Celle-ci a été exhumée des sables de Mercure, la planète morte. La quatrième provient de la Terre, où elle a été mise à jour par des ouvriers qui creusaient les fondations du nouveau Parlement. On a dit qu'elle provenait d'un temple druidique mais, bien évidemment, elle est beaucoup plus ancienne. Elle date d'une époque où les gens se souvenaient encore du pouvoir des Premières.

Ulla et moi l'écoutions parler sans bouger, et c'est alors que nous vîmes l'imposante silhouette de Mr Webster obstruer l'encadrement de la porte. L'énorme araignée se déplaçait paresseusement et sa respiration était haletante comme si elle devait produire un terrible effort pour se déplacer dans la pesanteur de Mars, que je trouvais douce et agréable. Mais elle demeurait monstrueuse et terrifiante et une terrible lueur d'intelligence brillait dans sa grappe d'yeux tandis qu'elle nous observait.

Sir Waverley se retourna vers nous et ajouta :

— Vous ne nous êtes plus d'aucune utilité désormais. Vous mourrez en sachant que vos deux races seront bientôt aussi mortes que vous. Avant longtemps, les Premières régneront de nouveau.

Ulla brandit son épingle à cheveux, comme un assassin qui tient un stylet. Sir Waverley leva la main et la tendit vers elle ; soudain, son bras parut s'allonger à la manière d'un télescope. Sa main fixée à l'extrémité d'un tube constitué de segments métalliques brillants se referma sur la gorge d'Ulla. Celle-ci lâcha l'épingle à cheveux et tenta d'arracher les doigts de son agresseur ; son visage s'assombrissait car il tentait de l'étrangler.

— Non ! suppliai-je. Par pitié, épargnez-la !

Mais l'impitoyable scélérat resserra l'étau de sa main au contraire, et son autre main jaillit vers moi, mue par le même mécanisme. Heureusement, j'eus le réflexe de me baisser et son gant blanc se referma sur le vide en produisant un bruit de ciseaux qui claquent. Et même là, je ne m'évanouis pas. Est-ce que ça signifie que je n'ai pas été élevée convenablement ? Je suis certaine qu'une lady digne de ce nom se serait évanouie.

« Si seulement Jack Havock était là ! » pensai-je et je me demandai ce qu'il ferait s'il se trouvait confronté à pareille situation. « Nul doute qu'il agirait », me dis-je. Alors, je me jetai sur sir Waverley. Je n'avais aucun plan en tête, mais je parvins à le déséquilibrer. Il bascula à la renverse et ses bras s'agitèrent dans le vide ; il réussit à s'agripper à moi pour m'entraîner avec lui et, dans un fracas de verre brisé, une des fenêtres céda sous nos poids combinés.

Après une chute d'une dizaine de mètres peut-être, nous atterrîmes sur une terrasse qui surplombait les jardins et la morne étendue de Stonemere. Sir Waverley tomba en premier, écrasé sous moi et sous Ulla qui avait atterri sur lui. Je sentis un horrible craquement, un bruit de côtes qui se brisent, comme si j'étais tombée sur un panier de linge sale en osier. J'étais indemne, mais je fus immédiatement enveloppée de nuages de vapeur âcre et verdâtre. Je reculai prestement en repoussant la main de sir Waverley qui pendait mollement au bout de son bras télescopique désormais inerte. Prise d'une quinte de toux à cause des vapeurs, j'entraînai la pauvre Ulla à l'écart. Je me réjouis de la voir remuer légèrement et de constater que le Seigneur l'avait protégée de l'attaque meurtrière de sir Waverley.

Celui-ci gisait sur la terrasse, inanimé. Je me souviens d'avoir pensé alors : « J'ai tué l'homme le plus riche du système solaire et je vais certainement être pendue. » Mais en contemplant ce corps estropié, en songeant combien c'était horrible d'avoir été amenée à faire ça, et en me demandant si papa et Arthur viendraient me voir en prison, j'en vins à me dire que

sir Waverley Rain n'était pas
un être humain finalement.
Car maintenant que les
nuages de vapeur verte
se dissipaient, j'aperce-
vais à travers les plaies
de ce corps brisé des fils
électriques, des tubes, des
tuyaux et d'autres choses
encore que je ne peux nommer mais qui étaient assurément l'œuvre d'un inventeur humain.

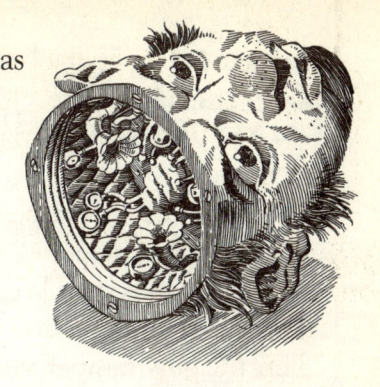

– Ça alors ! m'exclamai-je. Ce n'est qu'un automate !

Au même moment, le sommet de son crâne se
dévissa comme le couvercle d'un bocal et tomba sur
les dalles avec un bruit sourd. De l'intérieur de sa tête
sortit alors une araignée épaisse et blanche qui tous-
sait autant que moi à cause de la fumée verte. Elle
portait des lunettes rondes et lorsqu'elle détala, j'en-
trevis la selle capitonnée à l'intérieur du crâne de sa
seigneurie, ainsi que la rangée de roues et de leviers
avec lesquels l'innommable créature
devait contrôler ce corps mécanique.

Et brusquement, comme
un éther-navire accidenté
dans un mélodrame, le corps
explosa, projetant de minuscules roues dentelées et d'autres

fragments d'un bout à l'autre de la terrasse, et renversant l'araignée-pilote.

– Mr Webster ! s'écria-t-elle d'une voix aiguë et râpeuse.

J'avais oublié l'autre bestiole et tous les domestiques-cactus de sa seigneurie. Je ne pus que lever les yeux avec effroi en voyant la gigantesque araignée blanche descendre de la fenêtre brisée, suspendue au bout d'un fil, puis ramper vers moi. Heureusement, ma camarade martienne avait suffisamment récupéré pour voir venir le danger. Elle me prit la main de nouveau et, ensemble, nous traversâmes les jardins en courant pour nous réfugier à l'ombre des hêtres rouges. Là, nous nous arrêtâmes pour reprendre notre souffle et rassembler nos pensées. Comme mon cœur battait ! Comme je tremblais ! Comme j'aurais voulu que J. H. soit là avec sa carabine à éléphant pour me sauver !

Je crois que j'aurais fini par m'évanouir à ce moment-là si Ulla n'avait pas attiré mon attention en saisissant à deux mains la ceinture de sa robe pour arracher ses jupes !

– Ce sera plus facile pour courir, commenta-t-elle en se débarrassant sans honte de ses jupes et de ses jupons, pour se retrouver simplement vêtue d'une culotte blanche froncée, si courte qu'elle s'arrêtait à mi-mollets et laissait voir ses chevilles ! Elle me regardait avec l'air d'attendre quelque chose et je pense qu'elle espérait sérieusement que j'allais en faire autant ! Naturellement, je fis mine de ne pas comprendre. Je fus soulagée d'entendre les pas lourds des hommes-cactus qui approchaient de notre cachette. Oubliant ses drôles de principes vestimentaires, Ulla me prit la main une fois de plus et m'entraîna à toutes jambes dans la longue pente herbeuse qui descendait vers le lac.

Nous nous trouvions du mauvais côté de l'île pour emprunter le pont ; de toute façon, il aurait certainement été gardé par d'autres cactus terrifiants aux ordres de sir Waverley.

– Il faut traverser Stonemere ! chuchota Ulla.

J'hésitai car il y avait au bout du jardin une pancarte qui disait très clairement : ACCÈS AU LAC INTERDIT, et une jeune lady bien élevée ne viole pas une propriété privée. Mais je décrétai qu'une situation désespérée réclamait des mesures désespérées et, après avoir relevé mes jupes, je m'élançai à la suite de mon amie martienne sur la surface de cette mer de pierre. Les plaques et les fragments de roche qui formaient la croûte frottaient les uns contre les autres en produisant des grincements douloureux pour les oreilles. Parfois, l'un d'eux s'inclinait brutalement, menaçant de nous entraîner vers un destin effroyable dans ce bourbier de pierres liquides qui bouillonnait en dessous. Mais, quand je me retournai vers la rive que nous avions laissée derrière nous, je vis la monstrueuse araignée courir de long en large comme si elle craignait que la surface rocailleuse ne puisse supporter son poids, et je compris que nous ne devions pas faire demi-tour.

Je jetai un coup d'œil droit devant, vers la rive opposée, et découvris que nous ne pouvions pas aller plus loin car, au milieu des rochers et des enchevêtrements de mauvaises herbes qui bordaient le lac, d'autres hommes-cactus se dressaient. On aurait dit qu'ils poussaient là ; leurs bras et leurs têtes bourgeonnaient sous nos yeux, et quand l'un d'eux atteignait une taille adulte, il s'arrachait du sol et descendait vers le lac d'un pas lourd. Certains glissaient maladroitement entre deux plaques de croûte et disparaissaient dans la matière en fusion. Leurs gesticulations étaient d'autant plus terribles qu'ils ne pouvaient pas crier. Mais il y en avait toujours d'autres qui poussaient pour remplacer ceux qui avaient péri et, bientôt, une armée de monstres hérissés d'épines avança vers nous.

Je me tournai vers Ulla, en espérant qu'elle allait sortir une épée ou une hallebarde pour découper en tranches ces légumes agressifs, comme elle l'avait fait avec leurs camarades dans la maison. Mais la Martienne était désarmée et encore affaiblie par ses efforts. Elle serrait sa gorge meurtrie entre ses doigts et chacune de ses respirations rauques semblait douloureuse. Les hommes-cactus continuaient d'approcher et la plaque de croûte sur laquelle nous nous tenions en équilibre n'était pas stable, loin s'en faut. Je compris que je ne pouvais rien faire, hormis m'en remettre à la protection du Seigneur qui veille sur nous tous.

Je m'agenouillai, pris la main de ma sœur martienne stupéfaite et me mis à chanter :

– Qui veut voir la vraie valeur...

Ulla tira brusquement ma main. Je crus qu'elle n'appréciait pas mon cantique, puis je vis ce qu'elle essayait de me montrer. Dès qu'ils avaient entendu ma voix, les cactus s'étaient arrêtés. Ils recommencèrent à avancer lorsque je me tus mais, dès que je chantai la suite, ils se figèrent de nouveau en plaquant leurs grosses mains pleines d'épines sur leur tête comme s'ils souffraient.

– Ils ne supportent pas ce bruit ! s'exclama ma camarade. Continuez à faire ce bruit !

– Ce n'est pas du bruit, c'est un de nos vieux et beaux cantiques ! protestai-je.

Mais, dès que j'avais cessé de chanter, les cactus s'étaient remis en marche, alors je m'empressai de reprendre :

– « Qu'il vienne ici/Celui qui restera ici, constant... »

Franchement, John Bunyan aurait été fier de voir comment ses paroles repoussaient cette meute maléfique qui tentait de nous encercler. Lorsqu'Ulla se joignit à moi pour chanter à voix basse ce merveilleux passage : « Aucun découragement/Ne le fera renoncer/à son premier vœu manifesté/D'être un pèlerin », plusieurs créatures à épines se jetèrent délibérément dans les profondeurs du lac plutôt que de nous entendre !

Main dans la main, en continuant à chanter à pleine gorge, nous traversâmes prestement le lac et nous atteignîmes l'autre rive sans encombre.

(Rétrospectivement, je me dis que, aussi étrange que cela puisse paraître, ce n'est peut-être pas la glorification des sentiments chrétiens contenue dans ce cantique qui a provoqué l'angoisse de nos agresseurs, mais plutôt le son de ma voix. Je dois veiller à ce que cela ne parvienne jamais aux oreilles d'Art, car il ne manquerait pas de me taquiner de manière puérile, comme à son habitude.)

Nous escaladâmes la rive en laissant derrière nous Stonemere et sa sinistre demeure et, tandis que nous continuions d'avancer, je chantai *Jérusalem* et *Rule Britannia* puis nous reprîmes *Pour être un bon pèlerin*. Mais dans cet air sec, ma voix ne tarda pas à défaillir et celle de la pauvre Ulla n'était qu'un simple murmure, dès le départ. Les cactus, qui nous avaient suivies à bonne distance, rassemblèrent leur courage et se rapprochèrent en attendant le moment où ma voix se briserait pour de bon.

Je parvins à chanter encore deux strophes avant de me mettre à tousser. Un des cactus, un grand gaillard avec des fleurs blanches qui poussaient partout sur sa tête, avança à grandes enjambées en tendant ses pattes aiguisées pour m'attraper. Mais, juste avant qu'il me saisisse, une énorme masse sombre se dressa derrière lui au clair de lune ; je vis briller un éclat de métal et il se fendit en deux, m'aspergeant de sève verte collante qui tacha ma robe. Je poussai un cri indigné.

– Oh, et puis quoi, encore ?

Un grand nuage de poussière se leva lorsque les cactus paniqués s'enfuirent en tous sens. Comme à travers un voile, je vis de grandes silhouettes floues nous encercler : des têtes carrées et des corps composés d'anneaux, grassouillets et parcheminés comme de vieux fauteuils. Je savais de quoi il s'agissait, évidemment ; je ne suis pas totalement ignorante, quoi qu'en dise Art. Nous étions entourées par un troupeau de Vers de Mars*.

* Le Ver de Mars est une créature qui ressemble à un ver blanc, de la taille d'un compartiment de train de première classe environ. Apparemment, les Martiens qui les chevauchent savent différencier le devant de l'arrière, mais je doute que quiconque à part eux en soit capable. Ces vers possèdent un grand nombre de petites pattes, comme les chenilles et, comme les chenilles également, ils sont le stade larvaire d'une créature tout à fait différente. Après avoir vécu une centaine d'années, ils creusent un terrier dans le sable, s'enveloppent d'un cocon de soie et émergent six mois plus tard sous la forme de papillons de nuit d'un brun terne, pas plus grands que des mouchoirs de poche, qui virevoltent pendant une seule journée avant de mourir subitement. La nature n'est-elle pas merveilleuse ? A. M.

Des Martiens les chevauchaient et lançaient des lames acérées, en forme de demi-lune, qui vrombissaient dans l'air et tranchaient la chair des cactus comme du beurre. En moins d'une minute, tous les hommes-cactus furent abattus ; leurs membres tranchés et des morceaux tronçonnés étaient éparpillés sur le sable où ils tressaillaient, remuaient et recommençaient à prendre racine.

– Ne vous inquiétez pas ! lança une voix d'un ton amical, en anglais.

Je fis un bond en arrière lorsqu'un des gigantesques vers s'arrêta en dérapage à côté de moi.

– Il faudra plusieurs heures avant qu'ils repoussent.

– Richard ! s'exclama Ulla en levant la main pour le saluer.

Le cavalier sauta à terre et nous gratifia d'un large sourire. Derrière lui, d'autres membres de sa bande descendaient de leurs montures et accouraient pour nous aider. La plupart étaient de jeunes hommes de Mars et j'ai honte de dire que, à l'exception de leurs colliers barbares faits d'écailles de métal, ils étaient totalement nus.

En les voyant ainsi, ma fragile constitution de jeune fille finit par avoir raison de moi et enfin, heureusement, je m'évanouis.

CHAPITRE DOUZE

LAISSANT MYRTLE INCONSCIENTE
SUR LA PLANÈTE ROUGE, NOUS RETROUVONS
LE RÉCIT DE SON JEUNE FRÈRE HÉROÏQUE,
DANS LEQUEL EST DÉCRIT LE PORT FRANC
DE PH'ARHPUU'XXTPLLSPRNGG, ET OÙ
JACK HAVOCK ET MOI PLONGEONS
DANS LES COURANTS VENTEUX.

Ph'Arhpuu'xxtpllsprngg, ou Farpoo comme le nomment nos joyeux éthernautes britanniques, est la capitale d'Io et une ville portuaire depuis dix mille ans. À l'époque où Pharaon se montrait si cruel avec les Israélites, la vieille ville accueillait les navires marchands de l'empire martien disparu et, aujourd'hui, elle accueille les nôtres. Au cours des siècles intermédiaires, les Ioniens se sont occupés de leurs affaires, tranquillement, en commerçant avec leurs voisins. Car les lunes de Jupiter forment un système solaire en miniature, où Jupiter tient le rôle du Soleil, comme si Dieu avait voulu tester son savoir-faire à une échelle réduite avant de s'attaquer au reste de notre royaume solaire. Dans tous ces petits mondes, il existe une forme de vie et d'intelligence, et les personnes qui vivent là sont si contentes d'avoir à faire les unes aux autres qu'elles n'ont jamais essayé d'acheter ou de construire un moteur capable de transporter leurs rudimentaires soucoupes volantes en cuivre à travers les régions sauvages de l'espace pour commercer avec la Terre et les autres grandes planètes.

Farpoo est un carrefour et un marché pour les commerçants de toutes ces lunes et, au fil des siècles, la capitale n'a cessé de se développer et de s'étendre, encore et toujours, jusqu'à recouvrir presque toute la surface d'Io aujourd'hui. Une seule ville qui englobe presque tout un monde ! Ses éclairages brillent et scintillent dans l'obscurité à côté de Jupiter et sur des milliers de kilomètres tout autour, l'éther est envahi par les lumières des navires qui vont et viennent ou qui attendent un poste à quai dans un de ses innombrables ports. La plupart sont de petits vaisseaux de commerce venant des autres lunes de Jupiter avec une cargaison destinée à être vendue sur un des marchés de Farpoo, vastes et grouillants d'activité*.

Ces satellites de Jupiter sont des mondes paisibles, mais il n'en a pas toujours été ainsi. Du temps de Pharaon, les habitants des différentes lunes et de leurs satellites se livraient des guerres farouches ; d'ailleurs, des statues de généraux et de capitaines en uniforme d'apparat parsèment encore les rues de Farpoo, tels des promeneurs habillés de manière un peu trop voyante qui se seraient pétrifiés en attendant le bus. Mais les combats ont pris fin avec la guerre des Spores (vers 5000 avant J.-C.). Certaines plantes des régions jupitériennes produisent des idéospores qui affectent l'esprit des créatures pensantes et peuvent les convaincre de faire pousser davantage de ces plantes ou de ne pas les manger. D'astucieux spécialistes des armes botaniques ont trouvé le moyen de développer des idéospores capables d'infecter toute personne qui les respirait en lui inculquant une idée particulière. Par exemple, un général ionien pouvait bombarder les armées d'Europe avec l'idée qu'elles devaient déposer les armes et se mettre à exécuter des danses folkloriques, ou bien un chef pogglite pouvait introduire dans les esprits des escargots de la cavalerie callistane l'envie irrésistible et soudaine de sauter du haut de la falaise la plus proche.

---

* Ce sont ces lumières qui ont tant dérouté le signor Galilée quand il a braqué son télescope sur les lunes de Jupiter, et qui l'ont conduit à développer sa théorie selon laquelle les mondes situés au-delà de la Terre étaient pleins de vie. Ce qui lui a valu de sérieux ennuis avec le pape, comme tout le monde le sait.

Puis, le roi de Chumbley, une petite lune ignorée de tous, mit au point une spore dont le but était de faire perdre aux autres lunes tout intérêt pour le concept de guerre, afin que sa minuscule armada puisse toutes les conquérir. Cela fonctionna à merveille mais, malheureusement pour les Chumbleyites, leurs propres spores revinrent insuffler dans leurs cerveaux les mêmes idées pacifistes, si bien que l'art de la guerre fut à tout jamais perdu parmi les lunes de Jupiter. (Bien évidemment, la tâche de sir Arthur Welseley s'en trouva facilitée quand il débarqua avec une flotte d'éther-navires en 1806 et déclara que l'ensemble du système jupitérien était désormais un protectorat britannique. Hourrah!)

Les redoutables canons à spores existent toujours sur Io mais, de nos jours, ils sont utilisés essentiellement par des commerçants pour faire la publicité de leurs produits. Plusieurs boules de spores s'écrasèrent en douceur contre la coque du *Sophronia* alors que nous survolions à basse altitude les toits de Farpoo et, lorsque nous atterrîmes, nous avions tous les mêmes idées en tête : nous devions nous rendre, nous précipiter même, CHEZ PHENUGREC, LA GRANDE SURFACE DU THÉ, déguster un bol de Sprunte pétillant au CAFÉ JUPE, passer nos vacances sur les radeaux de détente d'EXOTIQUE GANYMÈDE et surtout ne pas louper le dernier épisode de la nouvelle histoire de Mr Dickens dans HOUSEHOLD WORDS. Mais heureusement, les spores jupitériennes n'affectent pas profondément le cerveau humain et le spectacle de l'immense cité, les bruits et les odeurs eurent tôt fait de chasser ces curieuses idées de ma tête[*].

Nous laissâmes le *Sophronia* dans un chantier naval situé à l'écart et dirigé par un Écossais nommé McCallum, qui semblait habitué à traiter avec les pirates, les trafiquants et autres bons à rien. Il ne nous demanda pas ce qui nous amenait en ville, il se contenta d'empocher le sac d'or que lui remit Jack et nous adressa

---

[*] Certains philosophes naturels, toutefois, ont prétendu que les spores des lunes de Jupiter, en dérivant dans l'éther, étaient responsables des modes et des folies passagères qui balayent parfois notre monde. Effectivement, comment expliquer sinon, de manière rationnelle, la popularité des pantalons à carreaux ou des ballets ?

un clin d'œil sournois en se tapotant l'aile du nez avec son doigt crasseux. Puis, alors que son équipe s'attaquait à la réparation de la coque du pauvre *Sophronia*, salement cabossé, nous rassemblâmes nos affaires pour prendre le chemin de la ville.

Ssilissa surprit tout le monde en débarquant vêtue d'une des jolies robes à crinoline qu'elle avait volées. J'en déduisis que, lorsqu'elle avait entraîné Myrtle à l'écart, à New Scunthorpe, c'était pour lui demander conseil sur la manière de porter une telle tenue. D'ailleurs, la métamorphose n'était pas seulement vestimentaire. Elle avait rassemblé les épines de son crâne en une sorte de chignon, maintenu par une pince en argent. Je crus même qu'elle avait mis du rouge à lèvres, mais je m'aperçus que les marques mauves sur son visage étaient dues au fait qu'elle rougissait ! Elles s'accentuèrent quand ses compagnons de bord se moquèrent d'elle en la découvrant ainsi.

– Bon sang, Ssil! s'exclama Jack. Quelles spores as-tu reniflées pour décider de mettre ça?

– Heureusement qu'on y a échappé, pouffa Nipper, dont le rire ressemblait à un liquide épais qui mijote dans une marmite.

Son pédoncule oculaire avait repoussé durant le long trajet depuis Vénus et son nouvel œil brillait d'une lueur malicieuse comme les autres, alors qu'il contemplait l'accoutrement improbable de Ssil.

– Ce style ne m'irait pas du tout! ajouta-t-il.

Hélas, il n'allait pas davantage à la pauvre Ssil. Je n'avais jamais remarqué à quel point son long corps bleu était étrange jusqu'à ce que je la voie dans ces habits humains. Évidemment, comme elle ressemblait à un lézard, elle n'avait aucune poitrine et sa queue relevait l'arrière de sa jupe de manière fort peu élégante. Malgré cela, elle dressa le menton et passa devant nous d'un air hautain en s'efforçant d'ignorer les rires.

Nous la suivîmes sur le quai, pourchassés par les bruits de marteau et de scie des charpentiers de McCallum, qui s'attaquaient au *Sophronia*. Myrtle me manquait cruellement – ce qui peut sembler ironique quand on pense à toutes les fois où j'aurais souhaité la voir disparaître –, mais l'apparition comique de Ssilissa avait égayé l'humeur sombre de Jack et de son équipage, et je commençai à me sentir joyeux moi aussi. De toute façon, me disais-je, Farpoo n'était pas du tout un endroit fait pour Myrtle.

En sortant du chantier naval, nous nous arrêtâmes dans la rue et renversâmes la tête en arrière pour contempler les cieux où nous naviguerions bientôt. Au-dessus de Farpoo, le ciel est strié comme une chaussette, avec de larges bandes orange, ocres, rouges, violacées et crème, et il a un drôle d'aspect courbé aux extrémités, si bien que vous finissez par vous apercevoir, à force de le regarder bouche bée, qu'il ne s'agit pas du tout du ciel, en fait, mais de l'imposante face de Jupiter, suspendue dans l'espace, si près d'Io qu'elle masque tout le reste.

– Voilà ce vieux Cumulus, annonça Mr Munkulus en montrant avec deux de ses mains un ovale rouge brunâtre qui semblait nous toiser au milieu des bancs de nuages, tel un œil furieux. Je le voyais tournoyer en traînant derrière lui des étendards et des écharpes de nuages pâles et de petits orages qui bourgeonnaient aux extrémités pour se glisser ensuite dans son sillage, en tourbillonnant. Ils semblaient minuscules à cette distance mais, évidemment, je savais que ces tout jeunes orages sont aussi gros que la Terre elle-même et que Cumulus est plus gros encore ; c'est le plus grand de tous les remous qui tourbillonnent dans les courants venteux de Jupiter ; il souffle depuis dix mille ans.

– Comment fait-on pour l'atteindre ? m'enquis-je.

– Avec un vaisseau pressurisé, répondit Jack d'un ton nonchalant. Je connais un type.

Nous nous enfonçâmes dans le bourdonnement et

l'agitation de la ville, en file indienne, et je peux vous assurer que je ne perdis pas les autres de vue une seule seconde, de crainte de les perdre pour toujours au milieu de cette foule. Nous serpentâmes dans un labyrinthe de ruelles biscornues, en passant devant les cottages de papier des Martiens et les tours en argile des élevages ioniens, les tanières des Woopsies et les entrepôts aux senteurs d'épices des marchands hollandais et chinois. Nous fûmes éclaboussés de boue bleuâtre par les voitures à chevaux et les pousse-pousse, bousculés par des passants de toutes les races qui vaquaient à leurs occupations sans nous adresser le moindre regard. Nous nous dévissâmes le cou, ou nos pédoncules, pour observer les constructions en ruine et branlantes, si hautes que les rues coincées au milieu étaient plongées dans une pénombre permanente et devaient être éclairées par des globes en cristal à l'intérieur desquels se trouvaient des poissons luisants phosphorescents. Des billipèdes en état d'hibernation s'étaient étendus dans les espaces qui séparaient les maisons, et les habitants y avaient accroché leur linge pour le faire sécher.

En moins d'une minute, j'étais déjà perdu et après que nous eûmes parcouru seulement trois cents mètres, j'aurais été incapable de retrouver le chantier naval de McCallum, même si on m'avait payé. Mais Jack savait où il allait. Il nous conduisit au bord d'une rivière qui coulait lentement et dont la surface brillait comme du plomb liquide dans la lumière grisâtre de Jupiter. Nous la traversâmes à bord d'un bac tiré par un énorme monstre marin nommé Bluurg. Nipper m'expliqua que ces aimables créatures provenaient des océans de chez lui sur Ganymède ; elles adoraient la compagnie et on les trouvait dans tous les mondes de Jupiter, souvent comme mariniers. En guise de paiement, elles demandaient simplement à leurs passagers de leur frotter la peau avec de longs gratte-dos en bois.

Arrivés sur l'autre rive, nous nous engageâmes dans une rue étroite où des chansons à boire, entonnées par des voix éraillées, s'échappaient d'un alignement de tavernes creusées dans de gigantesques calebasses. Jack nous mena jusqu'à l'une d'elles, baptisée *Rancune et Gastéropode*. N'étant jamais entré dans ce genre d'établissement, j'observai avec un vif intérêt les ivrognes en tous genres qui étaient accoudés au bar, les messieurs à l'air louche qui jouaient au poker et au faro, le petit groupe rassemblé autour du piano désaccordé et les serveuses à six bras qui se faufilaient au milieu de tout ce monde pour déposer sur les tables bondées et grasses des pichets de bière ionienne mousseuse. Jack glissa quelques mots à l'une d'elles ; elle lui sourit et se servit de ses antennes pour lui indiquer un coin isolé, plongé dans une profonde pénombre. Là, dans une alcôve envahie par la fumée et une forte odeur de renfermé, nous fîmes la rencontre d'un homme dont Jack espérait qu'il nous conduirait dans les redoutables vents supérieurs de

Jupiter où aucun bateau ordinaire ne peut espérer voler.

Cet homme était le capitaine Snifter Gruel. Dans sa jeunesse, il avait été harponneur à bord de quelques-uns des premiers baleiniers qui s'étaient aventurés dans les courants venteux de Jupiter et il avait laissé toutes sortes de morceaux de lui-même sur des bateaux brisés en mille morceaux ou dans les entrailles des Baleines Volantes. Il possédait un œil vif (l'autre était masqué par un bandeau), une seule main (sa jumelle avait cédé la place à un crochet) et une seule jambe (celle qui manquait avait été remplacée par un gros piquet en fer).

– Je ne suis plus que la moitié de ce que j'étais, déclara-t-il gaiement.

Mais il semblait vigoureux et alerte malgré ces infirmités et il avait toute sa tête. En outre, il avait conservé un esprit agile et vif capable de piloter un vaisseau pressurisé au milieu des rapides et des récifs d'éclair du ciel de Jupiter, et de réclamer un bon prix pour cela.

– Cent livres, annonça-t-il quand Jack lui confia que nous voulions rendre visite à Cumulus. Pour ce prix, je vous y conduis, mais je peux pas vous assurer qu'il vous parlera. C'est un drôle de pistolet. Y a les têtes qui lui reviennent et celles qui lui reviennent pas et, dans ce cas, autant parler au vent.

Grindle protesta contre la somme demandée, mais Jack le fit taire d'un regard sévère. Mr Munkulus se pencha vers lui pour lui souffler à l'oreille :

– Tu es sûr de ce que tu fais, Jack ? Je connais ce Gruel de réputation. Tu laisses ton cœur l'emporter sur la raison…

Jack l'interrompit :

– Je ne prête pas attention aux rumeurs, Munk. Et vous devriez en faire autant, ajouta-t-il en lançant un sac d'or à l'autre bout de la table. Je pense que le capitaine Gruel est aussi honnête que le jour est long.

Aucun d'entre nous n'osa lui faire remarquer que, sur Io, les jours n'étaient pas très longs.

Après être tombés d'accord avec le capitaine, nous ressortîmes dans la boue bleue et l'étrange odeur d'algues qui parfumait l'air ionien. Nous nous arrêtâmes pour grignoter dans un café avec terrasse, après quoi Jack renvoya tout le monde sur le *Sophronia*, sauf moi. Avant qu'ils s'en aillent, il lança quelques pièces d'argent à Mr Munkulus en disant :

– Allez acheter quelques Porcs Voltigeurs au marché, derrière le chantier de McCallum.

– Des Porcs Voltigeurs, capitaine ? (Un froncement de sourcils plissait le large visage de Mr Munkulus qui essayait de deviner ce que Jack avait en tête.) On ne s'est jamais embêtés avec ces bestioles à bord du *Sophronia*.

– C'est pour ça qu'il ressemble à une porcherie, rétorqua Jack. À partir de maintenant, j'ai l'intention d'entretenir et de garder ce bateau propre. Art et moi, on ira interroger le vieux Cumulus au sujet de ces araignées et, s'il est capable de nous dire de quel monde elles viennent, on s'y rendra pour récupérer Miss Mumby. Je veux que le *Sophronia* soit propre comme un sou neuf et en parfait état lorsqu'elle retournera à bord.

L'équipage le regarda d'un air hébété. Sans doute pensaient-ils qu'il avait inhalé quelques spores publicitaires, mais moi, je devinais qu'il avait plutôt l'intention d'agacer ma sœur en lui prouvant qu'il pouvait être aussi propre et ordonné qu'elle. En tout cas, c'était encourageant de voir qu'il était certain de la retrouver.

Mais Ssilissa, elle, semblait inquiète à l'idée de le voir s'aventurer dans les courants venteux avec moi pour seule compagnie.

— Je devrais venir avec toi, Jack, dit-elle. Je n'ai pas confianccce dans ccce Gruel. Sssi jamais çcça tourne mal au milieu de tous ccces nuages, on ne pourra rien faire pour t'aider.

Jack secoua la tête.

— J'ai besoin de toi ici, Ssil. Si on ne revient pas, c'est toi qui devras conduire le *Sophronia* en lieu sûr et veiller sur les autres. Mais on reviendra, évidemment, s'empressa-t-il d'ajouter en se tournant vers moi comme s'il craignait de m'avoir inquiété (c'était le cas). On sera de retour à la tombée de la nuit, avec des renseignements sur ces araignées. Vous autres, retournez au bateau et veillez à ce que les hommes de McCallum ne volent pas tout à bord.

Nos amis nous souhaitèrent bon voyage et reprirent la direction du chantier naval, soulagés que Jack ne leur demande pas de risquer leur peau dans les courants venteux. Je soupçonnais Grindle et Mr Munkulus de vouloir faire une halte dans quelques tavernes en chemin. Mais Ssilissa nous suivit du regard, tandis que nous nous dirigions vers le vaisseau pressurisé de Gruel. Elle n'avait toujours pas bougé lorsque nous tournâmes au coin et disparûmes derrière la grande véranda en papier d'une pension de famille martienne. Soudain, je compris qu'elle était amoureuse de Jack et cela me rendit si triste que j'en aurais pleuré comme une Madeleine. Vous deviez déjà vous sentir très seule quand vous sortiez d'un œuf mystérieux et que vous étiez l'unique représentante de votre race dans l'éther connu ; ce devait être encore plus terrible d'aimer une personne d'une espèce différente, pour qui vous n'étiez qu'un lézard bleu. Je croyais comprendre maintenant pourquoi Ssil s'était habillée de manière si extravagante. Ce n'était pas l'influence d'une spore qui passait par là, c'était une tentative pour attirer l'attention de Jack.

Je pris la décision d'être très gentil avec cette pauvre Ssil désormais, si je survivais.

On ne pouvait pas louper le bateau du capitaine Gruel. L'entrée de sa tour de projection était encombrée de pancartes multicolores qui annonçaient : L'INDESTRUCTIBLE, LE CÉLÈBRE VAISSEAU PRESSURISÉ – LE PLUS SÛR DE TOUT IO – EXCURSIONS DANS LES COURANTS VENTEUX – VENEZ DÉCOUVRIR DE VOS PROPRES YEUX LA FAMEUSE ET REDOUTABLE PLANÈTE DES ORAGES ! CE VAISSEAU NE S'EST JAMAIS ÉCRASÉ JUSQU'À CE JOUR ! Il y avait des photos également : des énormes Baleines Volantes, des Calamars de Ciel et d'autres étranges créatures qui peuplent les alentours du ciel profond de Jupiter.

Nous nous présentâmes au Ionien posté à la porte ; celui-ci nous informa d'une voix grondante que le capitaine Gruel nous attendait et il nous fit signe de franchir le tourniquet grinçant. Je grimpai à la suite de Jack un millier de marches en fer bruyantes, jusqu'à ce que nous découvrions les toits triangulaires et les cheminées de Farpoo qui recouvraient le monde

À l'intérieur de la tour de poutres métalliques,
flottait L'Indestructible…

situé en dessous et s'incurvaient à l'horizon, silhouettes noires sur le fond ambré de la face de Jupiter. À l'intérieur de la tour de poutres métalliques, flottait *L'Indestructible*, retenu par de grosses chaînes au-dessus de la gueule de son canon de lancement. Comme tous les meilleurs vaisseaux pressurisés, il avait été fait en pierre, à partir d'un météore capturé, évidé, puis doté de fusées alchimiques et d'épais hublots. Nous empruntâmes une passerelle branlante pour monter à bord.

Le capitaine Gruel nous accueillit devant l'écoutille et nous pria d'entrer. Il était fier de montrer son petit bateau. Avec son crochet, il cogna contre la coque en pierre et déclara :

– Six mètres d'épaisseur ! Avec ça, il s'enfonce plus profondément dans l'atmosphère de Jupiter que n'importe quel autre bateau de Farpoo. (Il cogna contre le verre du hublot avec son poing.) Six mètres d'épaisseur ! Cristal de premier choix, cultivé spécialement dans les fermes de vitres sur Mars.

Je collai mon nez au hublot et c'était comme si je regardais à travers rien : je voyais le ciel de Farpoo, rempli de cargo-ptérosaures et d'aéro-phaétons, sans aucune déformation, aucune ondulation, indiquant que j'observais cette scène à travers six mètres de cristal.

– C'est un bon bateau, reconnut Jack.

– Le meilleur bateau, le meilleur équipage, déclara Gruel d'un air suffisant. Vous ne regretterez pas d'avoir embarqué avec nous, jeune capitaine Jack.

Nous nous attachâmes dans les gros sièges rembourrés au centre de la cabine, pendant que le capitaine Gruel allait et venait d'un pas lourd en beuglant des ordres à son équipage. Ce n'étaient pas des humains, mais des créatures baptisées Dweebs, venues d'une planète dont je n'avais jamais entendu parler. Elles avaient l'apparence de grosses boules de cheveux roux emmêlés d'où jaillissaient parfois des bras bleu-gris musculeux pour abaisser un levier ou claquer une porte. Alors que *L'Indestructible* descendait lentement dans la gueule de son énorme canon de lancement, je tentai de me distraire en essayant de dénombrer combien de bras ils possédaient, mais je perdis le compte à dix-sept.

Le vaisseau pressurisé vrombit et produisit des sons métalliques en se posant sur la puissante charge de poudre à canon qui allait bientôt le projeter dans le ciel comme un obus. Je commençai à me demander s'il était encore temps de changer d'avis et si, dans ce cas, le capitaine Gruel accepterait de rembourser une partie du voyage à Jack. Ce dernier dut sentir mon angoisse car il me sourit.

– Tout se passera bien, Art. Et le vieux Cumulus saura des choses sur ces araignées, j'en suis sûr. On aura bientôt récupéré ta sœur.

J'allais lui répondre que je ne m'inquiétais pas pour cette pauvre Myrtle mais pour moi, lorsque le canon de lancement explosa et je fus incapable de dire quoi que ce soit pendant plusieurs minutes.

Je me demande si vous avez déjà été expulsé d'un obusier géant, à l'intérieur d'une énorme pierre évidée. La sensation est assez proche de ce que l'on peut ressentir lorsqu'un éléphant s'assoit sur vous, alors que vous dévalez une pente à toute allure dans une poubelle en fer. Une horrible impression d'écrasement, accompagnée de vibrations et de secousses violentes, tout en roulant sur soi-même. Heureusement, le capitaine Gruel possédait un troupeau de Porcs Voltigeurs à bord pour nettoyer le vomi.

Quand les sensations les plus désagréables se furent atténuées (ou peut-être que nous nous y étions habitués, suffisamment pour réfléchir et parler à nouveau), la lumière orange, couleur de soufre, de Jupiter brillait à travers les hublots et je m'aperçus que nous avions transpercé l'atmosphère d'Io ; nous traversions maintenant l'océan spatial qui la sépare de sa planète-mère. Le capitaine Gruel s'accrocha au pont à l'aide d'un aimant astucieusement placé à l'extrémité de sa jambe de fer et aboya des ordres à son équipage chevelu en dialecte dweebien. Les créatures allumèrent les fusées de *L'Indestructible* et le vaisseau pressurisé fit un bond en avant, éparpillant de vastes bancs d'Ichtyomorphes et lacérant des nappes d'algues spatiales car les cieux autour de Jupiter grouillent de vie. Quelques heures plus tard, nous plongions dans la première couche de nuages fins qui entoure la Planète des Orages.

Le ciel de Jupiter s'étend sur un million de kilomètres de profondeur et aucun mortel ne sait ce qui se trouve en dessous. Certains affirment qu'il y a de la pierre, d'autres pensent que la pression est si forte que les nuages eux-mêmes sont comprimés et forment un monde compact et brûlant. Mrs Abishag Chough, diaconesse de l'Église des Révélations Lunaires, affirmait que le paradis lui-même se cachait au cœur de la masse nuageuse et, en 1836, elle sauta du vaisseau pressurisé *Ganges* pour tenter de le prouver, mais nul ne la revit jamais. Depuis, aucun vaisseau ne s'est enfoncé de plus de dix mille kilomètres sans être aplati comme un soldat de plomb, et personne ne peut dire quelle théorie est la bonne.

Heureusement pour nous, Cumulus se cantonne aux niveaux supérieurs et parcourt en trombe les vents hauts. Dès que nous eûmes pénétré dans le bon courant, le capitaine Gruel alluma d'autres fusées pour nous guider sur le chemin de l'orage gigantesque, pendant qu'un des Dweebs posait des écouteurs sur ce qui devait être sa tête, supposai-je, et se mettait à taper un message sur la machine à télégraphes de *L'Indestructible*.

– Que fait-il ? demandai-je. Je doute que Cumulus soit équipé d'un télégraphe, si ? Les câbles ne pourraient pas résister à tout ce remue-ménage...

Le capitaine Gruel ricana et traduisit ma question innocente à l'intention de ses compagnons de bord, qui s'esclaffèrent.

– Allons, mon garçon, dit-il en essuyant quelques larmes d'hilarité avec la pointe de son crochet. On n'utilise pas de câbles dans les courants venteux. Ce sont les vibrations de fluide électromagnétique qui colportent nos messages. Et le vieux Cumulus n'a pas besoin de récepteur, vu qu'il est lui-même constitué de vibrations électromagnétiques ou, du moins, la partie douée de raison.

Il s'interrompit pour écouter ce que baragouinait le matelot hirsute.

– Ah ah ! Nous arrivons au bon moment, il est d'humeur docile, mes amis ! Il veut bien vous parler. Venez, venez, vous allez peut-être pouvoir le voir pendant que les gars nous font entrer.

Il roula le tapis, souleva une trappe dans le sol métallique et descendit avant nous une échelle qui menait à un petit compartiment dont une des parois était presque entièrement occupée par une énorme lentille en cristal de Mars. À travers cette vitre, Jack et moi découvrîmes le ciel à l'avant du vaisseau et nous poussâmes l'un et l'autre un cri d'effroi car il était envahi par un unique tourbillon nuageux qui tournait lentement : rouge, orange, brun, violacé comme un hématome, crépitant d'éclairs incessants.

– Jolie bestiole, hein ? commenta le capitaine Gruel d'un ton de propriétaire. Désolé pour les taches de peinture par terre. Il y a quelque temps, on a eu un artiste à bord. Un certain Mr Turner. Il n'arrêtait pas de barbouiller dans tous les coins, à grands coups de pinceau, même par gros temps. Personnellement, j'aimais pas trop ses tableaux. Un enfant aurait fait mieux.

Ni Jack ni moi ne prêtions attention à son bavardage. Nous étions concentrés sur Cumulus. L'orage qui approchait était comme un monde en soi, avec des continents, des abîmes, de très hautes chaînes de montagnes, tout cela constitué de nuages, avec des éclairs qui se déversaient au milieu comme des rivières. Au loin, deux Calamars de Ciel tournoyaient, à la recherche d'une proie ; ils se déplaçaient dans l'atmosphère en agitant leurs tentacules longs d'un kilomètre. Pourtant, à côté de la masse de Cumulus, ils paraissaient plus petits que des puces.

– Nom de D… ! murmura Jack.

Et, même si je sais que c'est très mal de jurer, je ne pouvais qu'être d'accord avec lui car, devant nos yeux hébétés, un grand tentacule de vapeur venant du cœur de l'orage se dressait vers nous. C'était une tornade. Un trou de la taille de l'Amérique s'ouvrit à son extrémité et avala notre minuscule vaisseau à l'intérieur d'un tunnel dont les parois étaient des spirales de nuages tourbillonnants.

CHAPITRE TREIZE

FLORE ET FAUNE INTÉRESSANTES

Baleines à Vent de Jupiter

N° 7

OÙ JE CONVERSE AVEC LE GRAND ORAGE.

Secoué de vibrations et grinçant, des rivets jaillissant de ses ponts métalliques qui gémissaient, *L'Indestructible* plongea dans le tourbillon de cette gorge nuageuse qui menait au cœur de l'orage antédiluvien. Des grêlons, dont le plus petit était plus grand que notre vaisseau, passaient dans un bourdonnement mais, fort heureusement, aucun ne nous percuta. Cumulus contrôlait-il leur course comme il guidait la nôtre, ajustant au dernier instant ses fronts de pression et la force des vents afin d'éviter une collision ? Je l'espérais, mais j'étais incapable de transcrire cet espoir avec des mots ; je m'accrochais désespérément à Jack en me lamentant :

– Oh ! Oh ! Oh !...

Et puis, tout à coup, le bruit et les vibrations cessèrent. *L'Indestructible* venait d'atteindre, je suppose, l'œil du cyclone : une caverne d'air plus calme, vaste comme un monde, où les nuages exécutaient une danse lente et digne très éloignée des violentes révolutions que nous venions de traverser. Il semblait y avoir des constructions à cet endroit : des arches et des piliers de vapeur tressée, veinés d'éclairs bleus et blancs. Nous étions très loin de la lumière du Soleil ou des étoiles désormais et ces feux électriques constituaient l'unique source de lumière ; un éclat gothique crépitant dans lequel Jack et moi ressemblions à des fantômes.

Un pilier de nuages, montant des profondeurs en bouillonnant, prit l'apparence d'un plateau blanc devant le vaisseau, et des boules flottantes, aussi grosses que des lunes, s'enflammèrent dans l'air au-dessus. *L'Indestructible* bifurqua vers le plateau et nous trébuchâmes tous à l'intérieur quand il s'y posa.

– On a atterri ! s'exclama Jack. Comment est-ce qu'on peut atterrir sur un nuage ?

– Le vieux Cumulus a ses méthodes, répondit le capitaine Gruel. Il peut modifier la pression, changer la densité de l'air, faire tout ce qu'il veut. Ici, c'est ce qu'on appelle « la corbeille », comme à la bourse. Des marchands viennent du monde extérieur pour acheter des échantillons des gaz étranges que le vieux Cumulus brasse à l'intérieur de lui-même et, en échange, il aime les écouter parler de choses et d'autres. Ça vous dit de sortir pour bavarder ?

J'avais imaginé que nous devrions converser avec Cumulus de la même manière que l'équipage du capitaine Gruel : en tapant nos messages sur la machine à télégraphe. Apparemment, j'avais tort. J'étais très très content que Jack soit avec moi, mais même lui observait avec une certaine appréhension la passerelle de *L'Indestructible* sur laquelle nous avancions pour nous aventurer dans cette féerie de nuages sculptés que Cumulus avait créée à notre intention.

C'était magnifique. La neige tombait autour de nous, et pourtant aucun flocon ne nous touchait. Les vents délicats façonnaient les brins de vapeur pour en faire des colonnes, des arches et des piliers cannelés, sans qu'aucun souffle n'agite nos cheveux. Au-dessus de nos têtes, les lunes de feu dérivaient en crépitant faiblement et elles nous baignèrent de leur lumière blanche jusqu'à ce que chacun de nous finisse par marcher au cœur d'une étoile composée d'une douzaine d'ombres, mais aucune flamme ne nous atteignait. Et, sous nos pieds, le nuage compact s'enfonçait tout doucement, tel un radeau de laine voguant sur un lac de soupe.

Tout là-haut, très très très haut, dans l'obscurité striée d'éclairs, le tonnerre roulait et grondait, pour former des paroles :

– *Petits êtres*, dit-il, *pourquoi êtes-vous venus ?*

Pourquoi étions-nous venus ? J'étais tellement impressionné et admiratif que j'avais failli oublier, mais Jack, lui, avait gardé l'esprit clair. Il répondit :

– Si vous le permettez, monsieur, on aimerait en

savoir plus sur les araignées blanches. On voudrait savoir où elles ont emmené Myrtle Mumby. Voyez-vous, c'est la sœur d'Art, et mon... euh... mon...

— Elles ont emmené mon père aussi, ajoutai-je en retrouvant enfin ma voix.

Un coup de tonnerre retentit, des éclairs crépitèrent autour de nous, dessinant des silhouettes d'araignées dansantes.

— *Je suis vieux*, dit l'orage d'une voix grondante. *Bien des vies humaines se sont écoulées depuis que je souffle. Je ne peux pas quitter mon ciel, mais des voyageurs venus de plus loin me narrent des histoires et je m'en souviens...*

Dans les profondeurs des replis des nuages, des éclairs s'enflammaient l'un après l'autre, tels des souvenirs qui s'illuminent.

— *Voilà bien longtemps que personne ne m'a raconté des histoires d'araignées blanches.*

Jack et moi nous exclamâmes en chœur :

— Ça veut dire que vous en avez déjà entendu parler ?

L'orage répondit :

— *Je suis vieux. Mais ces araignées sont encore plus vieilles. Plus vieilles que tous les mondes du Soleil. Jadis, tout ceci leur appartenait. Maintenant, elles vivent dans un endroit unique ; elles tissent leurs toiles au milieu des anneaux de pierre et de glace. Elles se tenaient tranquilles depuis un bon moment. Mais vous autres, petits êtres, les avez réveillées.*

Un éclair vint frapper ma poitrine. Ce n'était pas

douloureux, mais je ne pus retenir un cri de frayeur. Je me tournai vers Jack, en me demandant si l'éclair allait le frapper lui aussi, mais il se contentait de me dévisager. Je sentis l'électricité grimper et descendre le long de mes nerfs, sonder les circonvolutions de mon cerveau. Puis elle se retira, me laissant haletant, le cœur battant à tout rompre, avec un goût métallique dans la bouche.

– *Tu es un parent de la Façonneuse*, dit l'orage.

– Non. Je m'appelle Arthur Mumby. M.U.M.B.Y.

– *J'ai connu ta mère.*

– Je vous demande pardon ? dis-je d'une toute petite voix.

– *Je lui ai souvent parlé, dans le temps-qui-est-passé. J'espère que nous nous parlerons à nouveau dans le temps-qui-va-venir. C'était un petit être plein de sagesse et de bonté, et elle m'a dit beaucoup de choses intéressantes.*

Désemparé, je me tournai vers Jack.

– Il y a erreur, Votre Honneur, dis-je. Ma mère était Mrs Amelia Mumby de Larklight. Elle...

– *Larklight !* rugit l'orage comme si ce nom lui rappelait quelque chose et j'eus l'impression que tout ce que j'aurais pu ajouter ne l'intéressait pas le moins du monde. *Tu dois garder la clé en lieu sûr. Les araignées veulent s'emparer de la Lanterne de l'Aube de la Création, mais il faut les en empêcher.*

– La lanterne de *quoi* ? dis-je. Quelle clé ?

– Et Myrtle ? demanda Jack. Avez-vous entendu

parler d'elle ? La sœur d'Art, capturée par les araignées…

Les crépitements des éclairs projetaient nos ombres tremblotantes sur le nuage. Ceux qui se trouvaient au-dessus de nous semblaient se tordre de douleur. Le tonnerre grondait. Je cherchai le réconfort de Jack comme toujours, mais il paraissait aussi abasourdi que moi par ces nouveaux développements. Nous plaquâmes nos mains sur nos oreilles assaillies par des changements de pression brutaux qui torturaient nos tympans, et mon estomac se noua. Je repris conscience que nous nous trouvions sur un nuage, au cœur d'une immense voûte de nuages ! À l'exception de *L'Indestructible*, posé à une vingtaine de mètres de là comme un grain de sable sur une grosse meringue, il n'y avait rien de solide sur des milliers de kilomètres à la ronde.

Soudain, l'orage articula à nouveau des paroles :
– *Partez maintenant, petits êtres. Il y a un…*

Il se produisit alors un long bafouillage inaudible dans lequel je crus percevoir le mot… *Danger !*

Jack et moi fîmes demi-tour pour courir vers l'abri du vaisseau pressurisé. Le pays des nuages commençait à se démanteler sous les assauts de violentes bourrasques qui abattaient les arches et les piliers, aussi aisément que vous arracheriez des poignées de barbe à papa ou des touffes de duvet de chardon. La neige tourbillonnait furieusement autour de nous et une pluie glaciale nous cinglait le visage. Je levai les yeux et le regrettai aussitôt car cette vision me donna la nausée et l'impression de tomber dans le vide comme si j'avais regardé au fond d'un abîme. Un gouffre s'était ouvert dans la voûte de nuages au-dessus de nos têtes et tout là-haut, très haut, une chose noire se déplaçait, trop grosse pour être un navire ou un animal, si grosse qu'il pouvait s'agir uniquement d'un autre immense orage de Jupiter. Des éclairs en jaillissaient et se heurtaient à d'autres éclairs qui fusaient des nuages de Cumulus si bien que, pendant un instant, je songeai à deux bâtiments de guerre antiques se pilonnant à coups de canon.

Le capitaine Gruel nous attendait sur la passerelle de *L'Indestructible*, une main tendue vers nous. Je me souviens d'avoir pensé : « Voilà un ami loyal, il s'attarde dans ce lieu effroyable pour que nous puissions remonter à bord. » Puis Jack Havock lança un juron et s'arrêta en dérapant dans les nuages, juste devant moi. Je constatai alors que le capitaine tenait dans sa main... un pistolet.

— Donne-moi la clé ! me cria-t-il par-dessus les hurlements du vent. J'ai entendu ce que le vieil orage a dit ! Tu détiens une clé et les araignées la veulent. Donne-la-moi !

— Mais je n'ai pas de clé ! dis-je. L'orage s'est trompé !

— Cumulus ne se trompe jamais, grogna Gruel en avançant vers nous avec son pistolet qui allait et venait entre mon visage et celui de Jack. J'ai entendu des murmures à propos de ces araignées. Elles sont puissantes, et de plus en plus puissantes. Je pense qu'elles m'auraient à la bonne si je leur donnais la clé qu'elles cherchent.

– Mais il n'y a pas de clé ! gémis-je.

Le pistolet revint sur Jack.

– Et si je tire sur ton ami ? Tu crois que ça te rafraîchira la mémoire, petit gars ?

À cet instant, un éclair vert éclatant le frappa. Le crépitement électrique étouffa son hurlement et les étincelles du coup de feu se perdirent dans la lumière aveuglante. Jack et moi fûmes projetés sur le côté et nous nous frottâmes les yeux jusqu'à ce que nous puissions voir de nouveau. Mais il n'y avait plus rien à voir : il ne restait du capitaine Gruel qu'un nuage de fumée grasse qui se dispersait dans le vent violent.

La voix grondante de Cumulus se fit entendre :

— Un grand nombre de petits orages m'attaquent. Mais ce ne sont que des freluquets, de jeunes orageaux âgés de quelques milliers d'années seulement. Je pense qu'ils agissent pour le compte de…

— Les araignées ! cria Jack.

Il me prit par la main et nous fonçâmes tant bien que mal vers le vaisseau pressurisé, mais les Dweebs velus avaient vu leur capitaine se faire désintégrer et ils n'étaient pas décidés à nous attendre. Les fusées rugirent, arrachant des jets de vapeur aux nuages qui se trouvaient devant ; *L'Indestructible* fit un bond dans les airs et monta en flèche à travers une aile de nuages noirs qui descendait à toute allure. Jack brandit un poing rageur et lança des jurons qui auraient fait rougir Myrtle jusqu'aux oreilles si elle avait été là pour les entendre. Je me réjouissais qu'elle ne soit pas là, d'ailleurs car, en analysant notre situation, je me disais que, quel que soit le sort enduré par ma pauvre sœur entre les mains de ses ravisseuses arachnéennes, il ne pouvait pas être aussi terrible que celui qui nous attendait désormais, Jack et moi.

L'aile noire se déchira. Un pâle rayon de soleil de Jupiter vint frapper le cœur de Cumulus, faisant apparaître des petites taches sombres semblables à des grains de poussière. Un troupeau de Baleines Volantes prises de panique avait été aspiré à l'intérieur de l'orage par les changements de pression brutaux. Jack m'agrippa le bras et tendit le doigt.

— Regarde, Art ! Elles vont nous aider à sortir !

– Elles sont à des kilomètres !

Je ne voyais pas comment ces monstres lointains pouvaient nous aider, mais je ne voyais pas non plus une autre façon de nous sortir de ce pétrin. De toute évidence, le pauvre Cumulus ne savait plus où donner de la tête et il ne pouvait plus soutenir le pilier de vapeur solide sur lequel Jack et moi nous tenions. L'atmosphère elle-même commençait à sentir le soufre, tandis que l'air chaud venant des profondeurs passait devant nous, aspiré vers le haut. Je serrais la main de Jack de toutes mes forces, alors que l'ultime île de nuage solide se dérobait sous nos pieds, juste avant que nous dégringolions dans ce ciel sauvage.

Nous descendîmes, encore et encore, en remontant parfois, ballottés dans tous les sens par les rafales de vent brûlant qui jaillissaient des cheminées de nuage pour nous bombarder. J'avais les cheveux dans les yeux et je perdis une de mes chaussures. (Si Myrtle n'avait pas été kidnappée par ces araignées, elle m'aurait obligé à faire un double nœud à mes lacets et j'aurais encore ma chaussure.) Évidemment, nous poussâmes des hurlements et des gémissements et nous gesticulâmes furieusement, tout en sachant pertinemment qu'il n'y avait pas la moindre prise à laquelle nous pouvions espérer nous retenir.

Mais, peu à peu, je finis par comprendre que Cumulus ne nous avait pas totalement oubliés. Assiégé de toutes parts, il ne pouvait plus faire apparaître des châteaux dans le ciel pour qu'on puisse s'y percher, mais ces vents tourbillonnants avaient tous un but : il nous entraînaient vers ce banc de baleines que nous avions entraperçues précédemment.

J'ignore quelle distance nous parcourûmes à travers cette danse folle de nuages et d'éclairs. Difficile d'estimer l'échelle dans un environnement où rien n'est familier et où tout est démesuré. Parfois, les baleines semblaient proches, puis elles disparaissaient derrière quelque Everest de nuage et nous découvrions alors qu'elles étaient beaucoup plus grosses et beaucoup plus éloignées que nous l'avions cru. Mais enfin, nous commençâmes à entendre leurs meuglements portés vers nous par le vent. Bientôt, nous fûmes suffisamment proches pour les sentir et pour examiner les détails de ces corps gigantesques et marbrés.

Elles ne ressemblaient pas énormément à des baleines, ces créatures flottantes de Jupiter. On aurait plutôt dit de grosses méduses gonflées au gaz, mais avec moins de tentacules. Elles étaient douze dans ce banc vers lequel nous plongions à pic : six baleineaux, cinq femelles et un vieux mâle dont la peau zébrée de cicatrices était hérissée d'une forêt de harpons brisés. Sa large gueule béante nous regardait, semblable à une entrée de tunnel et, pendant un instant, je crus que Jack et moi allions être avalés comme deux Jonas de l'espace, mais les vents nous entraînèrent à l'écart. Les gigantesques fenêtres sombres des yeux de la baleine nous regardèrent passer tristement. Puis nous fûmes projetés contre son flanc incurvé, nous rebondîmes et glissâmes sur sa peau rugueuse et parcheminée. Je laissai échapper la main de Jack et me retins à sa jambe. Heureusement, il eut le réflexe d'agripper un des harpons rouillés pour interrompre notre chute.

Le vent mugissait, les Baleines Volantes meuglaient et le tonnerre grondait. Parfois, on aurait dit qu'il formait des paroles, mais les bourrasques les emportaient avant que je puisse saisir leur sens. Je balayai du regard cette étendue de peau couleur moutarde qui s'incurvait dans toutes les directions, parsemée ici et là de harpons semblables à des souches d'arbres foudroyés.

– On ne peut pas rester ici, dis-je.

Jack fit la grimace.

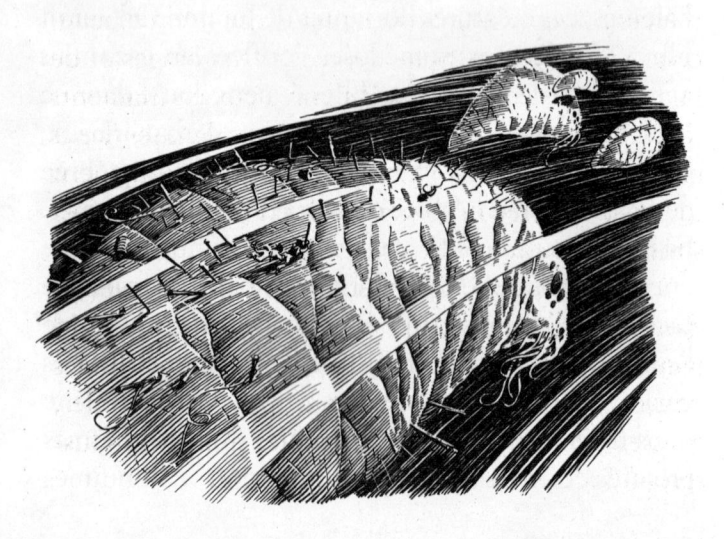

– Je ne vois pas de meilleur endroit pour l'instant, admit-il. Si on tombe trop bas, on va se retrouver dans la pression des profondeurs et on sera écrasés comme des pucerons. Le mieux, c'est de nous accrocher à cette bestiole en espérant qu'un autre vaisseau nous apercevra.

Une lumière apparut au-dessus de nous. Ce n'était pas un éclair, mais la faible lueur du soleil de Jupiter. Notre baleine avait été expulsée du flanc de Cumulus, vers le ciel pur, et sa famille beuglante tournoyait dans son sillage. Le vent nous entraînait à toute allure loin du grand orage. En regardant derrière moi, je vis très nettement les orages plus petits tourbillonner à sa lisière, tandis que des éclairs de toutes les couleurs crépitaient. Sans doute ignoraient-ils que Jack et moi n'étions plus à l'intérieur des cavités nuageuses de Cumulus, ou alors, s'ils le savaient, ils n'avaient aucun moyen de mettre fin à leur attaque. Mais je n'étais pas inquiet pour Cumulus car il était beaucoup plus imposant que tous ces petits orages et de fait, sous mes yeux, il réduisit l'un d'eux en filaments tourbillonnants qui furent vite absorbés dans ses flancs en ébullition, et il en expédia un autre, totalement impuissant, dans un courant d'air voisin, où il fut aussitôt déchiqueté par des vents puissants.

Soudain, un courant ascendant entraîna les baleines dans une atmosphère plus calme et un brouillard jaune pâle nous enveloppa, couvrant d'un voile les vestiges de la bataille. Des gouttes de pluie tièdes, grosses comme des œufs de poule, nous éclaboussèrent, Jack et moi.

En rampant prudemment d'un harpon à l'autre, nous descendîmes sur le dos de la Baleine Volante en quête d'un abri. Après peut-être une demi-heure d'exploration, nous découvrîmes devant nous un vieux baleinier rouillé qui s'était retrouvé pris dans les lignes de ses propres harpons et immobilisé. Les panneaux d'écoutille étaient ouverts. L'équipage avait sans doute pris la fuite et nous n'avions pas à redouter de tomber sur quelques vieux fantômes en nous glissant à l'intérieur. Assis sur des bancs de nage rouillés, nous nous demandâmes ce que nous réservait l'avenir pendant que le vieux baleinier tanguait de manière désagréable sur le dos de la baleine qui affrontait les courants venteux. À chaque balancement, une bouteille de rhum vide roulait sur le plancher, nous rappelant cruellement que nous n'avions rien bu depuis très longtemps.

– Pauvre vieux Cumulus, soupirai-je en pensant à cet orage doué de raison et en me demandant comment il se débrouillait dans ce maelström, tout en bas. Vous croyez que c'est à cause de nous qu'il a été attaqué ?

– Ce serait une sacrée coïncidence si ce n'était pas le cas, répondit Jack. Les autres orages sont apparus peu de temps après nous. À mon avis, tes chères araignées sont dans le coup. Je serais curieux de savoir ce qu'elles ont promis à ces petits orages pour les inciter à attaquer le vieux Cumulus. (Jack réfléchissait à voix haute, sans me prêter attention.) Des histoires, je suppose. Des informations. Si ces araignées sont si vieilles que l'affirme Cumulus, elles ont dû en voir passer des événements et elles possèdent un vaste stock d'histoires à partager. Mais comment ont-elles su qu'on était en train de parler avec Cumulus ? Et comment sont-elles descendues dans les courants venteux pour traiter avec les autres orages ? Rusées, les bestioles !

— Et on ne sait toujours pas d'où elles viennent, ajoutai-je. Les anneaux de glace et de pierre. C'est où, ça ?

Jack me regarda d'un drôle d'air.

— Cumulus a parlé d'une clé de Larklight, qu'est-ce qu'il voulait dire par là ? C'est toi qui l'as ?

Je secouai la tête.

— Je ne vois qu'une explication, dis-je. Il m'a confondu avec quelqu'un d'autre. Il a dit qu'il connaissait ma mère, mais je suis sûr que ma mère n'est jamais allée sur Jupiter…

Mais en étais-je vraiment sûr ? Maintenant que j'y réfléchissais, je m'apercevais que je ne savais presque rien du passé de ma mère, de sa famille, de tout ce qu'elle avait fait avant d'épouser mon père à Cambridge, un an avant ma naissance. Je m'adossai à la cloison du baleinier en poussant un soupir qui venait du cœur ; ma pauvre mère me manquait affreusement. Je repensai au médaillon de Myrtle. Je le sortis de ma poche. (J'étais immensément soulagé de le trouver à sa place. Pendant un moment affreux, je songeai qu'il était peut-être tombé au cours de notre dégringolade à travers le ciel.) J'ouvris le médaillon et des larmes me vinrent aux yeux lorsque je vis le doux visage de ma mère. Mais je me consolai en songeant qu'elle était désormais dans un endroit meilleur, que Père et Myrtle l'avaient peut-être déjà rejointe et que je n'allais sans doute pas tarder à en faire autant.

– C'est quoi ? demanda Jack.

– Le médaillon de Myrtle. Il y a le portrait de notre mère à l'intérieur.

Obéissant à une impulsion, je le lui tendis. Il ne connaissait pas ma mère, mais je sentais qu'il pourrait être réconforté comme je l'avais été par son sourire tendre. Mais en prenant le médaillon, tout ce qu'il trouva à dire, ce fut :

– Tu as trimballé ce truc depuis la Lune ?

– Je voulais le rendre à Myrtle quand on était à bord du *Sophronia*, mais elle m'a demandé de le garder. Elle craignait que vous fouilliez sa cabine et que vous le lui voliez, avouai-je.

Jack sembla froissé.

– Jamais je ne la volerai !

Il sortit son fidèle canif et appuya la pointe de la lame contre le boîtier du médaillon.

– Oh ! m'exclamai-je. Arrêtez ! Qu'est-ce qui vous prend ?

– Je pense que ta mère nous cache des choses.

– Ça ne s'ouvre pas ! dis-je en tendant la main pour récupérer le médaillon, tandis que Jack introduisait délicatement la lame du couteau dans le fin interstice entre le portrait et le boîtier en or.

Et il s'ouvrit ! Le portrait de Mère se souleva comme la couverture d'un livre et, en dessous, introduit dans le minuscule espace par un artisan à l'habileté surnaturelle, un mécanisme minutieux scintillait. Des roues dentées, des fils, des ressorts, des rochets et d'autres choses mystérieuses dont je ne connaissais pas les noms brillaient dans la pénombre : tout un monde mécanique complexe et miniaturisé.

Je repris le médaillon d'un geste brusque et, lorsque ma main se referma dessus, l'étrange mécanisme dégagea une faible lueur bleutée.

— Voilà ce que cherchent les araignées ! s'exclama Jack. C'est certain ! Voilà pourquoi elles sont venues à Larklight, et pourquoi elles vous pourchassent tous les deux depuis ! Elles ont enlevé la pauvre Myrtle pour s'en emparer et, quand elles ont découvert que ta sœur ne l'avait pas, elles ont suivi notre trace jusqu'ici et ont essayé de te capturer !

Le baleinier s'agita. L'animal que nous chevauchions, si je puis dire, avait fait une embardée soudaine et ses meuglements outrés résonnèrent dans nos oreilles. Je refermai le médaillon et le fourrai dans ma poche en le coinçant soigneusement sous mon mouchoir. Jack avait foncé à l'écoutille pour regarder dehors. Je l'entendis s'exclamer :
– Oh, c'est quoi ça ?

Je m'empressai de le rejoindre. La Baleine Volante nous avait conduits très haut, dans les nuages fins de la couche la plus élevée de l'atmosphère de Jupiter, ce que nos chasseurs de baleines nomment les Hauts Sommets. Des buissons de fucus en suspension dérivaient tout autour de nous, tachant de vert la lumière du soleil qui se déversait à travers leurs feuilles à demi transparentes et leurs poches de gaz. Des troupeaux de Porcs Voltigeurs sauvages, qui broutaient paisiblement la végétation jusqu'alors fuyaient maintenant aux côtés des baleineaux et des femelles. Je ne pouvais pas leur en vouloir. Car surgie de l'œil du cyclone, une horreur à mille bras fondait sur nous : une Pieuvre des Hauteurs, soutenue par un colossal ballon de peau rougeâtre muni de nageoires. Elle avait déjà dû frapper une première fois notre baleine – nous sentions la pauvre créature frissonner et elle se mit à gîter – et voilà qu'elle revenait à l'attaque. Elle déroula ses tentacules d'un kilomètre de long, chacun armé de dizaines d'épines redoutables. Je devinai immédiatement son intention : perforer la vessie de gaz de notre baleine pour l'empêcher de rester dans les airs.

– Oh, ça ne finira donc jamais ? m'exclamai-je.

Je repensai aux calamars que j'avais entraperçus alors que nous approchions de Cumulus. Sur le coup, j'avais pensé qu'ils traquaient des proies mais, en vérité, c'était nous qu'ils surveillaient. Les araignées les contrôlaient comme elles avaient contrôlé les petits orages. Elles s'étaient servies d'eux pour nous espionner pendant que nous nous trouvions à l'intérieur du grand orage, et maintenant que nous étions en plein ciel, impuissants, elles avaient envoyé un de ces monstres pour nous capturer. Je m'écriai :

– Elles ne cesseront donc jamais de nous pourchasser ?

Jack répondit :

– Je ne crois pas que ce soit un coup des araignées, Art. Les Calamars de Ciel sont des bestioles stupides, comme les baleines. C'est de la nourriture qu'ils cherchent, pas toi ou moi…

– Alors, comment expliquez-vous ça ? m'exclamai-je en tendant le doigt au moment où la créature passait rapidement.

Car, sur sa boîte crânienne bosselée, entre les grands disques de ses yeux, s'accrochait une araignée blanche qui chevauchait le calamar comme une sorte d'épouvantable jockey. Et alors même que je prononçais ces mots, l'araignée dut nous voir car elle se mit à tirer rageusement sur les poils semblables à des fouets qui poussaient sur la peau de l'animal. Le calamar se tourna alors et ses longs bras jaillirent vers nous, tapis à l'intérieur du baleinier délabré. Un tentacule rouge muni de griffes s'enroula autour de nous et de notre misérable abri et, d'un coup sec, le bateau fut arraché au corps de la vieille baleine.

Jack se jeta sur moi pour tenter de s'emparer du médaillon.

– C'est ça qu'ils cherchent ! cria-t-il. Donnons-leur ce qu'ils veulent !

– Non ! Cumulus a dit qu'on devait le protéger !

– Je préfère qu'on se protège toi et moi, et Myrtle. Si on leur donne le médaillon, peut-être qu'elles nous diront où se trouve Myrtle…

Soudain, une puanteur épouvantable s'abattit sur nous. Le tentacule du calamar se repliait pour soulever notre pauvre bateau rouillé vers l'immense cavité de sa gueule. Je voyais l'araignée qui se démenait sur son dos pour tenter de le contrôler et l'empêcher de nous dévorer, mais je n'étais pas certain qu'elle y parvienne. Comparée au calamar, elle ne faisait pas le poids ; on aurait dit une vulgaire mite blanche. Pouvait-elle vraiment espérer réfréner les besoins instinctifs de cette créature gigantesque ? L'haleine du calamar qui empestait les gaz des marais nous enveloppa.

Une idée me traversa l'esprit ; je n'aurais su dire d'où elle venait. D'un mouvement brusque, je me libérai de Jack. Si je parvenait à briser l'étreinte du calamar, nous pourrions dégringoler en toute liberté dans les Hauts Sommets, pendant environ une heure, et il était possible qu'un baleinier ou un autre vaisseau pressurisé nous récupère avant que nous nous enfoncions dans les Profondeurs. Et si aucune aide ne se présentait, même si nous périssions dans les courants venteux, au moins aurais-je essayé de combattre les araignées qui m'avaient volé mon foyer et ma famille.

La vieille bouteille de rhum continuait à rouler sur le plancher, dans un sens puis dans l'autre. Je la ramassai et cherchai dans mes poches quelque chose qui pouvait s'enflammer. Non, pas mon mouchoir, j'en avais besoin pour protéger le médaillon. Ma main se referma sur une matière douce et filandreuse, et je sortis le triangle de toile d'araignée que j'avais découpé devant la fenêtre de la chambre de Myrtle à Larklight. En séchant, elle était devenue craquante. Sans savoir si la toile d'araignée était inflammable, je la fourrai dans le goulot de la bouteille, puis je sortis ma boîte d'allumettes et j'en grattai une. Une flamme éclatante jaillit dans l'air riche en méthane et je m'en servis pour enflammer un coin de la toile qui, à ma grande satisfaction, produisit immédiatement une ardente flamme jaunâtre et rugissante. Avant que Jack puisse me demander ce que je fabriquais, je passai devant lui en me faufilant dans l'écoutille et lançai la bouteille avec son petit drapeau enflammé vers la gueule béante du calamar.

– Cette bestiole est bourrée de méthane, expliquai-je en me retournant vers Jack qui me regardait comme si j'étais devenu fou. Je l'ai lu dans un livre. C'est le méthane qui se trouve à l'intérieur de ces créatures qui leur permet de flotter.

– Et après ?

Un torrent de flammes jaunes se déversa de la bouche du calamar. Ses tentacules furent pris de convulsions et, alors que le baleinier était projeté dans les airs, j'eus juste le temps de voir l'araignée blanche décamper furieusement pour tenter de s'échapper, tandis que le calamar agonisant chutait dans le vide. Puis, avec un bruit ressemblant à un pet de Titan, le monstre explosa, emplissant le ciel de gaz enflammé. Le souffle expédia notre bateau cul par-dessus tête et je tombai par l'écoutille. J'aurais pu me perdre à tout jamais dans l'éther si je n'avais eu la présence d'esprit de m'accrocher à un des câbles de harpon qui pendaient encore du baleinier. Des morceaux de chair de calamar et d'organes roussis me frôlèrent. J'imaginais l'araignée plongeant vers sa mort dans les profondeurs du ciel, et je devinais ce qu'avait dû ressentir saint Georges après avoir terrassé le dragon.

Mais il n'est pas facile d'être content de soi très longtemps quand on est suspendu à une corde qui claque comme un fouet derrière une épave de baleinier qui tombe en chute libre, aussi vite que son adversaire. Je voyais Jack qui me regardait au bord de l'écoutille ; il avait saisi l'autre extrémité du câble à deux mains pour tenter de me ramener vaillamment à bord, mais le vent m'éloignait de lui et, à ce jeu de tir à la corde, il n'avait aucune chance de gagner. Je sentais que mes mains commençaient à glisser. Jack me criait quelque chose. Curieusement, il semblait rire ; franchement, je ne voyais pas pourquoi.

Puis les nuages au-dessus de moi s'écartèrent. Un gigantesque corps noir apparut au milieu des traînées de vapeur. « Oh, non ! me dis-je. Pas ça ! Encore un effroyable prédateur ! » Je fermai les yeux en priant pour que la fin soit rapide et indolore.

– C'est le bateau ! s'écria Jack. C'est le *Sophronia* ! Cette chère vieille Ssil ! Ce brave vieux Munkulus !

Je levai de nouveau la tête, juste à temps pour reconnaître la figure de proue du *Sophronia*, avant de la heurter.

Il y eut un grand boum, un éclair d'étoiles bleutées, et ce fut la dernière chose que je vis jusqu'à ce que je reprenne connaissance, flottant en apesanteur dans la cabine principale du *Sophronia*, en compagnie de Nipper qui me frottait le visage avec un linge mouillé. Au-dessus de lui, quelques Porcs Voltigeurs allaient et venaient en reniflant pour explorer leur nouvelle maison. En tournant la tête, j'aperçus la courbure ambrée de Jupiter à travers un hublot et je compris que notre épreuve était terminée, nous nous éloignions de la Planète des Orages.

– Comment nous avez-vous retrouvés ? demandai-je.

– Ssil se méfiait de ce capitaine Gruel, répondit le crabe de terre. Et en se rendant au marché aux porcs, Mr Munkulus a entendu des histoires d'araignées blanches qu'on avait aperçues sur Io, sur Callisto et quelques autres lunes, et d'un vaisseau pressurisé baptisé l'*Oenone* qui a disparu en revenant de Jupiter.

— Les araignées ont dû s'en emparer pour pouvoir nous suivre dans les courants venteux, supposa Jack.

— Alors, on a activé les réparations et on est allés se poster au large de Jupiter en attendant de vous apercevoir, expliqua Nipper. Et sur ma carapace, il n'a pas fallu longtemps avant que Grindle, qui faisait le guet sur le pont, voie le vaisseau de Gruel…

— L'*Indestructible*, grogna Grindle, qui se tenait à proximité.

— … jaillir du sommet des nuages, conclut Nipper.

— Tout cabosssé et brûlé, ajouta Ssilissa en regardant tendrement Jack qui, assis sur le pont, reprenait son souffle après ses aventures dans les Hauts Sommets. On sss'est approchés pour voir sss'ils avaient besoin d'aide, et ils ssse sssont enfuis.

— Alors, on est montés à l'abordage ! déclara Grindle avec un large sourire. Et on a pointé nos armes sur ces Flummocks poilus.

— C'étaient des Dweebs, précisa Mr Munkulus. Les Flummocks, ça n'a rien à voir. Ils ont des antennes et aucun sens de l'humour.

— Flummocks ou Dweebs, ils nous ont raconté comment Gruel avait tenté de vous doubler et comment le vieux Cumulus lui avait réglé son compte, ricana Grindle. Zip ! Crac ! Ha, ha !

Tous les autres s'esclaffèrent, mais je ne les imitai pas. Je sentais encore l'odeur de viande grillée qui était passée devant mes narines après que le capitaine Gruel avait été foudroyé.*

– On vous croyait morts tous les deux, dit Ssil, à voix basse. Même sssi vous aviez sssurvécu, on n'aurait pas pu vous atteindre sssans briser le *Sssophronia* en mille morccceaux...

– Ce qui n'a pas empêché mademoiselle de nous faire sillonner le sommet des nuages pendant des heures et des heures, grogna Grindle. Oh, Jack! gémit-il en imitant Ssil. Oh, pauvre Jack! Qu'est-ccce qu'on va devenir sssans lui? C'était mieux qu'au théâtre!

---

* Par la suite, nous apprîmes que Snifter Gruel avait survécu. Calciné et inconscient, il dériva dans l'atmosphère de Jupiter pendant plusieurs jours, mais Cumulus veilla à ce que la crapule ne soit pas broyée en tombant trop profondément et, une fois qu'il eut repoussé les autres orages, il expédia Mr Gruel en direction d'une baleine qui passait par là et qui le conduisit chez lui sur Io. Là, le capitaine se remit très vite de ses brûlures. Seule conséquence durable de cette électrocution, il était devenu magnétique. Les casseroles, les couverts et les clous étaient attirés par son corps comme par un véritable aimant. Au début, Mr Gruel trouva cela fort agaçant et ce fut la fin de sa carrière de capitaine de vaisseau pressurisé car tous les instruments de *L'Indestructible* devenaient fous quand il s'en approchait. Mais, très vite, il trouva un autre moyen de gagner sa vie. Il devint célèbre dans les foires et les cirques sous le nom d'Attracto, l'incroyable aimant humain, et plus tard, il écrivit un livre dans lequel il affirmait être tombé jusque dans le cœur même de Jupiter, où il avait rencontré Mrs Abishag Chough et un certain nombre d'êtres supérieurs qui lui avaient transmis ces étranges pouvoirs magnétiques avant de le renvoyer chez lui porteur d'un message de la plus grande importance pour l'humanité. J'ai oublié ce que disait ce message, mais il y était question de paix, de fraternité et de donner beaucoup d'argent à Snifter Gruel.

Ssilissa lui donna un coup avec sa queue-matraque et dit :

— Ccc'était une bonne idée, Art, de mettre le feu à ccce calamar. Les flammes ont illuminé les nuages sur des kilomètres à la ronde. Et quelque chose me disait que ccce n'était pas un sssimple éclair. J'ai mis le cap sur l'endroit d'où venait la lumière...

— Il y avait une tache noire sur les nuages, précisa Mr Munkulus.

— ... et nous vous avons retrouvés, conclut Ssil avec son plus grand et plus effrayant sourire.

— Ce sont eux qui nous ont retrouvés, rectifia Grindle.

— Art nous a retrouvés avec sa tête ! lança Nipper avec son rire grave et glougloutant, et les Jumeaux Tentacules rirent eux aussi, c'est-à-dire qu'ils agitèrent leurs appendices de haut en bas tels des balais-éponges multicolores.

— Vous avez tous été parfaits, dit Jack en se levant. (Il paraissait impatient.) Mais maintenant, il faut repartir. On a assez de carburant ? Assez de vivres pour un long voyage ?

— On a juste de quoi voir venir, répondit Mr Munkulus. Mais nous sommes dans l'éther jupitérien, capitaine. Il y a de nombreux navires à piller et de nombreux mondes pour faire du commerce...

— On ne reste pas ici, déclara Jack.

Il semblait presque en colère.

— Où va-t-on, alors ? demanda Ssil en ignorant les

grognements et les murmures des autres qui se réjouissaient par avance de faire une croisière parmi les lunes de Jupiter.

– On part à la recherche de ces araignées, annonça Jack. Cumulus nous a dit où elles se cachaient, plus ou moins. Parmi les anneaux de glace et de pierre. Je ne connais qu'un seul monde qui possède des anneaux de glace et de pierre.

Ssilissa blêmit. Je dus en faire autant mais, n'ayant pas de miroir sous la main, je ne peux l'affirmer avec certitude. Nous avions tous compris que Jack voulait nous emmener sur Saturne, or personne ne va sur Saturne. Cette planète se situe au-delà des frontières de l'éther connu, seuls les astronomes l'explorent. Aucun des navires qui ont tenté de l'atteindre n'est jamais revenu.

Jack posa sa main sur l'épaule de Ssilissa.

– Peux-tu calculer l'itinéraire jusqu'à Saturne ? demanda-t-il.

Elle déglutit et ses yeux aux paupières en biais clignèrent plusieurs fois.

– Je crois que oui, Jack. Mais pourquoi ? Et les araignées ?

– Ne t'inquiète pas pour les araignées. Quand elles verront ce que je leur réserve, je parie qu'elles seront toutes disposées à négocier et à être gentilles.

En disant cela, il sortit de sa poche un objet qu'il fit briller en le lançant dans la lumière de la lampe, puis il le rattrapa au vol. Une longue chaîne de maillons dorés se balançait dans son poing. Je laissai échapper un hoquet de stupeur et portai la main à ma poche, là où j'avais rangé le médaillon de Myrtle. Il n'y était plus.

— Vous m'avez fait les poches ! m'écriai-je avec fureur, avant d'éclater en sanglots rageurs.

Jack évitait mon regard.

— Je suis un pirate, dit-il en passant devant moi pour flotter vers le gouvernail, où Mr Munkulus se préparait pour notre voyage à destination du monde des araignées. Je vole des objets, Art. Et je traite avec des individus avec lesquels personne d'autre ne veut traiter. Voilà ce que je suis.

CHAPITRE QUATORZE

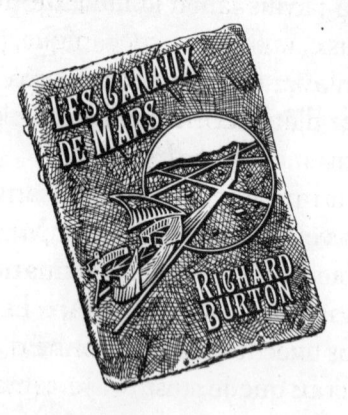

NOUVELLE PLONGÉE DANS LE JOURNAL INTIME
DE MA SŒUR, QUI SERA SANS DOUTE ACCUEILLIE
AVEC SOULAGEMENT PAR LES PERSONNES SENSIBLES,
COMME UNE SORTE DE PAUSE ET UNE OCCASION
DE SOUFFLER APRÈS MES AVENTURES EXCITANTES
ET PRESQUE INSOUTENABLES.

26 avril (suite)

En me réveillant ce matin, pendant un court instant, je me sentis bien. J'étais couchée sur un lit moelleux, sous une sorte de tente mince comme du papier, dont les parois et le toit étaient éclairés par le soleil. Je percevais un très léger mouvement, fort apaisant après les frayeurs de la nuit précédente. Puis je me souvins de tout ce que j'avais vu et vécu : mon hôte était apparu sous son vrai visage, celui d'un vulgaire automate, un homme mécanique, puis je m'étais enfuie avec Ulla, et j'avais été sauvée par ces cavaliers vêtus de manière indécente, qui chevauchaient des vers géants.

Tremblant intérieurement, mais bien décidée à ne pas laisser voir à mes ravisseurs que j'avais peur d'eux, je me redressai et constatai que j'étais toujours habillée (Dieu soit loué) sous les draps en lin rugueux qu'une main charitable avait étendus sur moi pendant que j'étais inconsciente. Je remarquai que la sève répandue par les créatures cactus avait, en séchant, formé sur ma robe des petites taches brillantes semblables à de la gomme arabique. Je me demandai s'il existait dans ce monde sauvage un endroit où je pourrais trouver une nouvelle robe, ou au moins une blanchisserie.

En franchissant à quatre pattes l'entrée basse de la tente, je découvris que je me trouvais sur une sorte de barge, entièrement faite avec d'épaisses feuilles de papier huilées et pliées, dans le style indigène. Plusieurs Martiens se tenaient à la poupe, comme aurait dit J. H. Ils faisaient avancer leur embarcation à l'aide de grandes perches sur un canal rectiligne et apparemment infini dont les eaux brillaient, dansaient et tournoyaient lentement sous le pâle soleil de Mars. J'étais fort soulagée de voir que les bateliers étaient décemment vêtus de pagnes et de longues tuniques en papier. (Depuis, j'ai appris que les Martiens se déplacent nus seulement quand ils partent au combat, convaincus dans leur mentalité de sauvages que c'est une preuve de lâcheté de porter une armure ou n'importe quoi d'autre qui puisse faire dévier un coup.)

– Miss Mumby! lança une voix.

En me retournant, je découvris que j'étais observée par une personne assise sur un amas de coussins à la pointe du bateau. Je m'en approchai timidement, ayant reconnu le chef des guerriers qui avaient décimé les hommes-cactus. Il était habillé comme les autres Martiens, mais possédait un visage fin aux traits saillants et une drôle de barbe. Sur sa tête était posé un large chapeau en raphia qui le protégeait du soleil. Quant à sa tunique en papier, je suis au regret de le préciser, elle était grande ouverte. Il ne portait pas de chemise dessous et sur son torse large pendait un collier barbare fait de plaques de bronze et d'écailles. Il se leva d'un bond pour m'accueillir et, à mon grand étonnement, je m'aperçus que ce n'était pas du tout un Martien, mais un Anglais à la peau brunie par le soleil du désert.

— Ravi de vous rencontrer, Miss Mumby.

Ses yeux étaient fascinants : immenses, à la fois sombres et remplis de lumière. Il me regardait avec une intensité qui provoquait en moi des sensations les plus bizarres. À vrai dire, je fus soulagée quand Ulla s'avança pour me serrer dans ses bras en déclarant :

— Myrtle, je te présente mon mari, Richard Burton des services secrets.

J'étais déconcertée, je l'avoue, d'apprendre que Richard Burton, le grand explorateur et agent secret britannique, avait pris pour épouse une Martienne. Et je dus blêmir car Ulla me demanda aussitôt si je me sentais mal, et Mr Burton me conseilla de m'asseoir.

— Sur Mars, l'air est plus raréfié que sur Terre, me rappela-t-il, et parfois les nouveaux arrivants mettent un certain temps à s'habituer. Quand j'ai débarqué sur cette planète pour la première fois, avec l'armée, je suis resté alité plusieurs jours.

Pendant qu'Ulla allait me chercher à manger et à boire dans la cabine en papier, j'essayai de me remémorer tout ce que je savais sur R. B. (Je regrettais de ne pas avoir été plus attentive quand Art me parlait sans cesse des fameux explorateurs, chez nous à Larklight !) Je savais qu'il avait débuté sa carrière comme officier de l'expédition britannique sur Mars et qu'il était très célèbre en tant qu'explorateur après s'être déguisé en indigène et s'être enfoncé dans les déserts afin de mener aux combats les tribus martiennes qui vivaient là pour qu'elles renversent les redoutables hommes-taupes qui les opprimaient. Pour cette raison, les indigènes qui n'ont jamais exprimé envers la Grande-Bretagne la gratitude qu'elle mérite pour avoir apporté la civilisation dans leur monde poussiéreux, se sont pris d'affection pour Mr Burton et lui ont conféré le titre de Seigneur de la guerre de Mars.

Ulla revint avec de l'eau et un petit déjeuner savoureux composé de racines cuites au four appelées « sprune ». Tout en mangeant, j'observai mon hôte et mon hôtesse et je vis passer entre eux de nombreux signes de tendresse et d'estime. Je repensai à l'histoire de Jack Havock, dont la mère et le père avaient été conduits vers leur étrange destin sur Vénus à cause des préjugés familiaux, et je me demandais si c'était son amour pour cette fiancée à la peau couleur rouille qui avait convaincu R. B. de tourner le dos au confort de sa maison et de venir chercher l'aventure ici, sur la frontière haute. Dans mon état de faiblesse, cela me parut, pendant un instant, très romantique, voire admirable.

Quand j'eus fini de manger, R. B. me demanda :

– S'il vous plaît, dites-moi tout ce que vous savez sur les araignées.

Je dus réfléchir un instant. Pendant mon séjour aux Hêtres, j'avais fini par me persuader que ces souvenirs d'araignées blanches n'étaient que des rêves. Au milieu des horreurs de la nuit dernière, je n'avais pas eu le temps de m'attarder sur la question et de me faire à l'idée que non seulement ces araignées étaient bien réelles, mais tous mes souvenirs également. Je ne pus retenir quelques larmes lorsque je commençai à parler de Larklight devant R. B., et de ce qui était arrivé à ce pauvre papa. Je lui parlai également de Jack Havock, en craignant tout d'abord qu'il ait une mauvaise opinion de moi en apprenant que j'avais fréquenté un tel personnage, mais il m'écouta attentivement, calmement, et ne m'interrompit qu'une seule fois, pour me demander ce qu'était devenu Art.

— Je l'ignore, répondis-je tristement. Je prie pour que Jack et ses amis aient réussi à le protéger et pour qu'il soit toujours avec eux à bord de leur éthernavire.

Mr Burton hocha la tête. Puis il dit :

— Voilà plusieurs semaines que je m'occupe de surveiller Les Hêtres. Cette chère Ulla m'a transmis un grand nombre de rapports précieux sur les allées et venues. Nous savions que sir Waverley Rain manigançait quelque chose, mais nous ne savions pas quoi jusqu'à hier soir.

— C'est un automate ! m'exclamai-je. Ou plutôt, c'était. Je crois que je l'ai cassé en lui tombant dessus. Il y avait une de ces épouvantables araignées à l'intérieur, une petite. Et une autre plus grosse.

Mr Burton déclara :

— Nous pensons qu'il y avait un bateau entier rempli de ces créatures. Un vaisseau noir, hérissé de piques, qui s'est posé dans le désert près des Hêtres il y a quelques jours. Il est reparti hier soir, peu de temps après qu'on vous a découverte. Ces araignées ont certainement enlevé le véritable sir Waverley il y a quelque temps déjà. Je n'ose imaginer depuis quand ses usines sont contrôlées par ce fac-similé mécanique.

Je déglutis.

– Mais pourquoi ? Dans quel but ?

R. B. fronça ses sourcils épais et ses yeux scintillèrent.

– Je ne peux le dire, Miss Mumby, mais je sais que la société de sir Waverley est en train de construire le nouveau Crystal Palace à Hyde Park. Supposons que le faux sir Waverley, sur les ordres de ces créatures pleines de pattes, ait saboté les plans ? Ou installé un engin explosif à l'intérieur de l'édifice ?

Sachez que je faillis m'évanouir de nouveau en imaginant l'horreur qu'il venait de décrire. Ma main tremble encore alors que j'écris ces lignes. Est-ce possible ? Notre chère reine bien-aimée en danger de mort ? Oh, c'est trop horrible !

– Il faut donner l'alerte ! m'exclamai-je. Nous devons nous rendre immédiatement à Port-de-Mars et demander audience au gouverneur en personne !

– Hélas, le gouverneur est un des principaux actionnaires de la société de sir Waverley, répondit R. B. avec un sourire sardonique. Comme tous les membres du gouvernement colonial, d'ailleurs. Sans preuve concrète, je doute qu'ils entreprennent une action qui risquerait de nuire à la réputation de Rain & Co.

Je ne pouvais pas y croire.

– Dieu du ciel ! Jamais aucun gentleman britannique ne fera passer des intérêts commerciaux au-dessus de ceux de son pays, et de l'humanité dans son ensemble !

– Il n'est pas étonnant, répondit R. B. avec ce même sourire déroutant, que mes amis martiens se moquent de notre fameux empire. Le leur s'est écroulé il y a longtemps et ils pensent que le nôtre va bientôt disparaître à son tour.

Sur ce, il se leva et désigna la berge du canal. Nous passions devant un endroit où se dressaient d'anciennes ruines martiennes, un vieux temple en porcelaine transparente, craquelé et délabré, mais encore très beau.

– Regardez mes œuvres, ô puissants, et désespérez ! s'exclama-t-il en citant Mr Shelley. Savez-vous, Miss Mumby, que d'après les légendes du peuple d'Ulla, leur vieil empire a été détruit lors d'une guerre contre une race d'araignées titanesques ? Je me demande si le nôtre ne va pas subir le même sort. Peut-être que chaque race qui se donne de grands airs et qui voyage à travers les profondeurs de l'espace provoque l'ire de ces créatures blanches maléfiques...

Je m'exclamai :

– Oh, Mr Burton, il faut faire quelque chose !

– En effet. N'ayez crainte, Miss Mumby. Je pense pouvoir convaincre un copain de nous transporter directement sur Terre, et là, je l'espère, nous réussirons à anéantir ces fichues araignées et à contrer leurs plans diaboliques.

Je prie de toutes mes forces pour qu'il ait raison !

Plus tard

Ce soir, notre bateau de papier nous a conduits dans une petite ville martienne très animée, dont les maisons de papier sont massées autour des murs d'un fort sur lequel flotte le drapeau britannique. Des soldats de l'infanterie légère martienne ont descendu prestement les berges du canal avec leurs machines de combat mécanisées pour nous demander ce que nous faisions là et, en apprenant que Mr Burton se trouvait à bord, ils ont fait demi-tour et se sont empressés de regagner le fort pour annoncer la nouvelle.

Le temps que nous accostions sous les murs du fort, l'officier municipal avait mis son chapeau pour venir nous accueillir et un orchestre martien attaqua un air entraînant, bien que discordant, qui me donna brusquement la nostalgie de Larklight et de mon cher pianoforte. (Cela fait si longtemps que je ne me suis pas exercée, alors que je commençais à maîtriser *Chant d'oiseau au crépuscule*. J'espère que mes doigts ne seront pas trop rouillés à cause de toutes ces interruptions!)

Mais je m'égare. Mr et Mrs Burton ont débarqué et, en les suivant, je remarquai la présence d'un gentleman de la marine dans le comité d'accueil rassemblé sur le quai. Il me regardait fixement, de manière si étrange que, pendant un moment, je crus qu'une trop longue exposition au soleil de Mars lui avait fait perdre la raison mais, en fait, il m'avait reconnue !

– Grand Dieu ! s'exclama-t-il. C'est la demoiselle qui était entre les griffes de ce misérable Havock et de ses sales chiens de mutins !

Il s'agissait du bonhomme que R. B. venait voir : le capitaine Moonfield de *L'Infatigable*. Évidemment, il avait l'avantage sur moi car j'étais évanouie quand son navire avait contraint le *Sophronia* à « capeyer » (comme on dit, nous autres éthernautes). Visiblement, ses hommes et lui s'inquiétaient pour Arthur et moi mais, comme ils ne savaient pas comment on s'appelait, ni d'où on venait, ni où Jack Havock nous avait conduits, ils ne pouvaient rien faire pour nous, et après que le *Sophronia* avait échappé à leur piège, ils avaient été obligés de revenir les mains vides sur Mars, port d'attache de *L'Infatigable*.

— Je me réjouis de voir que vous avez pu vous enfuir saine et sauve, miss ! déclara le capitaine Moonfield en s'inclinant fort élégamment.

Je pus le contredire sur un point :

— Les hommes d'équipage de Jack Havock ne sont pas des mutins, dis-je. Et ce ne sont pas non plus des chiens (sauf peut-être Mr Grindle). Ils suivraient Jack Havock jusqu'à leur perte s'il le leur demandait, et je suis obligée de reconnaître que, durant mon séjour à bord, il s'est comporté en parfait gentleman. Je pense qu'il souffre d'une mauvaise image. Certes, il a pu commettre quelques bêtises et voler quelques bricoles insignifiantes à des gens qui avaient les moyens de les remplacer, mais il n'y a aucune méchanceté en lui, absolument aucune.

— Aucune méchanceté ? répondit le capitaine Moonfield, surpris. Et tous ces bateaux portés disparus, avec tous ces marins à bord, depuis qu'il sillonne les routes de l'espace ? L'*Aeneas*, par exemple ?

— Ce n'est pas l'œuvre de Havock, nom d'une pipe ! rugit Mr Burton en volant à mon secours. D'après ce que m'ont raconté Miss Mumby et d'autres, Havock est un brave garçon, c'est un gars qui me ressemble. D'ailleurs, si le gouvernement ne se dépêche pas d'augmenter ma solde et de reconnaître la contribution de ma chère Ulla à mon travail, j'ai bien envie de me joindre à l'équipage du *Sophronia*, moi aussi !

Je vous le dis, capitaine, la véritable menace ne vient pas du jeune Havock, mais de ces araignées.

— Des araignées ? répéta le capitaine M., complètement perdu. Ce sont de sales créatures, je suis bien d'accord, Dick. Elles ont beaucoup trop de pattes à mon goût... Mais comment peuvent-elles représenter une menace ? Elles sont venimeuses ?

— Venimeuses, très intelligentes et décidées à détruire l'Empire britannique, répondit Mr Burton.

Et il éclaira la lanterne du capitaine en lui racontant nos mésaventures.

— Bonté divine ! s'exclama le capitaine Moonfield quand il eut terminé son récit. Nous devons informer le gouverneur !

— Pas le temps, mon ami. Je comptais plutôt sur vous pour nous conduire directement sur Terre. Le temps presse si nous voulons éviter un désastre.

Je compris immédiatement pourquoi Mr Burton avait choisi de s'adresser au capitaine Moonfield. Ce brave gentleman ne perdit pas de temps à poser d'autres questions ni à informer ses supérieurs et à attendre des ordres écrits en triple exemplaire. Au lieu de cela, il alla droit vers son bateau qui était amarré derrière le fort et nous fûmes très vite rejoints par son chef alchimiste, un vieil homme nommé McMurdo.

— Dans combien de temps pouvons-nous atteindre Londres ? lui demanda le capitaine.

McMurdo, un Écossais à la mine sombre, secoua la

tête et déclara que le voyage prendrait au moins dix jours, et seulement si les stocks de ce qu'il nommait le « Mercure Roux » étaient suffisants et si les Vers Métalliques de Mars n'avaient pas « chipé » ses « rouages ».

– Nous y serons en quatre jours ! annonça le capitaine M. À votre poste, McMurdo ! Nous décollerons à minuit !

Mr McMurdo s'éloigna rapidement en marmonnant :

– J'y arriverai pas, capitaine. Je suis alchimiste, pas ingénieur.

Mais je voyais bien que le capitaine Moonfield avait une confiance absolue dans les capacités de son chef alchimiste, en dépit de ses manières frustes.

J'écris ceci dans la maison de l'officier municipal où Ulla et moi avons été invitées à nous reposer. La nuit tombe vite dans le désert et déjà les lunes apparaissent. Dans quelques jours, je serai sur Terre, à la grande exposition que je rêvais de visiter quand je lisais tous ces articles à Larklight, il y a plusieurs semaines. Mais mon esprit est assailli par l'angoisse. Parviendrai-je à contrer les machinations des araignées ? Et comment vais-je m'habiller ?

Abandonnons Myrtle pour l'instant. De toute façon, dans les pages suivantes, elle parle uniquement de robes et de jupes, à tort et à travers. Je suis sûr que vous préférez lire ce qui m'est arrivé à MOI *: comment je suis allé sur Saturne et ce que j'y ai trouvé.* A. M.

CHAPITRE QUINZE

OÙ NOUS SOMMES CONFRONTÉS
À DE NOUVEAUX PÉRILS AU MILIEU
DES ANNEAUX VIDES DE SATURNE.

À dire vrai, je ne me souviens pas très bien de notre voyage vers Saturne. Des jours et des nuits sur les Routes d'Or, à regarder passer à travers les hublots du *Sophronia* les remous alchimiques étincelant dans le sillage de notre proue. J'avais tenté de raisonner Jack au sujet du médaillon qu'il m'avait subtilisé, vous vous en souvenez sans doute, dans le but de le remettre aux araignées. Mais Jack refusait de me parler et, très vite, je renonçai. Comment avais-je pu lui faire confiance ? Comment avais-je pu le trouver bon et admirable, alors qu'en réalité ce n'était qu'un voleur et un mufle ?

Grindle, Mr Munkulus et les Jumeaux Tentacules redoutaient beaucoup trop les colères de leur capitaine pour intervenir. Ils vaquaient à leurs occupations sur le bateau, en jetant de temps à autre des regards inquiets en direction de Jack. Quant à Ssil, elle restait cloîtrée dans la salle de mariage où elle s'occupait du grand alambic et calculait soigneusement notre cap. Je crois qu'aucun d'eux n'approuvait le plan de Jack, mais ils avaient trop l'habitude de le suivre aveuglément pour essayer de le faire revenir sur sa décision. Lorsque Mr Munkulus tenta de le questionner, Jack lui répondit :

– Ne craignez rien, Mr M. Ces vieilles araignées sillonnent le système solaire comme des folles pour retrouver cette babiole. Je pense qu'elles seront disposées à négocier.

Finalement, je me faufilai dans la petite cabine que j'occupais seul depuis que Myrtle nous avait été enlevée et je me roulai en boule sur sa couchette. Je réussis à me convaincre que les draps avaient conservé des traces de son odeur, alors qu'en réalité ils sentaient le moisi.

Nipper entra un peu plus tard avec un globe de bouillon pour mon dîner.

– Je te conseille de faire profil bas, Art, me dit-il. Je n'ai jamais vu le jeune capitaine aussi agité.

– Il m'a volé ! dis-je en reniflant. Il m'a fait les poches !

– C'est son métier, non ? Essaye de comprendre. Si ça se trouve, ces araignées se montreront si généreuses en échange de ton petit médaillon qu'on pourra prendre notre retraite et poser nos bagages. Fini les pillages !

– Cumulus a dit qu'il ne fallait pas le leur donner, marmonnai-je. Et si les araignées ne nous paient pas ? Si elles nous tuent tout simplement pour s'emparer du médaillon ?

Nipper n'avait pas de réponse. Faire confiance au jugement de Jack Havock était devenu pour lui une seconde nature ; c'était aussi naturel que de respirer, et je pense qu'il ne voulait même pas imaginer que son jeune capitaine puisse se tromper. Malgré tout, le fait de bavarder avec lui me remonta un peu le moral ; cela me rappela que, où que se trouvent les araignées, j'avais encore l'espoir de revoir Myrtle. Même si Jack ne s'intéressait qu'à l'or, dès qu'il m'aurait conduit dans le repaire des araignées blanches, je découvrirais un moyen de lui fausser compagnie pour partir à la recherche de ma sœur ou d'indices permettant de connaître son sort.

Réconforté par ces pensées, je m'endormis et rêvai que j'étais à Larklight. Je descendais le grand escalier en colimaçon qui s'enfonçait au cœur de la vieille maison et je pénétrais dans la salle de la chaudière et là, au milieu du labyrinthe des machines anciennes, des rayons de lumière scintillaient et s'entortillaient comme des cordes d'or. Et, au centre, il y avait un trou de serrure doré. Était-ce la fameuse serrure que permettait d'ouvrir la clé ? Je me penchais pour y coller mon œil mais, au même moment, une ombre monstrueuse glissait sur le mur. Levant la tête, je découvrais Mr Webster suspendu au-dessus de moi ; ses pattes griffues fendant l'air telles des faucilles décharnées...

Je me réveillai en hurlant, pour découvrir que les sangles qui me maintenaient sur ma couchette avaient lâché et que je flottais près du plafond de la cabine. Tout le bateau tremblait et vacillait sous moi, comme s'il voguait sur une mer déchaînée. En me déplaçant tant bien que mal, je parvins à ouvrir la porte. Tout l'équipage voltigeait à travers la cale : Mr Grindle était en chemise de nuit et coiffé d'un bonnet dont le pompon se balançait dans le vide ; Mr Munkulus braillait :

– Tout le monde sur le pont !

Le son du mariage chimique s'estompait, tandis que Ssilissa éteignait les éléments à l'intérieur de son alambic.

Nipper passa devant moi en nageant difficilement dans l'air confiné pour venir en aide à Jack qui se débattait avec la roue du gouvernail.

– Tempête d'éther ! me lança-t-il au passage. Ou une sorte de courant de fond gravitationnel...

– Ssil ! cria Jack Havock d'un ton rageur lorsque la jeune fille bleue émergea de la salle de mariage. Dans quoi est-ce que tu nous as fourrés !

– C'est pas sa faute, Jack, déclara sagement Mr Munkulus. Il n'existe aucune carte pour indiquer les courants et les récifs par ici, dans l'éther de Saturne. Ssil est obligée de naviguer à l'aveuglette, pas vrai, Ssil ?

Cette dernière hocha la tête, rouge de honte à cause des paroles brutales de Jack. Celui-ci détourna la tête avec colère. Il savait qu'il avait tort, je pense, mais sa fierté l'empêchait de l'admettre.

— Au moins, on est arrivés, dit-il en regardant à travers un hublot, alors que le *Sophronia* ralentissait de plus en plus.

Je regardai dehors, moi aussi. Un gigantesque monde jaune sale flottait telle une ampoule allumée sur la toile de fond des champs d'étoiles. Une fine ligne de lumière semblait avoir été tracée au niveau de son équateur ; elle s'étirait de chaque côté jusque dans l'obscurité. Ssil, toujours rougissante, retourna se réfugier dans la salle de mariage pour nous faire repartir à faible vitesse. Lorsque Jack mit le cap vers la planète, la vue se modifia : la ligne de lumière s'élargit et je découvris qu'il s'agissait en réalité d'un immense anneau de poussière miroitante, strié de cercles d'obscurité concentriques.

Nous avancions lentement ; nos ailes éthériques battaient dans le noir. Je collai mon nez au hublot et plaçai mes mains de chaque côté de mes yeux pour ne pas être gêné par les reflets de l'activité qui se déroulait dans mon dos. Grindle et les Jumeaux Tentacules préparaient le canon. Dehors, des filets de givre spatial dérivaient en scintillant et des bancs d'Ichtyomorphes iridescents passaient à toute allure. Je ne connaissais pas cette espèce et j'aurais aimé que Père soit là pour s'émerveiller. Combien de merveilles attendaient d'être découvertes dans cet océan d'éther inexploré ?

Lentement, très lentement, ce monde solitaire se rapprocha, et les anneaux qui, de loin, ressemblaient à de la poussière commencèrent à dévoiler leur véritable nature. Des blocs de glace gros comme des comètes et des rochers de la taille d'une lune se mêlaient aux particules plus petites en tournoyant sur eux-mêmes et rentrant parfois en collision, mais sans jamais interrompre leur ronde majestueuse dans la poigne de fer de la pesanteur de Saturne. Un chuintement envahit le *Sophronia* lorsque le bateau pénétra dans l'anneau extérieur en se frayant un chemin parmi les nuages de minuscules particules. Bong, bong... faisaient les morceaux les plus gros, les cailloux et les pierres en venant frapper doucement la coque. Mr Munkulus se précipita dans la mâture pour crier des indications à Jack qui tenait la barre.

– À tribord d'un demi-degré ! Bâbord ! Bâbord !

braillait l'Ionien et Jack réagissait instantanément à chacune de ses instructions afin d'éviter les énormes blocs de roche alvéolée et les tessons de glace qui auraient pu fendre le navire en deux.

Des sortes de raies pastenagues bleues voltigeaient autour des cratères d'un rocher flottant ; de longs vers transparents se tortillaient dans la poussière et dressaient leurs têtes aveugles pour engloutir des animalcules qui dérivaient. Aucune trace des araignées. Je me demandais à quoi ressemblaient leurs habitations, sous les nuages couleur safran de Saturne, et si c'étaient elles qui avaient façonné ces anneaux pour défendre les abords de leur planète isolée. Soudain, alors que nous traversions une étendue d'espace vide, avant de plonger dans l'anneau suivant, je compris à quel point je me trompais. Les araignées ne vivaient pas à la surface de Saturne, mais au cœur des anneaux eux-mêmes !

— Toiles d'araignée en vue ! s'écria Mr Munkulus.

Grindle et les Jumeaux Tentacules se précipitèrent vers leur canon, prêts à faire feu.

En effet, j'aperçus à mon tour, devant Saturne, d'immenses mèches et rubans de filandres qui rassemblaient les rochers les plus gros, constituant parfois d'énormes amas qui formaient des tentes de toile dont les parois pâles étaient grêlées par les pierres captives. Le *Sophronia* continuait de s'approcher, grâce aux indications constantes de Mr Munkulus. Je levai les yeux au moment où nous glissions sous une voûte de toile, épaisse et en lambeaux, incrustée de poussière d'espace et de petites plantes parasites. Ici et là, au milieu des filaments pendaient les carcasses rouillées, enveloppées de toile, d'autres éther-navires pris comme des mouches dans les pièges des araignées blanches.

Les Porcs Voltigeurs qui se trouvaient à bord se mirent à couiner et à gazouiller nerveusement comme s'ils sentaient le danger dans lequel s'enfonçait le *Sophronia*. Jack chassait avec des gestes agacés les corps grassouillets et roses qui tournoyaient autour de sa tête.

– Foutez-moi ces bestioles quelque part ! ordonna-t-il. Il n'y a pas un placard ou un panier pour les mettre dedans ?

Non, il n'y en avait pas, Mr Munkulus n'avait pas pensé à en acheter, mais Nipper captura délicatement chaque porc pour lui passer une épaisse ficelle autour du ventre, puis il les attacha tous à un gros anneau en cuivre fixé dans le mur, loin de Jack.

Dehors, les toiles d'araignée étaient de plus en plus épaisses. Nous pénétrions au cœur du domaine des araignées et, pourtant, rien ne bougeait à l'exception des particules de poussière et de glace. Je me dis que je n'avais pas peur et, pendant un instant, je faillis y croire car, si j'avais peur, j'étais également impatient et curieux. Jack Havock et moi étions les premiers êtres humains à visiter cet endroit effroyable depuis l'expédition de l'*Aeneas*. Nous seuls savions quel avait été le destin, sans doute, de ce pauvre professeur Ptarmigan et de ses compagnons lorsqu'ils s'étaient heurtés à ces murs de toile.

Soudain, je vis les ponts et les cheminées de toile qui se dressaient devant le bateau s'animer, sous l'effet des formes blanches des araignées qui grouillaient. Au même moment, Mr Munkulus sauta par l'ouverture de l'écoutille du pont supérieur en criant :

– Elles nous encerclent ! C'est une embuscade, Jack !

Celui-ci actionna furieusement la roue du gouvernail. Visiblement, il avait changé de plan, mais c'était trop tard. Car alors que le *Sophronia* virait de bord, je découvris que les araignées s'étaient affairées à l'arrière et que l'étendue d'espace vierge par laquelle nous étions entrés était maintenant bloquée par une toile fraîchement tissée.

– En arrière, toute ! lança Jack.

Les ailes éthériques s'agitèrent violemment et les membrures du vieux bateau grincèrent. Nous percutâmes la barrière de toile à toute vitesse et je me mis à espérer pendant un instant, car je me souvenais que notre canot de sauvetage avait réussi à transpercer le linceul de toiles d'araignée qui enveloppait ce cher vieux Larklight. Mais celles qui se dressaient face au *Sophronia* étaient plus résistantes et, chaque fois qu'un endroit cédait, une vingtaine au moins d'horribles araignées surgissaient et, tels des régiments cauchemardesques, elles cavalaient sur leurs ponts de toile pour repriser l'accroc.

« En arrière, toute ! » lança Jack. Les ailes éthériques s'agitèrent violemment et les membrures du vieux bateau grincèrent.

Le *Sophronia* ralentit en gémissant et en tremblant, pour finalement s'arrêter en douceur. Les Jumeaux Tentacules tirèrent un boulet de canon et poussèrent en chœur un gazouillis de triomphe lorsqu'une brèche s'ouvrit dans la toile et que les araignées qui y étaient accrochées se trouvèrent propulsées dans l'éther. Mais avant qu'ils aient le temps de recharger, nous entendîmes tous les horribles scritch-scritch des pattes qui couraient sur le pont supérieur et à l'extérieur de la coque. Jack et les autres dégainèrent leurs pistolets ; leurs visages renversés étaient blafards dans la lumière qui filtrait à travers les hublots masqués par la toile. Moi-même je m'armai d'un sabre d'abordage que je pris dans un des râteliers et fis le serment que les araignées ne me captureraient pas vivant.

Nul ne parlait. Nous attendions que les araignées s'engouffrent par les écoutilles et brisent le verre des hublots pour s'emparer de nous avec leurs longues pattes pâles.

Mais on n'entendait que le silence et, soudain, quelques petits coups frappés à l'écoutille principale, sobrement, de manière très professionnelle. Une voix s'éleva, étouffée par le panneau, mais familière néanmoins.

– Éloignez-vous de vos canons. Restez tranquilles. Vous avez ce dénommé Mumby à bord ?

Quelques têtes se tournèrent dans ma direction. Nipper se rapprocha de moi et passa une pince protectrice autour de mes épaules.

– C'est Mr Webster ! dis-je.

– Il vaut mieux faire ce qu'il demande, dit Mr Munkulus. Elles sont des dizaines dehors, et certaines sont d'une taille monstrueuse !

Jack fit signe à Nipper de venir se placer devant moi afin de me cacher derrière sa carapace.

– Art n'est pas à bord ! cria Jack en regardant fixement le panneau d'écoutille comme s'il pouvait discerner la silhouette de la créature tapie derrière. On l'a laissé sur Io. Par contre, j'ai ce que vous cherchez. La clé de Larklight ! Elle est à vous en échange de Myrtle.

– De Myrtle ? m'exclamai-je. Je croyais qu'il voulait de l'or ou des bateaux ou je ne sais quoi…

Nipper inclina ses pédoncules, si bien que ses quatre gros yeux tristes plongèrent dans les miens.

– Oh, Art, dit-il, tu ne sais donc pas pourquoi Jack est venu jusqu'ici ? Il pense que les araignées retiennent ta sœur prisonnière et il croit qu'il peut les persuader de la libérer.

Je le regardai d'un air hébété.

– Non, dis-je. Jack se fiche pas mal de Myrtle. Il la hait. Ils se disputaient sans cesse. Il ne ferait pas une pareille chose pour elle. En tout cas, il en aurait parlé.

– Il pensait qu'on ne le suivrait pas s'il nous avouait qu'on venait ici pour sauver ta sœur, expliqua Nipper. Il pensait qu'on se moquerait de lui si on savait qu'il était amoureux d'elle.

– Quoi ? m'écriai-je, stupéfait. Il est amoureux de Myrtle ? Mais… elle porte des lunettes, elle parle aux gens d'un ton cassant…

De l'autre côté du panneau d'écoutille, Mr Webster avait, semble-t-il, fini de réfléchir à la proposition de Jack.

– Ça me paraît équitable, dit-il.

Après avoir jeté un coup d'œil en arrière pour s'assurer que j'étais bien caché derrière Nipper et que tous les autres avaient leur arme à la main, Jack déverrouilla le panneau et le souleva. L'énorme araignée blanche glissa la partie avant de son corps à l'intérieur du *Sophronia* et nous observa de ses yeux étincelants.

– Alors, où est la clé ? demanda-t-elle. Après tout, rien ne me prouve qu'elle est ici, je n'ai que ta parole.

Jack brandit le médaillon de Myrtle qui se balançait au bout de sa chaîne en or comme une minuscule lune attachée.

Les rangées d'yeux de Mr Webster brillèrent d'une lueur cupide.

– C'est donc ça ? Très élégant.

Il glissa une patte par l'ouverture pour se saisir du médaillon, mais Jack l'éloigna au dernier moment.

– Je veux d'abord que vous relâchiez Myrtle !

– Oh, zut, fit Mr Webster en feignant la consternation, je viens de me souvenir qu'elle n'était pas ici.

– Où est-elle, alors ? s'écria Jack. Qu'avez-vous fait d'elle ? Si jamais vous lui avez fait du mal...

– Aux dernières nouvelles, elle se trouvait sur Mars, répondit Webster. Je pense que les cactus l'ont achevée ; hélas, j'ai été obligé de partir avant de pouvoir m'en assurer. Je dois dire qu'elle nous a causé bien des tracas, ta Myrtle. Mais peu importe. Les choses sont enclenchées. Le piège est tendu et plus rien ne peut l'empêcher de se refermer. Oh, puisqu'on parle de pièges...

La patte de Webster jaillit et arracha le médaillon de la main de Jack. Au même moment, par toutes les écoutilles, ses guerriers-araignées fondirent sur nous. Je vis Jack dégainer ses deux pistolets et les décharger dans les yeux d'une araignée qui descendait par le sabord situé au-dessus de lui. Je vis les couronnes des Jumeaux Tentacules crépiter d'un feu électrique, Grindle fendre l'air autour de lui à coups de sabre et une bave pâle jaillir des membres sectionnés, mais toute la cabine était maintenant envahie de pattes ; une forêt de bestioles qui s'agitaient en tous sens, et mes valeureux camarades avaient beau les zigouiller, il y en avait toujours d'autres derrière.

Ce fut Ssil qui me sauva. Me saisissant par-derrière, elle m'entraîna vers la salle de mariage. Derrière nous, Jack braillait et les Jumeaux Tentacules faisaient griller leurs assaillants avec leurs auréoles électriques, emplissant le bateau d'une effroyable odeur de peau d'araignée carbonisée. Au milieu de toute cette confusion, nul ne vit Ssil et moi plonger dans l'obscurité de la salle de mariage. Tremblante et se parlant à voix basse, Ssil souleva une plaque de cuivre dans le sol et me poussa à l'intérieur d'un espace exigu qui sentait le soufre. Tandis qu'elle descendait à ma suite et remettait la plaque en place, je compris que nous nous trouvions dans un des pavillons d'échappement des moteurs alchimiques du *Sophronia*.

– Mais…, protestai-je.

– Chuuut ! siffla-t-elle en posant sa patte sur ma bouche.

Je me tus. Autour et au-dessus de nous, nous entendions le fracas du combat, les détonations des pistolets de Jack, les grésillements des tentacules de Yarg et de Squidley. Mais les sifflements et les cris perçants des araignées blanches dominaient tout. Bientôt, nous devinâmes que nos amis avaient été battus. On entendit encore d'autres raclements, des cliquetis de griffes et des bruits d'objets brisés. Puis ce fut le silence.

Nous progressâmes à petits pas dans le pavillon d'échappement jusqu'à sa large gueule, là où le cuivre encore chaud était teinté de vert, de bleu et d'autres couleurs sans nom par les effluves du grand alambic. En scrutant l'éther, nous constatâmes que nous bougions. Les araignées nous traînaient à l'intérieur de leur monde de toile comme les chevaux halent les petits bateaux le long des canaux en Angleterre, sauf qu'elles étaient plus nombreuses et possédaient plus de pattes que les chevaux ; et leurs cordes étaient faites de toile, pas de chanvre.

– Où nous emmènent-elles ? demandai-je.
– Chuuuut ! répéta Ssil.

Elles nous traînèrent ainsi pendant une demi-heure, une heure… Je commençais à avoir du mal à respirer dans cet air raréfié. Autour de nous, les toiles d'araignée devenaient plus denses. J'apercevais de plus en plus d'épaves de bateaux prises au piège dans ces sortes de linceuls qui les enveloppaient comme des momies. Certains de ces bateaux semblaient être de conception jupitérienne, d'autres ressemblaient aux éther-navires martiens des temps anciens, dont on avait découvert les représentations dans les temples en ruine. D'autres ne ressemblaient à aucune des embarcations que je connaissais, c'étaient sans doute des bateaux venus de lointaines étoiles ou bien de Mercure, la planète morte depuis longtemps, ou des mondes intersidéraux gelés.

Finalement, la progression du *Sophronia* ralentit. D'autres toiles l'enveloppèrent et l'immobilisèrent dans une grande nasse de filandres. À cet endroit, les filaments étaient tissés de manière si dense qu'ils masquaient totalement la face de Saturne et formaient une de ces tentes garnies d'astéroïdes que j'avais remarquées alors que nous pénétrions à l'intérieur des anneaux, à cette différence près que celle-ci était beaucoup, beaucoup plus grande que les autres, et plus brillante également, comme si elle était éclairée de l'intérieur par de nombreuses lampes. Au bout d'un moment, nous entendîmes Mr Webster et ses sbires quitter le *Sophronia* et nous les vîmes s'éloigner sur un pont qui conduisait à l'entrée béante de ce château de toile, en transportant plusieurs gros colis blancs. Dont certains continuaient à se débattre.

– Ils ont capturé Jack ! murmura Ssilissa. Ils ont capturé tout le monde ! Sssauf nous !

Des larmes coulèrent de ses yeux et s'envolèrent dans l'espace en tremblotant.

Je m'aperçus que je pleurais, moi aussi.

– Oh, pourquoi est-il venu ici ? me lamentai-je. Est-ce vrai ce qu'a dit Nipper ? Il est amoureux de Myrtle ?

– Jack est tombé amoureux de ta sssœur dès qu'il l'a vue, répondit la fille-lézard. Ccce n'est pas sssurprenant. Elle est sssi douccce et sssi jolie...

– Myrtle ? Douce ?

– Comment Jack aurait-il pu ne pas tomber amoureux d'elle ? Dès que je l'ai vue, j'ai sssu ccce qui allait ssse passsser.

Elle agita ses mains décharnées, comme si elle essayait de tracer les schémas de l'amour dans l'éther. Quant à moi, je restai accroupi face à elle, comme un idiot. Jack Havock, amoureux de Myrtle ? Tout d'abord, cela me parut impossible, puis certaines choses me revinrent en mémoire. Des choses que

Jack Havock avait dites au sujet de ma sœur. La manière dont il l'avait regardée sur ce promontoire, avant que les araignées s'emparent d'elle. Il avait acheté des Porcs Voltigeurs pour nettoyer le bateau de fond en comble. Finalement, je dus admettre que ça pouvait être vrai. Après tout, Jack avait vécu pendant longtemps sans présence humaine à ses côtés. Sans doute même n'avait-il jamais rencontré de fille. Alors oui, peut-être que pour un garçon aussi seul que lui, Myrtle pouvait sembler douce et jolie…

Et si Mr Webster disait vrai, elle gisait maintenant sur la planète Mars et elle ne connaîtrait jamais les sentiments que Jack avait éprouvés pour elle !

– Mon pauvre Jack, soupira Ssilissa. Il faut le libérer. Il faut le sssauver de ccces araignées.

– Oui, mais comment ? demandai-je. Elles sont très fortes et nous… pas du tout. On ne sait même pas où elles ont emmené Jack et les autres…

En contemplant les très hauts murs du château de toile, je m'aperçus que cela n'avait pas d'importance. Les araignées m'avaient pris mon père et Myrtle. Je ne pouvais pas les laisser capturer Jack sans me battre. D'une manière ou d'une autre, Ssilissa et moi devions pénétrer dans cette forteresse et le libérer, ainsi que tous nos autres camarades.

CHAPITRE SEIZE

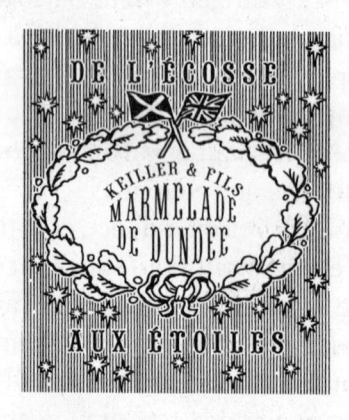

OÙ NOUS PÉNÉTRONS DANS LA GRANDE FORTERESSE
DES PREMIÈRES ET OÙ NOUS FAISONS
PLUSIEURS DÉCOUVERTES INTRIGANTES.

Ssil déverrouilla la plaque qui se trouvait au-dessus de nous et se hissa hors du conduit exigu. Je la suivis. Tout était calme. La porte de la salle de mariage était ouverte. La cale était plongée dans l'obscurité, éclairée uniquement par la lueur crépusculaire de Saturne qui entrait par les hublots. Toutes sortes d'objets tournoyaient dans le vide : des épées, des balles de pistolet perdues, des assiettes et des gobelets échappés d'une malle fracassée... et les corps crispés des araignées mortes qui continuaient à tressaillir. Les Porcs Voltigeurs se balançaient au bout de leurs cordes attachées au mur, mais ils semblaient relativement heureux car dans la bataille des placards avaient été renversés et des biscuits ainsi que des restes en tous genres exécutaient des pirouettes dans les airs. Les assaillantes avaient laissé les écoutilles ouvertes en partant. Alors, nous les refermâmes, nous remplîmes le bateau d'air et respirâmes à pleins poumons histoire de nous requinquer après tout ce temps passé dans l'éther pauvre en oxygène.

– Il nous faut des armes à feu, décrétai-je.

Nous parcourûmes ce triste champ de bataille pour récupérer des pistolets, des tromblons, de la poudre et des projectiles dont nous nous harnachâmes.

J'étais en train de repousser une lourde toile goudronnée qui était tombée devant le placard aux munitions lorsqu'un mouvement dans l'obscurité me fit sursauter ; Ssilissa bondit à mes côtés en grognant farouchement. Mais je retins sa main avant qu'elle frappe d'un coup de sabre la créature blanche qui se tortillait sur le sol. Ce n'était pas une araignée, comme je l'avais cru tout d'abord, mais un des Jumeaux Tentacules.

– Yarg ! s'exclama la fille-lézard.

Elle jeta son arme et s'agenouilla pour réconforter l'anémone blessée. La couronne de tentacules de Yarg remuait doucement, tel un buisson dans la brise et quelques couleurs tristes miroitaient.

— Il est grièvement blessé ? demandai-je d'une voix tremblante.

Ssilissa secoua la tête.

— Je penssse qu'il a été sssonné pendant la bataille, rien de grave. Mais il a perdu ssson jumeau. Oh, pauvre Yarg. Sssquidley et lui n'ont jamais été ssséparés depuis leur naissssanccce.

Elle caressa les tentacules de Yarg et la créature émit des gazouillis plaintifs accompagnés de quelques miaulements. J'avais de la peine pour lui car, si je savais combien c'était douloureux de perdre une mère, ou un père, ou même une sœur, je ne pouvais qu'imaginer le chagrin de Yarg, privé du jumeau qu'il connaissait depuis toujours et dont chaque pensée était liée aux siennes.

Cela me donna une idée. Je pris Ssil par son épaule osseuse et la secouai.

– Ssil, Yarg peut nous aider à retrouver les autres !
Elle me regarda en plissant son front de lézard.
– Comment çcça ?
– Quand nous étions sur la Lune, Squidley et Yarg ont retrouvé Myrtle en flairant ses pensées ! Pourtant, Myrtle ne pense pas beaucoup. Je suis sûr que Yarg peut sentir les pensées de son frère jumeau à l'intérieur de ce palais de toile, et les pensées des autres également. Il peut les flairer comme un chien de chasse !

Ssil comprit immédiatement que j'avais raison et Yarg dut saisir nos pensées au vol car les couleurs qui irisaient sa couronne se chargèrent d'espoir et virèrent au rouge et au jaune. Il poussa une série de gazouillis pressants, comme pour nous indiquer qu'il sentait déjà les esprits de Squidley et de nos autres camarades, là-bas au milieu des toiles d'araignée.

Nous l'aidâmes à se relever, après quoi nous finîmes de nous armer. Puis, tous les trois nous franchîmes une écoutille afin de nous lancer à l'assaut du château des araignées.

Nous commençâmes par escalader une pente de fil raide qui conduisait à ce pont sur lequel nous avions vu s'éloigner nos amis, ligotés et emmaillotés, transportés comme des paquets. À peine avions-nous parcouru une dizaine de mètres qu'une araignée descendit ventre à terre pour voir ce que nous mijotions. Je pointai le tromblon préféré de Mr Grindle sur elle et, lorsque je pressai la détente, j'eus la joie de voir la sale bestiole voler en éclats de manière fort réjouissante. Encouragés par ce spectacle qui nous rappelait que nos ennemis n'étaient pas invulnérables, nous poursuivîmes notre ascension sans autre incident. Apparemment, les araignées, persuadées que la totalité de l'équipage du *Sophronia* était entre leurs pattes, n'avaient pas pris la peine de placer des sentinelles autour du bateau abandonné. La bestiole que j'avais pulvérisée n'était qu'une traînarde, laissée là par le gros de la troupe qui s'était retiré dans le château avec les prisonniers.

En avançant à petits pas, nous atteignîmes une ouverture sur le côté du château, qui semblait ancienne et inutilisée. Des filets de toile pendaient sur les bords, durcis par une épaisse couche de poussière de l'espace. Yarg se pencha prudemment à l'intérieur ; ses tentacules vibrèrent.

– Il les entend, dit Ssilissa. Ou plutôt, il les sssent…

(Elle fronça ce qui lui tenait lieu de sourcils et porta sa main à son front.) Ccc'est étrange, Art, j'ai l'impresssion d'entendre ssses pensssées. Des fragments. Elles ssse dissspersssent comme des rêves quand j'esssaye de les sssaisir.

— On peut entrer sans danger ? demandai-je.

Ssil se concentra, comme si les pensées de Yarg étaient un murmure lointain qu'elle pouvait entendre à condition de tendre l'oreille.

— Il n'y a pas d'araignées dans les parages, déclara-t-elle. Elles sssont peu nombreuses.

— Pourtant, j'ai eu l'impression qu'il y en avait beaucoup tout à l'heure, répondis-je avec un frisson en repensant à la horde qui avait envahi notre bateau.

— Pas autant que d'autres raccces, insista Ssil. Yarg capte les pensssées de quelques cccentaines d'araignées. C'est tout ccce qu'il ressste. Elles sssont peu nombreuses et très vieilles.

— Plus vieilles que les mondes du Soleil, murmurai-je en me remémorant les paroles de Cumulus.

Yarg se retourna pour nous faire signe avec ses tentacules et nous nous faufilâmes à l'intérieur. Il y faisait plus chaud, c'était doux, on se serait cru dans un labyrinthe de laine, et je sentais la pression de la très légère pesanteur. Des filaments de toile, aussi fins que de la soie, pendaient dans les galeries sinueuses. J'en touchai un pour tester sa solidité et ma main fit immédiatement un bond en arrière ; j'eus l'impression qu'on m'avait asséné un grand coup de marteau sur l'épaule.

– Ouille ! fis-je en massant mon bras ankylosé.

Ssilissa approcha la main du filament et dit :

– Il est traversssé par du courant électrique... Comme tous les autres. Elles sssont rusées, ccces araignées.

Nous repartîmes, en redoublant de prudence. Il n'y a pas assez de place dans ce petit livre pour décrire toutes les choses étranges que nous découvrîmes en ce lieu. De toute façon, je serais bien en peine de décrire la plupart d'entre elles, à l'image de ces objets que nous trouvions parfois, pris dans les filaments, comme si les araignées les avaient placés là en guise de trophées ou d'ornements : un crâne à six yeux, une curieuse épée, de nombreuses bouteilles en verre de toutes les formes et de toutes les couleurs, et même, fort curieusement, un bocal de la célèbre Marmelade de Dundee de Mr Keller. Par moments, nous nous retrouvions dans de vastes espaces dégagés, recouverts de toiles d'araignée du sol au plafond, où pendaient des lampes qui projetaient une lumière blanche éclatante. Nous avions franchi plusieurs de ces sortes de tentes lorsque je m'aperçus que les lampes en question étaient également des araignées, suspendues aux filaments ! La lumière émanait de leurs corps adipeux.

À mesure que nous avancions, que nous nous arrêtions, et que nous avancions de nouveau, je com-

mençais à m'apercevoir
que les araignées n'avaient
pas toutes la même forme.
Il y avait les soldats, les
grosses bestioles brutales
que nous avions déjà rencontrées et qui se déplaçaient en bataillons ; il y
avait les lampes vivantes qui
semblaient stupides et ancrées
à un point fixe ; mais nous vîmes
également des araignées-domestiques qui se déplaçaient à toute
vitesse sur leurs nombreuses pattes
arrière et se servaient de leurs pattes
avant pour transporter de lourds paquets
enveloppés de toile. À deux reprises, nous vîmes ces
drôles de créatures emporter des litières sur lesquelles
étaient recroquevillées des araignées plus petites
– petites d'après les critères auxquels j'étais maintenant habitué –, le corps à peine plus gros qu'un poing
d'homme, leurs pattes semblables à des doigts aux
multiples jointures. J'en vins à me demander si les
Premières étaient, à l'instar de nos fourmis ou de nos
termites terrestres, des êtres que Dieu avait créés de
différentes formes, pour différentes tâches.

Et pourtant, comme l'avait dit Ssilissa, elles n'étaient
pas très nombreuses. Souvent, nous traversions de
vastes halls qui semblaient désertés, à l'exception des

lampes-araignées suspendues patiemment à leurs perchoirs.

Yarg semblait savoir où il allait, aussi Ssil et moi nous contentions-nous de le suivre, convaincus qu'il se dirigeait tout droit vers les pensées de Squidley. De fait, au bout d'une demi-heure environ, nous franchîmes une ouverture triangulaire située presque tout en haut d'une salle en forme d'entonnoir. Quelques mètres plus bas se trouvait le sol : une chose brunâtre et grumeleuse que je pris pour la surface d'un ancien planétoïde incorporé par les araignées à leur château de toile.

– Il est icccci ! siffla Ssil en captant une autre pensée de notre chien de chasse.

Mais je n'avais pas besoin qu'elle traduise car Yarg s'était mis à faire des bonds sur place sous l'effet de l'excitation et de joyeuses lueurs rouges et orangées clignotaient sur sa couronne de tentacules.

Nous n'eûmes aucun mal à descendre la paroi inclinée de l'entonnoir car les toiles qui le constituaient étaient douces comme de la laine et nos pieds y laissaient des empreintes en s'y enfonçant. En dessous, on distinguait des rangées de formes sombres au milieu des filaments pâles. Ssil, plus agile que votre serviteur, fut la première à en atteindre une. Elle leva les yeux vers moi.

– Art !

Je m'empressai de la rejoindre. La forme sombre était une sorte d'alcôve ou de cuvette tissée de toile, dont l'ouverture était recouverte par un voile de filandres. On aurait dit une fenêtre sale. Derrière ce voile qui tremblait légèrement, enveloppé lui aussi dans une fine pellicule de toile, il y avait le corps d'un homme. Un homme de petite taille, avec des touffes de cheveux gris qui poussaient autour des oreilles, vêtu d'une redingote et d'un gilet de brocart à l'aspect coûteux. Il avait quelque chose de familier, sans que je puisse dire pourquoi.

Yarg se précipita vers une autre alcôve et son gazouillis de joie nous indiqua qu'il venait de retrouver son jumeau. Ssil continua d'avancer pour examiner chaque alcôve l'une après l'autre. Il y en avait une dizaine en tout.

– Ils sssont tousss là, sssauf Jack ! Où est Jack ?

Je suivis Ssil et en passant devant la deuxième alcôve, je jetai un coup d'œil à l'intérieur. La toile qui la recouvrait était plus poussiéreuse et je dus approcher mon visage pour voir à travers. Et là, en découvrant ce qui s'y trouvait, je n'en crus pas mes yeux.

– Ssil ! criai-je, trop fort.

L'écho de ma voix se répercuta dans l'entonnoir de toile et Ssil, furieuse, m'ordonna de faire silence. Mais c'était plus fort que moi. Vous auriez crié vous aussi, chère lectrice ou cher lecteur, si dans ce lieu épouvantable vous vous étiez retrouvé face à un visage aimé que vous pensiez ne plus jamais revoir avant que ne résonne la trompette du Jugement dernier.

Car dans ce sarcophage de toile, pâle, belle et inanimée, reposait ma mère !

Yarg, qui tentait de réveiller son jumeau, se redressa soudain et ses tentacules clignotants virèrent au vert.

– Quelqu'un approche ! chuchota Ssil.

Mais nous savions très bien, elle et moi, ce qu'elle voulait dire en réalité : « Quelque chose approche ! »

Yarg sauta aux côtés de son jumeau endormi. Vive comme un lézard, Ssilissa se cacha dans une alcôve voisine et tira un voile de toile sur elle en me sifflant d'en faire autant. Mais je ne pouvais détacher mon regard du visage de ma mère, ni bouger le moindre muscle, tout en sachant que je risquais d'être découvert. Était-elle vivante ou morte ? me demandais-je. Elle paraissait aussi froide et pâle que l'épouse de marbre d'un croisé sur une tombe. Mais si elle était morte, pourquoi les araignées blanches avaient-elles pris la peine de la conduire sur Saturne et de la conserver dans cet étrange musée des trophées ?

Je continuais à me poser ces questions quand les toiles qui m'entouraient se mirent à tressauter et à se balancer sous l'effet d'une galopade et, me retournant, je me retrouvai face à Mr Webster et à deux araignées-domestiques.

– Tiens, tiens ! ricana Webster. Le jeune Mumby a jugé bon de se joindre à nous, finalement !

Alors que les domestiques avançaient vers moi en tendant leurs pattes avant, il ajouta :

– Emmenez-le aussi ! Amenez-le au maître !

Inutile de lutter. Elles me dépouillèrent de mes armes et je les laissai m'entraîner tant bien que mal dans l'entonnoir de toile jusqu'à une ouverture sombre percée dans le sol brunâtre. Au moment où nous la franchissions, je m'aperçus qu'il ne s'agissait pas de l'entrée d'une caverne sur un planétoïde captif, comme je l'avais cru. Elle était trop régulière et les murs du passage qui s'étendait au-delà n'étaient pas en pierre, mais faits de planches de bois soigneusement clouées et fixées avec du bon acier de Sheffield. Je me trouvais à bord d'un éther-navire, plus grand et plus beau que le *Sophronia*, mais tout aussi terrestre. Je devinai même son nom : l'*Aeneas* ! Ces impudentes araignées l'avaient capturé et emprisonné à l'intérieur de leur nid !

Des cabines et des salles d'observation défilaient

confusément autour de moi, tandis qu'on me transportait à toute vitesse à travers cette carcasse de navire enveloppée de toile, dans une débandade de pattes blanches cagneuses et d'antennes. Et soudain, nous nous retrouvâmes dans la grande cabine située à l'arrière, où la face de Saturne brillait d'une lumière froide à travers une rangée de fenêtres masquées par de la toile.

Jack était assis là, le teint blême et les lèvres violacées. Sans doute récupérait-il après avoir reçu une dose de venin d'araignée. Devant lui, installé dans un confortable fauteuil à oreilles, le maître des araignées attendait.

Je pensais me retrouver face à une vision monstrueuse car, en toute logique, ce général ne pouvait être qu'une créature énorme et redoutable puisque Mr Webster lui-même l'appelait « maître ». En vérité, notre ravisseur en chef n'avait rien d'un monstre : c'était un homme ordinaire. Un petit homme frêle, avec un air contrit, un visage sans menton, vêtu de manière plutôt excentrique car ses vêtements avaient été tissés spécialement pour lui avec de la toile d'araignée.

– Voici le jeune Mumby, déclara Webster en guise d'introduction.

Ses sbires me lâchèrent et j'avançai lentement.

– *Arp?* demanda Jack. (Sa bouche ankylosée l'empêchait de parler correctement.) *Bu be soubiens que je b'ai barlé du 'offesseur arbigan?*

– Jack essaye de te dire que lui et moi sommes de vieux amis, dit notre hôte avec un sourire chaleureux.

Il se leva et marcha vers moi, la main tendue.
– Professeur Phineas Ptarmigan, à ton service.

CHAPITRE DIX-SEPT

OÙ SONT DÉCRITS DES PROJETS VISANT
À AMÉLIORER NOTRE SYSTÈME SOLAIRE.

Je vous le dis, vous auriez pu m'assommer avec une plume, si je n'avais déjà été allongé sur le pont. Le professeur Ptarmigan me releva et m'époussetta, et c'est ainsi que je remarquai qu'il portait le médaillon de Myrtle autour du cou. Celui-ci reposait sur sa cravate en toile d'araignée comme s'il était tout neuf et posé sur un petit coussin de velours dans une vitrine de bijoutier. Voyant que j'observais le médaillon, le professeur Ptarmigan y porta la main.

– Oui, Art, la clé ! Jack a eu la gentillesse de me l'apporter.

— Mais… (Ne sachant que dire, je me mis à bégayer.) Mais… Mais…

Le professeur Ptarmigan sourit.

— Je vois que ma présence en ce lieu te trouble, Art. Jack aussi, peut-être ?

— *Bour sûb !* confirma Jack.

— Vous pensiez que j'avais péri avec mon expédition, perdu quelque part dans l'éther sans voies entre Saturne et les lunes de Jupiter ? J'avoue que cela me réjouit. Car, voyez-vous, c'est exactement ce que je voulais faire croire au monde. Quand tu m'as connu, Jack, je n'étais qu'un humble travailleur dans les vignobles de la philosophie naturelle, mais déjà je préparais mon plan. Voulez-vous que je vous raconte tout pour que vous puissiez en admirer l'ingéniosité ?

Ni Jack ni moi ne fîmes montre d'un grand enthousiasme, mais cela ne découragea pas le professeur Ptarmigan. Il faisait partie de ces scélérats qui aiment expliquer leurs manigances et leurs machinations, au cas où leurs victimes n'auraient pas encore compris qu'ils étaient d'une intelligence démoniaque.

— Il y a des années, commença-t-il, le directeur d'une mine de comète m'a envoyé un spécimen qu'il avait extrait de la glace dans un de ses puits. Cette chose ne ressemblait à rien de ce que j'avais connu. Bon, peut-être que j'exagère un peu. Ça ressemblait plus ou moins à une araignée. Sentant que cette découverte pouvait me rendre célèbre, j'ai enquêté. Je me suis rendu sur Mars et sur des astéroïdes de moindre importance. J'ai fait la connaissance de sir Waverley Rain qui vit en ermite, et il m'a permis de visiter son exceptionnelle collection d'antiquités martiennes. Et petit à petit, « à travers un verre sombre », comme aurait dit saint Paul, j'ai commencé à voir la vérité.

Il me tourna le dos et marcha vers la fenêtre en se déplaçant avec aisance dans cette faible pesanteur. Ses vêtements en toile d'araignée étaient gonflés par la brise qui s'infiltrait à travers les carreaux fissurés et, pendant qu'il continuait à déclamer, tel un acteur sur une scène, je commençai à voir la vérité moi aussi : le professeur Ptarmigan n'avait plus toute sa tête.

– Mes chers garçons ! dit-il avec de grands mouvements de bras, ce qui avait pour effet de faire trembler les lambeaux de toile qui pendaient de ses manches comme de la dentelle. Vous devez comprendre que ce royaume solaire que nous habitons n'est pas à nous. Il n'appartient pas à l'Empire britannique, pas plus qu'il n'appartenait aux Martiens à leur époque, ni à la race disparue des Mercuriens avant cela. Ces planètes que nous considérons comme nôtres et sur lesquelles nous bâtissons nos petites nations misérables qui ne cessent de se quereller, ne devraient même pas exister ! Elles n'avaient pas leur place dans le plan de notre créateur ! Regardez, je vais vous montrer. Observez, mes amis, l'habileté des Premières, dont les machines sont largement supérieures aux nôtres, comme les nôtres sont supérieures aux vulgaires outils de pierre des aborigènes de Tasmanie.

Il désigna une énorme et répugnante toile d'araignée tendue dans un coin de la cabine entre deux de ces piliers en bois que nous autres, vieux loups de l'éther, nous nommons des goussets. Je jetai un regard à Jack, en songeant : « Ce type est complètement cinglé » et, en voyant la lueur dans les yeux de Jack, je devinai qu'il partageait mon avis. C'est alors que se produisit une chose stupéfiante, qui aurait besoin d'être expliquée par une personne beaucoup plus intelligente que moi. La toile d'araignée désignée par Ptarmigan se mit à trembler et à scintiller, à miroiter et à rougeoyer. Et soudain, comme si une lanterne magique projetait une plaque peinte sur un rideau, une image apparut, mais je suis certain qu'il n'y avait aucune lanterne magique dans cette cabine et par-dessus le marché... l'image bougeait !

Je la regardai bouche bée, à ce point hypnotisé que je ne me demandais même pas ce que je voyais, jusqu'à ce que le professeur Ptarmigan précise :

— C'est le Soleil que vous voyez, dit-il en montrant

un orbe enflammé qui se consumait joliment au milieu d'un immense anneau ou disque laiteux tournant lentement sur lui-même. Mais comme vous le constatez, c'est un soleil beaucoup plus jeune, plus éclatant et plus blanc que celui que nous connaissons aujourd'hui. Et tout autour, l'océan d'éther n'est pas gouverné par les planètes, il est rempli de rubans de pierres et de glace qui tournoient. D'étranges courants balaient ces anneaux de ruines ; les planétoïdes se rentrent dedans, certains sont détruits, d'autres sont expulsés de cette valse lente et errent éternellement sous la forme de comètes solitaires. Mes chers garçons, c'est une image qui date d'une époque antérieure à la formation des mondes, lorsque l'ensemble du système solaire n'accueillait que les anneaux de Saturne, élargie à une échelle gigantesque ! Voici le monde que le créateur a bâti pour ses élus !

L'image se modifia : on voyait maintenant les rochers et les planétoïdes tourbillonnants dont il avait parlé et les écheveaux de toile qui les reliaient les uns aux autres. De l'endroit où orbite désormais Mercure aux pieds légers jusqu'aux royaumes d'Uranus et de Pluton, tout était sous la domination des araignées blanches ! Dans des plaines de toiles arachnéennes, aussi vastes que des continents, se dressaient des palais de filandres. Accrochée à des parachutes de soie, la progéniture des araignées se laissait emporter par les vents solaires pour aller coloniser des amas de pierres isolés, toujours plus éloignés du Soleil. Des araignées musiciennes tendaient des harpes de fil dans le ciel et emplissaient l'éther de leur musique. Des araignées artistes capturaient les rayons de soleil avec de grands disques de toile pour les transformer en arc-en-ciel. C'était vraiment très beau.

— Voici le monde qui était le nôtre, déclara Mr Webster qui regardait les images par-dessus mon épaule. Pendant un million d'années nous avons régné. Nous avons tissé des villes et conçu des machines magnifiques. Nos navires de toile voguaient vers les autres étoiles, et même jusqu'aux galaxies insulaires. Et puis…

– Puis le Façonneur est arrivé, reprit le professeur Ptarmigan.

Il secoua la tête et se servit d'un mouchoir en toile d'araignée pour sécher une larme.

Les images animées ne montraient plus maintenant que des scènes de destruction : des toiles arrachées, des araignées qui dégringolaient dans la nuit infinie. Les rochers et les planétoïdes qui avaient été leurs demeures se percutaient, de plus en plus rapidement, et s'amalgamaient comme des poings de pierre. Plus ils grossissaient, plus ils étaient bombardés violemment par des pierres et des montagnes de glace qui explosaient et aspergeaient d'eau leurs surfaces sèches. De gigantesques nuages de gaz tourbillonnants qui avaient servi de toile de fond aux cités des araignées formaient des boules qui se mettaient à tournoyer. Et au milieu de tout cela, je crus entrapercevoir un étrange vaisseau qui chevauchait les déflagrations et envoyait des rayons pâles qui capturaient et projetaient d'autres rochers contre les mondes nouvellement formés. Des flottes de navires d'araignées, couverts d'épines et d'un noir d'encre, s'élançaient dans l'éther pour combattre ce vaisseau, mais il les balayait d'un coup de fouet lumineux et incrustait leurs épaves dans le noyau d'une lune mineure.

Un million d'années passèrent dans un souffle. Les araignées avaient disparu. Là où tournoyaient autre-

fois leurs cités
de dentelle, il y avait
maintenant les mondes que
je connaissais : Mars, la Terre, Jupiter et leurs flottes
de lunes.

— Les Premières ne peuvent plus vivre dans des mondes semblables à ceux-ci, nous dit le professeur Ptarmigan. La pesanteur pèse trop lourdement sur elles ; leurs pattes s'affaiblissent, leurs toiles se déforment. Quand le Façonneur a bâti ces mondes, les Premières ont commencé à mourir. Et sur ces nouveaux mondes, toutes sortes de vermines grouillent. Là où il n'y avait autrefois que la pureté des Premières, des êtres en tous genres ont rapidement dressé leurs sales têtes en se prenant pour les maîtres de la création. Alors, les Premières ont décidé de tisser leurs toiles dans l'obscurité, au-delà des mondes intersidéraux. Mais, même là, la nouvelle vie s'est développée ; elle les a chassées et détruites. Elles ont riposté quand elles le pouvaient, détruisant les empires spatiaux de Mars et de Mercure. Mais peu à peu, l'une après l'autre, elles sont mortes ou bien elles sont parties à la recherche de nouveaux soleils. Aujourd'hui, il ne reste qu'une poignée de survivantes, de pauvres bannies solitaires qui vivent au milieu des anneaux de Saturne.

Franchement, à l'écouter, on avait presque envie de pleurer comme une Madeleine. J'étais obligé de me rappeler qu'il nous racontait des histoires. Tout le monde sait (pensai-je) que les mondes du Soleil ont été créés par Dieu, en six jours, comme cela est dit dans les Écritures.

Quoi qu'il en soit, le professeur Ptarmigan semblait avoir terminé son exposé. Il ôta le médaillon de Myrtle qui pendait à son cou et joua avec, en nous souriant à Jack et à moi.

– Tout cela, je l'ai appris dans les textes anciens de la collection de sir Waverley, déclara-t-il fièrement. Et plus je découvrais de choses, plus la vérité m'apparaissait clairement. Les Premières sont les véritables maîtresses de l'éther ; les autres races et nous ne sommes que des intrus, les marionnettes de ce Façonneur malveillant qui a volé leur royaume aux Premières. (Mr Webster confirma en faisant entendre un ronronnement.) Alors, j'ai décidé de faire amende honorable. Je me suis adressé au gouvernement pour réclamer une expédition sur Saturne et je me suis porté volontaire en tant que naturaliste en chef, ce qui me permettrait de discuter avec les Premières, que moi seul étais sûr de trouver ici. Je ne fus pas déçu ! Les autres membres de l'expédition furent capturés dès que nous pénétrâmes à l'intérieur de ce labyrinthe de toile, mais le chef des araignées, cette noble créature que vous connaissez sous le nom de Mr Webster, impressionné par ma connaissance de sa langue ancienne, s'est abstenu de me piquer et très vite nous sommes devenus d'excellents amis.

– Ptarmigan a promis de nous aider à récupérer ce qui nous appartient, ajouta Mr Webster.

– Parfaitement, confirma le professeur. Aujourd'hui, il ne reste plus beaucoup de Premières. Cette cité de toile n'est qu'un pâle reflet de leurs splendeurs passées et elles mènent une triste vie ici, obligées de dévorer de la mousse de l'espace et les créatures qu'elles capturent dans leurs filets. Elles avaient perdu espoir, jusqu'à ce que j'arrive pour leur remonter le moral. Grâce à mes encouragements, Mr Webster a sauvé un de leurs vaisseaux, seul rescapé des temps anciens. Il est bien supérieur à nos misérables éther-navires terriens. Nous l'avons réparé en utilisant des morceaux de l'*Aeneas* et je m'en suis servi pour me rendre en secret sur Mars, où j'ai tenté de convaincre sir Waverley Rain de rejoindre notre cause. Hélas, il manquait de perspicacité pour comprendre notre point de vue et nous avons été obligés de le remplacer. Il dort paisiblement dans la salle de toile au-dessus de nous et sa place dans le monde a été prise par un automate d'une conception astucieuse, contrôlé par un des congénères de Mr Webster, beaucoup moins grand.

– Un petit gars tout riquiqui, ajouta Webster en levant une patte et en écartant ses pinces d'une douzaine de centimètres. On l'a conçu spécialement dans ce but.

Voilà pourquoi ce vieux bonhomme dans l'alcôve me semblait si familier ! pensai-je. J'avais vu très souvent son visage, sur les publicités de la compagnie Rain & Co.

– Hélas, reprit le professeur Ptarmigan, ton enquiquineuse de sœur et ses amis ont détruit le faux sir Waverley.

– Ma sœur ? Myrtle ?

Je n'imaginais pas Myrtle en train de casser un automate. (Ni avoir des amis, d'ailleurs.) Mais le professeur Ptarmigan poursuivit sans me prêter attention :

– C'est sans importance, d'ailleurs. Nos plans sont bien avancés maintenant et ce ne sont pas quelques misérables actes de vandalisme humain qui pourront les bouleverser.

– Quels plans ? demanda Jack, qui s'exprimait beaucoup plus clairement maintenant que les effets du venin s'estompaient.

– Ah ! s'exclama le professeur Ptarmigan, heureux qu'on lui pose cette question. Vois-tu, Jack, en étudiant les livres rassemblés dans la bibliothèque hors pair de sir Waverley, j'ai eu la confirmation de ce que Webster, ici présent, soupçonnait depuis longtemps. Le vaisseau qui a amené le Façonneur ici existe toujours ! Il flotte dans l'espace, abandonné, son pouvoir a été oublié.

— Larklight ! s'exclama Jack.

— Oui, c'est ainsi qu'ils l'appellent maintenant, admit Ptarmigan.

— Mais Larklight n'est qu'une maison ! m'exclamai-je. Non, c'est plus qu'une maison, c'est un foyer ! C'est mon foyer !

Ptarmigan ignora mon éclat. Sans doute ne voulait-il pas que des choses aussi insignifiantes que des gens et leurs maisons viennent gâcher la grandeur de son plan destiné à améliorer le système solaire.

— Larklight ! reprit-il. Si je réussissais à en prendre le contrôle, je pourrais m'en servir pour défaire tout ce qu'a fait le Façonneur. Voilà pourquoi j'ai envoyé Mr Webster et certains de ses soldats s'en emparer. Et maintenant, grâce à toi Jack, je possède la clé ! (Il s'interrompit pour regarder amoureusement le médaillon de Myrtle, qui se balançait entre ses longs doigts pâles.) Je vais m'y rendre immédiatement, je m'y installerai et j'utiliserai les moteurs gravitationnels du vaisseau pour pulvériser les mondes minables créés par le Façonneur, puis je répandrai un anneau de ruines autour du Soleil où mes amies pourront tisser un nouveau monde. Et je vivrai là avec elles ; j'étudierai leurs arts et leur société.

– Les Britanniques vous en empêcheront ! s'écria Jack et cela me fit chaud au cœur de voir que même un bandit tel que lui gardait foi dans la Royal Navy au moment le plus critique. Ils ont des centaines de navires ! Des milliers de soldats. Ils ne vous laisseront pas faire !

– Ah ah ! fit le professeur Ptarmigan avec un grand éclat de rire forcé. Nous avons élaboré des plans pour nous occuper d'eux. Toi-même, Jack, avec ton équipage de vermines, tu as réussi à te jouer de l'Empire britannique. Tu crois vraiment que les Premières se laisseront impressionner ? Quand notre grande œuvre débutera, l'Empire britannique ne sera plus que ruines ; sa flotte et ses armées n'auront plus de chefs.

Je levai la main pour poser une question. Tout cela était très intéressant, assurément, mais jusqu'à présent, le professeur Ptarmigan n'avait pas expliqué pourquoi ma chère mère dormait à l'étage supérieur dans les toiles d'araignée.

– Oui, Art ? dit-il avec un sourire patient.
– Vous gardez ma mère là-haut.
– Évidemment. Et aussi sir Waverley. Je ne voudrais pas qu'il arrive quoi que ce soit à mes prison-

niers les plus précieux. Je pourrais en avoir besoin, qui sait ? Alors, je les garde sous la main.

– Mais pourquoi ma mère ? En quoi vous est-elle utile ? C'est juste… une mère.

À cet instant, une vive agitation se produisit à l'extérieur de la cabine. Des araignées-domestiques gazouillaient furieusement. Une lueur de colère brilla dans les yeux de Mr Webster qui fit pivoter son corps obèse pour entendre ce qu'elles disaient.

– Quoi ? s'exclama le professeur Ptarmigan en décryptant le langage des araignées. C'est impossible ! Vous disiez les avoir tous capturés !

J'étais tellement occupé à écouter le professeur Ptarmigan exposer ses rêves que je n'avais même pas pensé à me demander ce qu'étaient devenus Ssilissa et Yarg depuis que je les avais vus se précipiter dans ces alcôves enveloppées de toile. Évidemment, dès que les araignées m'avaient emmené, mes compagnons avaient entrepris de réveiller les autres et de déchirer les toiles qui les emprisonnaient et, naturellement, la première chose qu'avaient faite les membres d'équipage, après avoir retrouvé leurs esprits, avait été de voler au secours de Jack.

Le pauvre professeur Ptarmigan semblait consterné à l'idée qu'un groupe de créatures hétéroclites pouvait se montrer plus malin que ses chères Premières.

– Eh bien, arrêtez-les ! s'écria-t-il en se levant d'un bond, tandis que de terribles jurons et des cris aigus résonnaient d'un bout à l'autre de la coursive.

J'entendis le bruit familier et réjouissant que produisaient les tentacules électriques de Yarg et de Squidley quand ils terrassaient les araignées. Mr Webster fit jaillir ses pinces pour se saisir de Jack et je crus qu'il allait le projeter contre un mur ou lui arracher la tête d'un coup de dents, mais soudain je vis, floue et déformée à travers les vitres de la cabine, la large silhouette rassurante de Mr Munkulus qui se balançait vers nous, suspendu à une corde en soie d'araignée, les pieds tendus devant lui tel un bélier.

– Regardez ! m'écriai-je.

Mr Webster posa Jack et se tourna pour voir ce qui se passait. Le professeur Ptarmigan l'imita, et à cet instant, Mr Munkulus fit une entrée véritablement fracassante dans la cabine où se déversa une pluie de verre brisé et d'éclats de bois car ses bottes pointure 70 avaient pulvérisé les vieilles fenêtres.

Webster se jeta sur lui, alors qu'il exécutait un saut périlleux dans la cabine, mais Munkulus l'attendait de pied ferme. Il dégaina son sabre et sectionna d'un seul coup la patte avant de l'araignée géante qui recula précipitamment dans un enchevêtrement de pattes et des embruns de gouttelettes de sang. Mr Munkulus sortit un deuxième sabre pour le lancer à Jack qui s'en saisit au vol au moment où il passait devant lui en tournoyant. Ensemble, ils firent face à Mr Webster, mais celui-ci décampait déjà ; il s'efforçait désespérément de franchir la porte de la cabine en baragouinant furieusement dans sa langue.

– Qu'est-ce qu'on fait du Terrien ? demanda Mr Munkulus en regardant le professeur Ptarmigan tapi derrière son bureau, aussi pâle que ses vêtements en toile d'araignée.

– Laissons-le, répondit Jack. Il a été très bon avec moi, autrefois.

Heureusement, il me restait assez de lucidité pour me précipiter et arracher le médaillon de ma sœur des mains tremblantes de cet homme. Après quoi, nous nous élançâmes tous ensemble dans les coursives sombres de ce navire fantôme, et nous trouvâmes Ssilissa et Grindle qui nous attendaient au milieu de petits tas blancs qui avaient été des araignées-soldats.

– Venez ! braillèrent-ils. Jack ! Art !...

À leur suite, nous remontâmes le passage dans

lequel m'avaient entraîné Mr Webster et ses sbires, jusqu'à ce que nous débouchions dans le vaste espace lumineux de la salle de toile. Le reste de l'équipage était là ; ils nous regardaient du haut de cet alignement d'alcôves. Et parmi eux se trouvait Mère.

– Dieu du ciel, Arthur ! s'exclama-t-elle en me voyant escalader les parois de toile pour grimper vers elle. C'est bien toi ?

– Oh, Mère ! Comme je suis heureux que tu ne sois pas morte ! Mais nous devons fuir. Un grand nombre d'araignées nous pourchasse !

De fait, en me retournant, je les vis jaillir de la carcasse de ce pauvre vieux *Aeneas*. C'étaient des araignées-soldats et, bien évidemment, elles étaient plus habiles que nous, simples humains, pour gravir ces parois de toile. Mr Munkulus se retourna et vida son pistolet sur la horde qui approchait, puis il lança son arme sur elles et continua à grimper, mais les araignées étaient plus rapides ; elles piétinaient les corps de leurs camarades terrassées.

Je levai la tête. La route me semblait encore affreusement longue pour atteindre ma mère. « Ce serait bien triste, pensai-je, d'être capturé maintenant, avant de la rejoindre. Et quel réveil épouvantable si elle devait voir son Arthur chéri déchiqueté par des arthropodes vengeurs avant même d'avoir pris son petit déjeuner et bu une tasse de thé. » C'est alors qu'une idée me vint, comme cela arrive parfois dans des moments désespérés. Je déchirai un rideau de toile qui masquait l'entrée d'une alcôve vide et, le coinçant sous mon bras, je fouillai dans ma poche de veste pour sortir ma boîte d'allumettes. Je n'avais pas oublié, voyez-vous, la manière dont la boule de toile s'était enflammée lors de mon combat contre le calamar jupitérien, et j'avais l'impression que les araignées devaient redouter le feu, elles qui vivaient dans un endroit fait de cette toile. Mon but était donc de fabriquer une torche avec laquelle je pourrais les tenir en respect.

Je ratai ma première allumette, la deuxième aussi. Mes mains tremblaient tellement que j'avais du mal à tenir la boîte. La troisième s'enflamma mais, lorsque je l'approchai de ma boule de toile pour tenter d'y mettre le feu, la toile, la boîte d'allumettes et tout le reste s'embrasèrent comme un rideau de flammes. Je lâchai tout en poussant un cri de douleur. La toile tomba en tourbillonnant, accompagnée par un ruban de fumée et des gerbes d'étincelles furieuses. Les araignées se piétinaient pour y échapper. Le sol de la salle, que des ancres de toile épaisse arrimaient à la coque de l'*Aeneas*, s'enflamma comme une feuille morte sur un bûcher. Un souffle chaud me caressa le visage ; les cris aigus et les grésillements des araignées carbonisées envahirent la salle. Une fumée noire me piquait les yeux, tandis que je grimpais vers ma mère. Déjà, les filandres qui formaient les parois commençaient à se consumer et à rougeoyer. Sans même y penser, je serrai Mère dans mes bras et elle fit de même.

— Je les ai tousss réveillés, disait Ssilissa à Jack en se penchant pour l'aider à se hisser jusqu'à nous et elle lui montra quelques-unes des armes que nous avions transportées du *Sophronia*. Je les ai tousss réveillés, je leur ai dit que les araignées te retenaient prisonnier à bord de ccce vieux bateau et on a élaboré un plan pour te libérer.

— Courageuse Ssil ! dit Jack et il l'embrassa.

Ce n'était qu'un baiser furtif sur la joue, mais la pauvre Ssil devint couleur aubergine. Derrière elle, les jumeaux enfin réunis s'étreignaient ; leurs couronnes emmêlées formaient un grand nœud de couleurs joyeuses.

— Y en a un autre par ici ! lança Grindle, qui essayait

d'extirper de son alcôve la masse endormie de sir Waverley Rain. Il veut pas se réveiller, ce gros tas. On a besoin de lui ?

— Pauvre sir Waverley ! s'exclama Mère. Il est ici depuis plus longtemps que nous ; pas étonnant qu'il n'arrive pas à se réveiller.

— Amenez-le ! ordonna Jack en passant devant nous d'un pas agile et Mr Munkulus hissa sur son épaule l'industriel endormi.

Je n'avais pas le temps de parler à Mère ni de lui poser les mille questions qui bourdonnaient dans ma tête comme des frelons. Je lui pris la main et ensemble nous gravîmes la pente de toile, tandis que les courants d'air faisaient virevolter autour de nous des lambeaux de toile enflammée qui montaient du brasier tout en bas. À deux reprises, des araignées-soldats faillirent nous atteindre en rampant au milieu des flammes et de la fumée mais, chaque fois, Ssilissa qui fermait la marche les chassa d'un grand coup de queue et les renvoya au pied de la pente avant qu'elles nous fassent du mal.

Suffocants, à moitié étouffés par la fumée, nous atteignîmes l'entrée supérieure de la salle et là, nous nous arrêtâmes, regroupés derrière Jack et Grindle qui ouvraient le chemin. Devant nous, le tunnel de toile était rempli d'araignées ; leurs innombrables yeux étaient éclatants de haine dans la lumière des flammes.

À la surprise générale, ma mère s'exclama :

– Par ici !

Et elle entreprit de déchiqueter la paroi du tunnel. Des filandres et des morceaux de toile cédèrent sous ses doigts et, très vite, Jack comprit ce qu'elle voulait faire, alors il se mit au travail avec son sabre en donnant de grands coups furieux dans le treillis de soie.

– Merci, dit Mère d'une voix douce.

– De rien, madame, répondit Jack.

J'aurais aimé que Myrtle soit là ; elle aurait été ravie de voir que, malgré la conjoncture sinistre, nous n'avions pas oublié nos bonnes manières.

La paroi céda enfin. À travers le trou qui s'élargissait, je vis briller un rayon de la lumière de Saturne, puis la face jaune et chaude de la planète elle-même. Elle flottait devant nous telle une gigantesque pêche mûre, tandis que nous nous glissions au-dehors, un par un, pour nous accrocher à un des ponts branlants tissés par les araignées dans l'immensité de l'espace. Au bout d'un moment, nous fûmes rejoints par Ssilissa qui avait retenu nos poursuivantes dans le tunnel et nous nous mîmes en quête d'un chemin pour fuir.

Mais en vain. L'immense forteresse tremblotait comme un ballon de baudruche, et des araignées paniquées jaillissaient par toutes les issues. Des escouades d'araignées-domestiques se précipitaient vers un autre château de toile en portant entre leurs pattes avant des sacs tout mous en forme de haricots dont je devinai qu'ils contenaient leurs œufs. Je songeai que Père aurait été très déçu que je n'essaye même pas de découvrir comment naissaient ces créatures ou quelle reine monstrueuse avait pondu ces œufs. Mais je n'avais pas le temps de nourrir des regrets car, à l'extrémité du pont auquel nous étions tous accrochés, des patrouilles d'araignées-soldats étaient en train de couper les fils avec leurs mandibules acérées, rompant les amarres du château en feu pour éviter que l'incendie se propage au reste de leur toile.

– J'ai peur que nous soyons dans une situation assez pénible, commenta ma mère. Au cas où toute fuite se révélerait impossible, j'aimerais vous remercier, tous, de m'avoir arrachée à cette horrible prison, qui que vous soyez.

– Jack Havock, madame, dit Jack, un peu surpris, je crois, par la décontraction avec laquelle elle accueillait la situation.

– Eh bien, Jack Havock, dit ma mère, je vous félicite pour votre courage et pour la loyauté de vos amis. Cela étant dit, comment allons-nous faire pour sortir de ce dédale ?

– On a un bateau, déclara Nipper. Il est empêtré dans ces toiles, là-bas.

Nous tournâmes tous la tête dans la direction qu'il indiquait et, effectivement, semblable à une tache d'encre noire transperçant les toiles de filandres, nous discernâmes la silhouette de notre cher vieux *Sophronia*. Nous ne savions pas si nous pourrions le dégager, mais il nous semblait préférable d'y trouver refuge, plutôt que de rester là au milieu des araignées, dans l'éther. Alors, après avoir aspiré une grande bouffée de cet air raréfié, nous sautâmes du pont, quelques secondes seulement avant que l'équipe de démolition ait fini de rogner les derniers fils et que l'ensemble se brise en deux, comme une corde de violon qui casse.

Nous avions tous l'habitude de nous mouvoir en état d'apesanteur, nous n'eûmes donc aucune difficulté à traverser l'éther en battant des bras, jusqu'à la masse de toile dans laquelle était emprisonné notre bateau. Mais j'avoue que je fus estomaqué en voyant l'aisance de ma mère. Alors que Ssilissa était empêtrée dans sa robe à crinoline, Mère, elle, malgré sa tenue élégante, nageait gracieusement dans le vide, tel un Ichtyomorphe éthérique et elle atteignit le *Sophronia* avant nous tous.

Le bateau n'était toujours pas gardé. Soit les arai-

gnées ignoraient dans quelle direction nous étions partis, soit elles étaient trop occupées à combattre le feu à l'intérieur de leur château de toile, dont les flammes projetaient des rayons de lumière rougeâtres et des ombres intenses entre les filets de toile et les rochers à la dérive. À grands coups de sabre, Mr Munkulus et Grindle s'attaquèrent aux toiles qui retenaient le *Sophronia*. Pendant ce temps, nous autres plongeâmes à travers les écoutilles et entreprîmes de les fermer, puis de mettre en marche le générateur d'air, tandis que Ssilissa descendait rapidement dans la salle de mariage pour alimenter l'alambic. De mon côté, j'aidai les Jumeaux Tentacules à transporter sir Waverley sur un hamac et à l'y attacher, après quoi je rejoignis ma mère qui observait le bateau avec un vif intérêt. J'étais un peu gêné de l'amener dans un endroit aussi sale et mal rangé mais, quand Nipper alluma les lampes à gaz, je constatai que les Porcs Voltigeurs n'avaient pas ménagé leur peine : la plupart des miettes et des croûtes en tous genres qui flottaient partout avaient disparu. (Les porcs, quant à eux, dormaient à poings fermés et formaient un petit tas rose au bout de leurs laisses.)

— Voici le *Sophronia*, Mère, dis-je en ôtant quelques pattes d'araignée sectionnées qui traînaient sur un coffre pour qu'elle puisse s'y asseoir. C'est un bon bateau. Le capitaine Havock nous a recueillis, Myrtle et moi, quand les araignées se sont emparées de Larklight.

— Les araignées se sont emparées de Larklight ? s'exclama ma mère et, pour la première fois depuis que je l'avais retrouvée, je crus percevoir une véritable inquiétude dans ses yeux. Dis-moi qu'elles n'ont pas la clé !

Je repensai alors au médaillon. Je glissai la main dans ma poche et le sortis pour le lui montrer, sur quoi elle m'embrassa et m'ébouriffa les cheveux en disant que j'étais un petit futé. J'aurais donné n'importe quoi pour comprendre ce qui se passait, et j'aurais aimé qu'elle me l'explique elle-même, mais à cet instant, les moteurs du *Sophronia* se mirent en marche ; Mr Munkulus et Grindle plongèrent à l'intérieur et l'Ionien brailla :

— Tout le monde à son poste de combat ! Ces sales insectes nous attaquent de nouveau !

« Tout le monde », ça voulait dire moi aussi, supposai-je, alors j'abandonnai Mère pour courir aider les Jumeaux Tentacules qui faisaient rouler un des vieux canons spatiaux du *Sophronia*. À travers le sabord de batterie, j'apercevais les toiles toutes proches qui se découpaient en ombres chinoises dans le rougeoiement du grand incendie qui continuait à faire rage sur le côté de Saturne. Chaque fil grouillait d'araignées.

Le *Sophronia* grogna et tremblota en essayant de se dégager de cette gangue. Les Jumeaux Tentacules me lancèrent des trilles pour que je m'écarte, puis Squidley tira sur la ride de notre canon qui, dans un rugissement, cracha une décharge qui endommagea un pont de toile sur lequel rampait une multitude d'araignées, à quelques centaines de mètres de là. J'ouvris le coffre à munitions et sortis un autre projectile que Yarg enfonça dans la gueule du canon encore fumante. Le pistolet de Grindle se fit entendre à l'autre bout du bateau, et il poussa un grand cri de victoire.

– Je l'ai eue, cette… (Il s'aperçut que Mère l'observait.) Oh, pardon, m'dame.

Mais le *Sophronia* était toujours prisonnier et nous entendions maintenant le raclement des pattes blanches sur la coque, au-dessus de nos têtes. Une écoutille s'ouvrit violemment et Jack vida son tromblon dans la tête épouvantable de l'araignée qui s'était aventurée à l'intérieur. Le recul le projeta à l'autre bout du bateau. Rebondissant contre la cloison telle une balle en caoutchouc, il cria :

– Ssil !

Ssilissa apparut dans l'entrebaillement de la porte de la salle de mariage, plus inhumaine que jamais avec ses grosses lunettes à verres fumés, juste à temps pour voir Nipper s'emparer d'un sabre et trancher les pattes avant d'une autre araignée qui tentait à son tour d'entrer par l'écoutille. Le *Sophronia* penchait sous le poids de toutes les bestioles qui rampaient dessus et les panneaux d'écoutille ployaient sous leurs coups féroces et incessants. Grindle fit feu de nouveau, mais il ne prit pas le temps d'examiner le résultat ; il ouvrit la culasse et rechargea aussitôt.

– Démarre, Ssil ! hurla Jack. Pleins gaz !

– Mais Jack, au milieu de ccces rochers et de ccces toiles…

– Le mariage, Ssil ! Commence le mariage !

Elle le dévisagea encore un instant, puis fit demi-tour et retourna à son poste en courant. Un autre panneau d'écoutille céda et une araignée s'engouffra dans le bateau en agitant ses pattes dans tous les sens, jusqu'à ce que ma mère – oui ma mère ! – se saisisse de la baguette de nettoyage du fusil de Grindle et cloue le monstre contre la paroi, tel un spécimen dans une vitrine de collectionneur.

– Bonté divine, Mère ! m'exclamai-je. Je t'en prie, pas de surmenage !

Le *Sophronia* s'ébroua à la manière d'un vieux chien qui se réveille. Des trompettes d'échappement situées sous la coque à l'arrière jaillirent les nuages éclatants et mystérieux du feu alchimique. Mais les toiles résistaient, même si celles emprisonnant l'arrière commençaient à se déchirer et à s'enflammer. Soudain, un navire hérissé de piquants apparut devant mon hublot, gigantesque, fonçant droit sur nous comme s'il voulait empaler le *Sophronia* avec ses épines. C'était le bateau que j'avais vu près de Larklight le premier jour, et une autre fois la nuit où les araignées avaient enlevé cette pauvre Myrtle. J'aurais parié que Mr Webster se trouvait à bord, bien décidé à nous détruire, tous.

Brusquement, avant même que je puisse pousser un cri d'alarme, le *Sophronia* bondit ! Nous avancions si vite que tout devenait flou, il n'y avait plus autour de nous qu'un torrent de feu, de filandres et de pattes d'araignée qui s'illumina, avant de se fondre dans une masse dorée.

C'est ainsi que nous échappâmes aux toiles d'araignée de Saturne, un endroit horrible où j'espère bien ne jamais remettre les pieds !

CHAPITRE DIX-HUIT

ÉLEVEZ VOTRE PROPRE MONDE DANS UN POT

Achetez les GRAINES DE CRISTAL SUTTON

OÙ JE DÉCOUVRE L'ÉTRANGE VÉRITÉ
AU SUJET DE MA MÈRE.

Enfin à l'abri sur les océans de l'espace, nous pûmes panser nos plaies. Jack avait une dizaine de coupures aux mains et aux bras et ses vêtements n'étaient plus que des lambeaux ensanglantés. Les Jumeaux Tentacules avaient perdu plusieurs membres l'un et l'autre et Mr Munkulus avait été méchamment pincé. Malgré cela, ils se moquaient de leurs blessures et s'estimaient heureux d'être encore en vie.

– Nous devons aller à Larklight, déclara Mère une fois que les plaies de chacun furent bandées et qu'on eut enduit mes pauvres doigts brûlés d'un baume apaisant.

— Non, répondit fermement Jack. Myrtle est sur Mars. C'est ce qu'ont dit Ptarmigan et Webster. Elle est en danger. Elle est peut-être morte. Mais il faut aller la chercher.

— Non, Jack, dit Mère.

— Vous ne tenez donc pas à elle, madame ? s'exclama-t-il avec colère. Votre propre fille ? J'aurais cru que...

— Je tiens énormément à elle. Mais si Myrtle est morte, il est trop tard pour lui venir en aide et, si elle n'est pas encore morte, un danger plus grand encore la menace. Comme nous tous. Les araignées contrôlent Larklight, et, même sans la clé, elles risquent de provoquer de terribles dégâts.

— Mère, qu'est donc Larklight ? demandai-je.

Elle se tourna vers moi, visiblement troublée.

— Il vaut mieux que je te dise tout, Art. Larklight est ce qu'on pourrait appeler un navire. Un navire d'un genre très particulier. Son véritable nom est... (Elle prononça des mots dans un langage musical et flûté que je n'essaierai même pas de transcrire ici.) Ce qui veut dire la *Lanterne de l'Aube de la Création*, dans la langue de mon peuple.

— Un nom à coucher dehors, grommela Grindle.

— Mais... je croyais que tu étais originaire du Cambridgeshire, dis-je.

— Mon cher Arthur ! s'exclama ma mère avec un sourire triste, en me prenant la main. Pourras-tu me pardonner un jour ? Je crains de ne pas avoir été très honnête au sujet de mon passé. Je ne viens pas du

Cambridgeshire. Je suis née... ou plutôt, je suis apparue, il y a quatre milliards et demi d'années, loin de ton soleil, au milieu des galaxies insulaires. Je suis... j'étais une Façonneuse. Mon peuple existe depuis l'aube de l'univers. Nous voyageons parmi les étoiles et nous apportons aux nouveaux systèmes solaires l'aide dont ils ont parfois besoin pour faire naître la vie. Car nous aimons la vie, sous toutes ses variétés infinies.

Je repensai aux images animées que nous avait montrées le professeur Ptarmigan. À cet étrange véhicule, à peine entrevu, qui entraînait des planétoïdes avec ses rayons clignotants et écartait les bateaux des Premières avec des éventails de force. Jack devait penser à la même chose que moi car il demanda :

– Et les araignées, Mrs Mumby ? On dirait que vous ne les aimez pas beaucoup, et elles non plus.

Mère le regarda.

— Les Premières. En effet. Si elles n'existaient pas, le travail des Façonneurs ne serait pas nécessaire. Livrées à elles-mêmes, la plupart des étoiles font pousser des plantes parmi les nuages de poussière et de gaz qui se forment autour d'elles dans l'éther. Mais les Premières sillonnent l'espace sur leurs fils de la Vierge et, quand elles découvrent un système solaire encore en formation, elles l'entourent avec leur toile, elles le ligotent, elles font des nœuds, pour qu'aucun monde ne puisse jamais voir le jour, pour qu'aucune forme de vie, à part la leur, ne puisse se développer.

— Mais vous autres, les Façonneurs, vous arrivez pour toutes les massacrer ? demanda Jack.

— Nous ne détruisons que pour créer, répondit Mère. Mais je dois reconnaître que ce n'est pas de chance pour les araignées.

— Bien fait pour elles, dit Grindle en massant ses bleus et la plupart de ses compagnons approuvèrent.

Mais je voyais bien que Jack éprouvait une sorte de sympathie pour ces araignées. Souvenez-vous qu'il ne portait pas l'Empire britannique dans son cœur, et je pense qu'il voyait les Façonneurs comme une sorte d'empire, qui fourrait son nez cosmique dans les affaires des autres et modelait l'univers en fonction de ses propres notions du bien et du mal.

— Si c'est vous, les Façonneurs, qui faites tout, demanda Mr Munkulus, quelle place reste-t-il à Dieu ?

— Réfléchissez, mon cher, dit Mère. Qui a créé

l'univers et allumé les soleils ? Qui a façonné les Façonneurs ? Car nous ne sommes pas des dieux, uniquement des serviteurs de cette volonté universelle et invisible qui anime les étoiles.

« ... Habituellement, reprit-elle après une courte pause, une fois que le vaisseau d'un Façonneur a accompli sa tâche, il meurt, et le Façonneur qui se trouve à bord meurt aussi. Plus exactement, il décide de ne plus exister car, n'étant pas vivants comme vous l'êtes, nous ne pouvons pas vraiment mourir. Mais moi, j'ai choisi une autre voie. Après avoir accompli mon dur labeur, j'ai eu envie de rester pour voir ce qui poussait dans les jardins que j'avais créés. J'ai dormi pendant le premier milliard d'années, je l'avoue, car ces mondes n'étaient pas amusants du tout tant qu'ils n'avaient pas d'atmosphère et tout ça. Mais quand je me suis réveillée... ! C'était formidable ! La vie jaillissait de partout ! Je naviguais à bord de la *Lanterne de l'Aube de la Création* pour survoler une planète puis une autre. Toutefois, impossible d'imaginer ce que ressentaient les créatures qui y vivaient, alors j'ai commencé à prendre des formes corporelles. (Ça signifie habiter des corps vivants, mon cher Mr Grindle.)

« ... Pendant un moment, j'ai été dinosaure. C'est vivifiant ! L'ère des Grandes Moisissures sur Vénus fut très amusante. Puis, pendant des siècles et des siècles, j'ai essayé d'être une Martienne. Ah, le lever du soleil sur les cimes de porcelaine de Llha Ahstellhion ! Les harpes de vent qui jouent dans les jardins parfumés d'Oeth Ahfarreth ! Je m'en souviens comme si c'était hier. Ensuite, j'ai été ionienne, mais avoir quatre bras, ça ne me convenait pas. Je ne savais jamais quoi faire de toutes ces mains. Et quand les humains sont arrivés… Oh, j'adorais être un humain ! J'ai garé Larklight en orbite derrière la Lune et je visitais la Terre tous les siècles environ. Et… j'ai peur d'avoir fait une bêtise.

« … J'ai rencontré un nommé Isaac Newton. Un homme étrange, mais très intelligent. C'était amusant de le voir se creuser la tête sur les problèmes de pesanteur et tout ça. Comment résister à l'envie de lui donner un coup de main ? Avec des petites allusions pour commencer, en me cachant dans un arbre et en faisant tomber des pommes sur sa tête, ce genre de choses. Il a trouvé la suite tout seul. Peut-être que j'aurais dû m'en tenir là. Je me suis laissé emporter, je l'avoue. Mais il était tellement adorable.

– Qu'est-ce que vous êtes en train de nous dire ? demanda Jack. Que c'est vous qui avez expliqué à sir Isaac comment réaliser le mariage chimique ?

– C'est tellement simple. Je pensais que ça l'amuserait. Il se passionnait pour l'alchimie, voyez-vous, et je me disais qu'il serait heureux d'assister à des transformations dans son vieux four malodorant, alors je lui ai suggéré de mélanger certains éléments. À vrai dire, je fus très surprise par ce qui en résulta : les éther-navires et l'expansion de votre empire dans l'espace. J'étais un peu embarrassée, je l'avoue. Je me suis retirée à bord de la *Lanterne de l'Aube de la Création* et j'ai vécu paisiblement pendant quelque temps en cultivant mes fleurs et en retapant un peu ce vieux vaisseau. Mais je ne pouvais m'empêcher de faire des sauts sur Terre de temps à autre ; j'y suis devenue très attachée. C'est au cours d'une de mes visites que j'ai fait la connaissance d'Edward Mumby. Quel gentleman ! Il m'a fait prendre conscience que je ne pouvais pas espérer comprendre votre espèce tant que je n'avais pas été amoureuse et n'avais pas eu d'enfants…

– Ça veut dire qu'Art et Myrtle sont des humains ? demanda Nipper en m'observant bizarrement. Ou des Façonneurs, comme vous ?

– Ils sont humains, tout ce qu'il y a de plus humains, répondit Mère. D'ailleurs, je suis quasiment humaine moi aussi, maintenant. J'ai totalement tourné le dos à mon ancienne existence. J'ai coupé les puissants moteurs gravitationnels de mon vaisseau, à l'exception de quelques parties infimes qui fournissent la pesanteur nécessaire pour nous permettre de garder les pieds au sol. Tout le reste, je l'ai bloqué et verrouillé et j'ai caché la clé dans un petit bijou que j'ai offert à mon aînée. Je me doutais qu'il pouvait subsister quelques Premières dans les recoins du système et je savais que ce serait un désastre si elles parvenaient à contrôler la *Lanterne de l'Aube de la Création*, Larklight comme j'ai fini par l'appeler.

… Mais j'ignorais que leurs plans étaient aussi avancés ! Quand l'expédition de l'*Aeneas* a disparu, j'ai craint le pire et j'ai voulu me rendre en Angleterre pour alerter le gouvernement. Hélas, les araignées ont capturé le navire à bord duquel je me trouvais. Elles ont dévoré mes compagnons de voyage et m'ont cachée dans leurs toiles pour m'empêcher de contrecarrer le plan qu'elles tissaient avec ce renégat de professeur Ptarmigan.

— Mais sans cette clé, elles ne peuvent pas faire de dégâts, n'est-ce pas ? demanda Jack.

— Sans la clé, elles peuvent faire de gros dégâts, déclara ma mère sur un ton de mise en garde. Certes, elles ne pourront pas utiliser la puissance de Larklight, mais en essayant de mettre en marche les moteurs gravitationnels sans la clé, elles risquent de provoquer une explosion qui aurait des effets calamiteux. Et qui sait quels autres plans elles ont pu manigancer afin de contrer et de désarçonner l'Empire britannique ?

— Alors, que doit-on faire ? demanda Ssil.

— Ma chère, si vous pouviez utiliser votre brillant cerveau pour nous conduire rapidement à Larklight, je vous en serais éternellement reconnaissante. Car c'est par là qu'il faut commencer. Ensuite, nous tenterons de découvrir quels sont leurs autres plans, et nous les ferons échouer. Et nous retrouverons cette chère Myrtle, bien évidemment, promit-elle en se tournant vers moi avec un sourire.

Mais je n'étais plus certain de vouloir encore de ses sourires. C'est étrange. Vous pourriez penser que j'aurais été fou de joie de retrouver ma chère maman. Et pourtant, je n'éprouvais qu'un sentiment de colère.

Je lui en voulais de nous avoir abandonnés, de nous avoir laissés grandir sans elle. Je lui en voulais d'être âgée de plusieurs milliards d'années et de ne pas être véritablement humaine, de ne pas être véritablement ma mère. Je n'ai pas envie de ressembler au personnage d'un sombre drame, mais j'avais l'impression que toute ma vie n'avait été que mensonges jusqu'alors.

Comme si elle percevait mes doutes, Mère s'approcha de moi et m'enlaça pendant que les membres d'équipage commençaient à appareiller.

– Je suis navrée de t'avoir menti, mon chéri. Je t'en supplie, crois-moi quand je te dis que de toutes les choses que j'ai vues, que j'ai faites, que j'ai été, aucune ne m'a donné autant de plaisir que d'être avec toi. Les Façonneurs apprécient la beauté et l'ordre, mais nous ne ressentons rien. Il fallait que je devienne un être humain pour connaître ça et je pense sincèrement que j'ai compris véritablement ce que ça signifiait quand je vous ai connus, Myrtle et toi...

Je suis sûr que vous pouvez imaginer la suite ; je n'irai pas plus loin. Je ne sais pas ce que vous en pensez, chère lectrice ou cher lecteur, mais quand je lis un livre où des gens commencent à pleurnicher, à parler d'amour et ainsi de suite, je me dis qu'il est temps de sauter quelques pages pour en arriver à la scène de la tempête ou de la bataille sanglante. Je vais donc vous éviter cette peine en y allant directement. Mais je dois quand même dire que j'étais réconcilié avec ma mère lorsque le *Sophronia* repartit dans l'éther translunaire. Et je pense que tout l'équipage se sentait à l'aise avec elle car c'était un passager modèle, contrairement à Myrtle. Elle nous aida à tout ranger et à balancer par-dessus bord ces horribles araignées mortes, sans se plaindre une seule fois. Et ce soir-là, quand elle me borda dans mon hamac et me chanta une chanson, je sentis mes compagnons de bord se rassembler derrière la porte de la cabine pour écouter sa douce voix. Pauvres monstres orphelins, sans doute auraient-ils bien voulu, eux aussi, retrouver leur mère au milieu des toiles d'araignée des Premières, vous ne croyez pas ?

*

Ssilissa nous conduisit à vive allure à travers les immensités de l'espace et, au matin du 1er mai 1851, nous ralentîmes dans l'éther translunaire. Tout d'abord, je crus que Ssil nous avait conduits dans le mauvais quartier du ciel. Je reconnaissais à peine la boule de soie blanche qui flottait dans l'espace devant nous. Les araignées avaient enveloppé Larklight d'une toile si épaisse qu'on ne voyait même plus un toit ni une cheminée. Toutefois, à force de la scruter, je distinguai une girouette familière qui dépassait de ce cocon de soie.

– On dirait une gigantesque chrysalide ! s'exclama Mère.

– Quelle calamité va-t-elle faire éclore ? demanda Grindle.

Jack lança des ordres et tout le monde s'empressa d'obéir, y compris Mère, car aussi douée soit-elle pour façonner de nouveaux mondes à partir de la matière brute de la création, elle sentait que c'était Jack le chef dès qu'il était question de batailles, d'abordages et d'assauts dans l'espace. Les grappins et les armes de poing furent préparés, les canons chargés jusqu'à la gueule et les Jumeaux Tentacules roucoulèrent une joyeuse chanson de marin tandis qu'ils aiguisaient les sabres et les haches sur une meule. Moi, je faisais le guet sur le pont supérieur, pendant que Mr Munkulus endossait son armure et glissait quatre sabres dans sa ceinture. Je voyais grossir Larklight à mesure que Ssilissa nous en approchait par en dessous. Sur ma gauche, au loin, l'énorme croissant de lune emplissait la moitié du ciel ; je contemplais les montagnes solitaires à sa surface et frissonnais en repensant à ma rencontre avec la Mite Potière.

Un éclair lumineux jaillit dans le coin de mon champ de vision mais, le temps que je tourne la tête, il avait déjà disparu. Je me demandai si je devais avertir les autres, mais je ne voulais pas donner l'alerte avant d'être sûr, alors j'utilisai la longue-vue de Mr Munkulus pour scruter cette zone de l'éther. Je découvris un banc compact de Poissons Siffleurs qui tournoyaient dans un ensemble parfait, leurs écailles brillant au clair de lune. Était-ce l'origine de cette lumière que j'avais aperçue ? Non car, tandis que je les observais, ils se dispersèrent et je vis surgir, au milieu de la nuée, à toute allure, une forme noire et épineuse que je connaissais hélas très bien. Le bateau des Premières ! Cet éclair que j'avais entrevu, c'était la lumière de ses moteurs, au moment où il mettait le cap sur nous !

– Bateau en vue ! criai-je, sans trop savoir quelle était l'expression éthernautique exacte. Alerte ! Alerte ! ajoutai-je en dévalant l'échelle pour retourner à l'intérieur, mais je craignais que ce ne soit trop tard.

Déjà, d'énormes boules hérissées de piquants, jaillissant des canons du bateau, me sifflaient aux oreilles, en laissant de légères traînées pâles dans l'éther. Au moment où je sautais dans la cabine principale, je sentis le *Sophronia* vaciller et trembler lorsque le travers du bateau ennemi le percuta par l'arrière. L'air fut envahi par de la fumée et des étincelles, des éclats de bois tourbillonnants et les hurlements de mes camarades…

CHAPITRE DIX-NEUF

GRANDE EXPOSITION
à Hyde Park
DE TOUTES LES PLANÈTES
INAUGURATION LE 1ᴱᴿ MAI 1851

AUTRE EXTRAIT DU JOURNAL INTIME DE MA SŒUR CONTENANT LE RÉCIT AUTHENTIQUE DE SON RÔLE DANS LES TRISTES ÉVÉNEMENTS SURVENUS RÉCEMMENT À HYDE PARK.

1ᵉʳ mai

Quelle journée extraordinaire ! Je vais m'empresser de noter tout ce qui s'est passé, au cas où je ne survivrais pas pour le raconter de vive voix. Oh, comme ma main tremble ! Dehors, derrière les fenêtres du bâtiment où je me suis réfugiée, j'entends le fracas des édifices qui s'écroulent et la fumée obscurcit le ciel de l'après-midi…

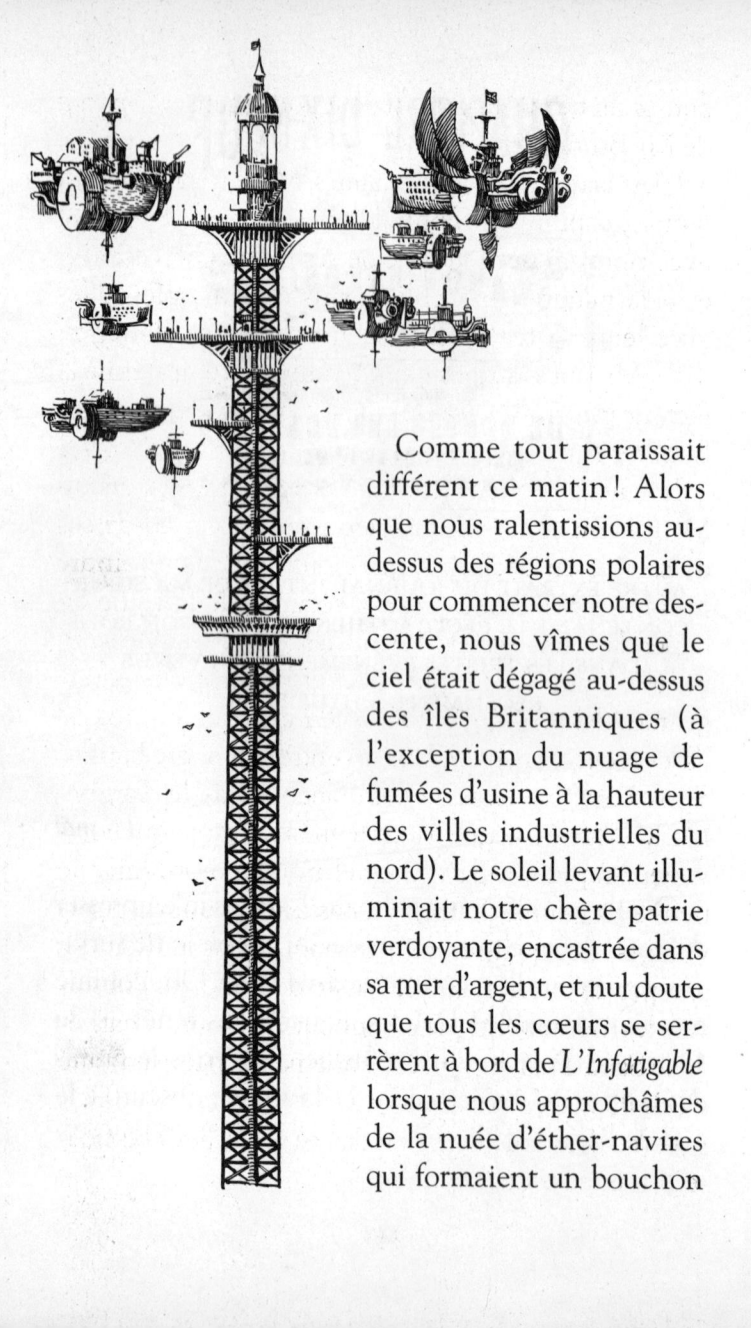

Comme tout paraissait différent ce matin ! Alors que nous ralentissions au-dessus des régions polaires pour commencer notre descente, nous vîmes que le ciel était dégagé au-dessus des îles Britanniques (à l'exception du nuage de fumées d'usine à la hauteur des villes industrielles du nord). Le soleil levant illuminait notre chère patrie verdoyante, encastrée dans sa mer d'argent, et nul doute que tous les cœurs se serrèrent à bord de *L'Infatigable* lorsque nous approchâmes de la nuée d'éther-navires qui formaient un bouchon autour du terminus orbital du grand ascenseur spatial de Mr Brunel.

C'est là que nous débarquâmes, Mr et Mrs Burton et moi. Le capitaine Moonfield nous suggéra de prendre avec nous un petit groupe de ses marins de l'espace, et cela m'aurait bien plu car ils étaient splendides avec leurs vestes rouges et leurs ceintures blanches. Mais Mr Burton nous expliqua que le temps était le facteur prioritaire et que nous atteindrions plus vite Londres si nous voyagions seuls.

Il y avait la queue devant l'ascenseur, mais quand Mr Burton agita son pistolet à répétition au-dessus de sa tête en déclarant que nous devions rejoindre Londres sur-le-champ car la sécurité de la reine en dépendait, on nous permit de descendre tout de suite et, une demi-heure plus tard environ, nous émergeâmes dans la lumière du soleil matinal au pied de l'ascenseur, construit dans un endroit sinistre baptisé Shoerburyness, près de l'embouchure de la Tamise. Là, Mr Burton réquisitionna aussitôt un paquebot à vapeur rapide, à bord duquel nous remontâmes le fleuve en grande pompe, en passant devant de petits villages, des quais et des entrepôts et au milieu des grappes de navires dans le bassin de Londres. J'observais les monuments avec bonheur : la Tour, la cathédrale Saint-Paul, le nouveau Parlement, encore entouré d'échafaudages.

Je me demande combien de ces splendides édifices seront encore debout ce soir.

Quand nous quittâmes le fleuve, notre progression se trouva ralentie par la foule de gens qui se dirigeaient vers Hyde Park dans le but d'assister à l'inauguration de la grande exposition. La matinée touchait à sa fin lorsque nous atteignîmes le parc et vîmes les toits du magnifique Crystal Palace se dresser au-dessus des arbres, droit devant.

Je vais essayer d'oublier ce qui s'est passé par la suite pour noter mes premières impressions face à ce magnifique bâtiment. En fait, il ressemble – ou plutôt, il ressemblait – à une gigantesque serre. D'ailleurs, il avait été dessiné par un certain Mr Paxton, jardinier du duc du Devonshire, déjà célèbre pour avoir conçu précédemment la grande serre chaude de Chatsworth, qui abrite la collection de plantes et de fleurs extraterrestres de ce gentleman. Ce palais est si vaste qu'il renferme des bosquets d'ormes et le reflet du soleil sur sa multitude de vitres est si éclatant que, par temps clair, on l'aperçoit de la Lune !

Néanmoins, même si nous admirions la merveilleuse réalisation de Mr Paxton, lorsque nous descendîmes de notre fiacre au milieu de la foule, nous avions tous le cœur rempli d'appréhension car nous savions que cet édifice avait été construit par la société de sir Waverley en utilisant des parties préfabriquées venues de ses usines de Mars. Une machine infernale était-elle cachée dans une des poutrelles métalliques qui soutenaient cette gigantesque voûte de verre ? Et dans ce cas, comment faire pour la trouver ?

Mr Burton avait déjà envoyé plusieurs mises en garde par télégraphe. Il conseillait de retarder la cérémonie d'ouverture et de faire évacuer le palais ainsi que les environs. Mais ses messages s'étaient perdus ou bien on les avait pris pour les divagations d'un fou et on les avait ignorés. Alors que nous franchissions rapidement les tourniquets, nous entendîmes résonner une fanfare. Une fois remis du choc provoqué par la découverte de ce vaste hall de lumière dans lequel nous nous retrouvions soudain, nous aperçûmes, sur une estrade installée au cœur de ce grand espace, la reine, ses enfants et le prince Albert, entourés par le plus grand rassemblement d'évêques, de généraux, de lords et de membres du Parlement que je verrai jamais !

– Écartez-vous ! Au nom des services secrets de Sa Majesté ! cria Mr B. et il nous fraya un passage au milieu de la foule.

Les gens se retournaient pour nous dévisager ; ils regardaient de travers le visage d'elfe, couleur rouille, d'Ulla et le pantalon qu'elle avait emprunté. Ils me regardaient moi aussi, je le crains car, à ma grande honte, je portais encore ma vieille robe marron et même si la blanchisserie de *L'Infatigable* avait fait de son mieux, elle était toujours tachée et défraîchie après tout ce qu'elle avait subi !

Nous passâmes rapidement devant des stands qui semblaient provenir de tous les mondes du système solaire et de toutes les nations de la Terre, comme si la science, les arts et le travail avaient déversé leurs cornes d'abondance dans cette demeure de verre. Je ne sais trop comment, nous parvînmes à accéder à l'estrade, sur laquelle un homme d'Église vêtu d'un surplis blanc avec de larges manches bouffantes récitait un long sermon d'un ton monotone.

– S'il vous plaît ! Veuillez évacuer cet endroit ! cria Mr Burton.

Et Ulla ajouta :

– Il y a peut-être une machine infernale cachée quelque part. Nous redoutons une explosion à tout moment !

Autour de nous, plusieurs dames et messieurs réagirent avec effroi et une sorte d'onde parcourut la foule, à mesure qu'elle commençait à se précipiter vers les portes. Mais la famille royale semblait ne pas avoir entendu cette mise en garde. Je regardai fixement la reine. Elle était beaucoup plus petite que je l'avais imaginé et, bien qu'elle portât une splendide robe en soie rose ornée de dentelle sur les manches et la poitrine, une large écharpe bleue et une tiare sur la tête, elle n'était pas vraiment belle. À vrai dire, elle paraissait même grassouillette ; elle avait un nez crochu, des yeux légèrement exorbités et sur son visage se lisait une impression d'ennui et non cette noble expression pleine de grâce qu'on s'attend à trouver chez un monarque.

C'est alors qu'une horrible pensée me traversa l'esprit : et si les araignées blanches avaient échangé sir Waverley Rain contre un automate uniquement pour que celui-ci puisse procéder à une substitution encore plus infâme ? J'agrippai Ulla par la manche et lui glissai :

– Mrs Burton ! Ce n'est pas la reine !

– Allons, doucement ! me répondit-elle, mais ma conviction était faite.

J'étais persuadée du bien-fondé de mes terribles soupçons. En tant que constructeur du Crystal Palace, sir Waverley avait très certainement été invité par Sa Majesté à Balmoral, sa nouvelle résidence située en Écosse. Là, dans cet endroit isolé, il l'avait sans doute enlevée pour la remplacer par un double ! Quelle meilleure façon de faire entrer une machine infernale au cœur de notre chère île qu'en la cachant à l'intérieur de notre souveraine bien-aimée ? Nul doute que, dans quelques instants, quand l'homme d'Église aurait achevé son sermon, cette fausse reine se tournerait vers sa famille et les membres du Parlement pour les réduire en morceaux avec un arsenal d'armes cachées !

L'horreur prit le dessus sur ma douceur naturelle et sur ma bonne éducation et je bousculai plusieurs messieurs qui se dressaient entre moi et l'estrade pour gravir les marches en courant. Je crois que je hurlai : « Ce n'est pas la reine ! », ou quelque chose dans ce style-là, et j'entendis s'élever autour de moi une vague d'exclamations étonnées, tandis que je me jetai sur la personne timide qui se trouvait devant moi et l'envoyai au tapis.

– Vous allez voir ! m'écriai-je en lui ôtant sa tiare pour tirer sur ses cheveux soyeux. Sa tête s'ouvre ! Et il y a une araignée à l'intérieur !

Sauf que, bien sûr, sa tête ne s'ouvrit pas. Ce n'était absolument pas un automate, uniquement une petite femme stupéfaite qui me regardait avec des yeux écarquillés tandis qu'autour de moi, des hommes criaient et des femmes hurlaient. Le prince Albert dégaina son épée d'apparat et la pointa sur moi en exigeant de connaître la raison de cet outrage.

Ce fut, je crois, le moment le plus embarrassant de toute ma vie. Je suis certaine que, même si je vis jusqu'à cent ans, jamais je ne me sentirai autant humiliée.

Mais évidemment, il est peu probable que je vive jusqu'à cent ans. À vrai dire, il y a peu de chances que je voie le jour se lever demain. Car alors que j'étais assise là, à califourchon sur notre chère reine, sans savoir comment j'allais pouvoir m'excuser, un bruit à vous déchirer les tympans s'échappa de l'imposante structure en fer du palais et, soudain, le plan des araignées blanches devint d'une évidence terrifiante.

Ce n'était pas la reine qui était un automate, ni le prince Albert, ni le duc de Wellington, ni aucune autre personne présente. La machine infernale que les araignées avaient introduite parmi nous, c'était le Crystal Palace lui-même !

Un millier de vitres volèrent en éclats et s'écrasèrent au sol, tandis que la structure en fer tremblait. C'est uniquement grâce à l'infinie bonté de Dieu que nul ne fut transpercé par ces poignards étincelants qui pleuvaient sur nous. Évidemment, la panique se répandait à toute vitesse ; la plupart des personnes présentes avaient déjà fait demi-tour pour s'enfuir

La machine infernale que les araignées avaient introduite parmi nous, c'était le Crystal Palace lui-même !

dans le parc. L'un après l'autre, les piliers de fer qui soutenaient le palais commencèrent à sortir de terre, pour se replier et se tordre. Le palais lui-même était en train de se transformer : l'immense serre prenait l'apparence d'une colossale araignée métallique ! Arrachant et traînant derrière elle les drapeaux et les lambeaux de stores en calicot, elle s'accroupit au-dessus de nous. Elle masqua le soleil. Dans un fracas ininterrompu, les poutres de fer continuaient à se replier et à s'assembler pour renforcer ces membres monstrueux et former en leur centre un corps blindé.

Mr Burton fit rugir son pistolet, mais cela n'eut aucun effet, si ce n'est de blesser un des éperviers que le duc de Wellington avait introduits à l'intérieur du palais pour chasser les pigeons.

Je l'entendis crier : « Les balles rebondissent dessus ! » Immédiatement, Ulla et lui entraînèrent la famille royale, les dames et les messieurs de la cour hébétés vers un bosquet d'arbres qui, il y a quelques instants encore, se dressait paisiblement à l'intérieur du palais.

Car l'énorme araignée de fer avançait ; elle rampait lentement comme si elle testait ses forces. Une patte avant broya la salle des chaudières qui se trouvait derrière le palais et un jet de vapeur blanche s'éleva dans la lumière du soleil. Secouée de sanglots de terreur, je traversai ventre à terre les ombres projetées par les pattes géantes qui s'abattaient sur nous. Pendant un instant, je me retrouvai en train de courir à côté de la reine et je parvins à lui glisser : « Je suis affreusement désolée, madame » mais, au même moment, une patte griffue pulvérisa un stand d'engins à vapeur exposés dans le hall des machines à moteur et je pense qu'elle ne m'entendit pas dans tout ce vacarme.

Nous avions presque atteint les arbres lorsque, dans un souffle assourdissant – woufff – ils s'embrasèrent. *L'Infatigable*, descendu de son orbite, avait braqué ses Agitateurs au Phlogiston sur l'araignée de fer et l'un d'eux en manquant sa cible avait failli nous faire rôtir. Les autres rayons bombardèrent le corps blindé de l'animal, qui se mit à rougeoyer sous l'effet de la chaleur mais, avant qu'ils puissent causer de véritables dégâts, l'araignée décocha un coup de patte dans les ailes et les moteurs de *L'Infatigable*. Le pauvre navire fut projeté au loin. Un peu plus tard, j'entendis quelqu'un dire que l'équipage avait réussi à le poser sur la Tamise.

Quand j'eus fini d'assister à ce drame aérien, je regardai autour de moi et constatai que j'avais été séparée de la famille royale et des autres. Pendant un bref instant, j'aperçus les époux Burton. Je fus horrifiée de découvrir que ce pauvre Mr Burton avait été frappé par un éclat de métal tordu projeté par les engins à vapeur qui explosaient. Le projectile avait traversé sa jambe, le clouant dans l'herbe. Cette chère et courageuse Ulla se démenait pour le libérer, mais un des gigantesques pieds métalliques du Crystal Palace plongeait vers elle !

– Ulla ! hurlai-je.

Je ne saurai jamais si elle m'entendit ; en tout cas, elle garda les yeux fixés sur le visage de son mari. Dieu merci, la vision de leur effroyable fin me fut épargnée car le parc était envahi de gens (ordinaires pour la plupart) qui couraient. Je fus entraînée par la vague, sans pouvoir résister, et je perdis de vue les Burton juste avant que le pied de fer ne s'abatte sur eux.

Enfin j'atteignis ce petit bâtiment de briques rouges, qui est sans doute la cabane du gardien du parc ou d'un employé quelconque. Au moins, il y avait une théière, un calendrier avec des gravures de Londres à une époque plus heureuse, un exemplaire du *Times* de ce matin et un bout de crayon avec lequel j'écris ces lignes. En jetant un coup d'œil par la fenêtre, je constate que l'araignée se dirige d'un pas pesant vers St James et Westminster. J'ai entendu les détonations des canons et j'ai vu les obus exploser contre son corps et ses membres, sans résultat. De temps à autre, elle lève une patte et écrase délibérément un grand bâtiment public ou un autre lieu prestigieux.

Je me demande ce qu'est devenue la reine. Je me demande si je serai accusée de haute trahison pour l'avoir attaquée. Oh, moi qui ai toujours rêvé d'appartenir à la bonne société, je me suis assise sur la royauté et me voilà prisonnière dans la cabane d'un gardien de parc où je vais certainement être réduite en poussière par un automate géant d'une seconde à l'autre !

Non. Non. Je ne dois pas céder au désespoir. Après tout, n'est-ce pas en partie à cause de moi si cette terrible machine se retrouve lâchée sur notre capitale ? Le plan des araignées m'échappe, mais il est lié d'une manière ou d'une autre à Larklight, à Art, à ce pauvre papa et à moi. Maintenant que Mr Burton et sa chère Ulla ont été écrabouillés, je suis la seule sur Terre à connaître l'existence de cette araignée blanche qui doit se cacher quelque part à l'intérieur de ce monstre métallique afin de diriger le carnage. C'est donc à moi, simple et faible jeune fille, qu'il incombe d'y mettre fin. Il se peut que je trouve la mort dans cette tentative, mais je ne dois pas laisser ma peur prendre le dessus. Non, je dois rassembler mon courage, comme on dit dans ce genre de situation, avoir foi en Dieu et me montrer aussi téméraire et déterminée qu'un martyr chrétien au temps jadis !

La machine a interrompu son œuvre misérable et une de ses solides pattes en fer s'est posée non loin de l'endroit où je me trouve. Si je parvenais à l'atteindre sans être vue, je pourrais grimper jusqu'à la première articulation, et de là jusqu'à l'articulation supérieure, et de là me faufiler à l'intérieur du corps métallique où, je suppose, se cache l'araignée pilote. Et si elle n'est pas plus grosse que la sale bestiole qui est sortie du crâne de sir Waverley sur Mars…

Je m'arme avec ce qui me tombe sous la main, puis je m'aventure au-dehors pour accomplir mon devoir.

Oh, comme j'aimerais que ce cher Jack soit à mes côtés !

CHAPITRE VINGT

OÙ NOUS RENTRONS À LA MAISON (HOURRAH !),
MAIS DÉCOUVRONS QU'IL EST PEUT-ÊTRE DÉJÀ
TROP TARD POUR SAUVER CETTE CHÈRE VIEILLE
ANGLETERRE DE LA VENGEANCE DES ARAIGNÉES.

Je fis une pirouette en arrière et découvris qu'un énorme trou irrégulier était apparu dans la coque, en hauteur, à l'arrière. Toutes sortes d'objets s'enfuyaient par cette ouverture en tourbillonnant – des casseroles, des boulets de canon, des tasses en fer émaillé et des débris de planches –, et dans l'éther d'encre, je vis la silhouette noire et hérissée d'épines du vaisseau des araignées passer dans un sifflement en laissant derrière lui une traînée de fumée, vestige de la bordée qu'il venait de lâcher.

– Saloperies de bestioles, ces araignées, commenta Mr Munkulus en me rattrapant juste avant que je suive le même chemin que les casseroles et les tasses. Elles nous ont suivis depuis les anneaux de Saturne !

– Le professeur Ptarmigan est fou, mais il n'est pas idiot, dit Mère en pointant un tuyau d'incendie sur un rouleau de corde qui se consumait, pendant que Yarg et Squidley actionnaient la pompe à eau. Il a deviné que nous prendrions la direction de Larklight et il en a fait autant.

– À vos postes ! hurla Jack, à moitié étouffé par la fumée. Ssil ! Vire de bord !

Mais la chanson du grand alambic s'était tue. Une fumée couleur lilas s'échappait de la salle de mariage qui avait soutenu le plus fort de l'attaque. Au milieu des épaisses volutes apparut Nipper, tenant entre ses pinces une Ssilissa dont le corps avachi laissait échapper des petits nuages de sang violet.

Pendant ce temps, à l'extérieur, entre les cornes pâles du croissant de Lune, le vaisseau des araignées tournait et tournait, se préparant à effectuer un deuxième passage pour envoyer une nouvelle bordée sur le pauvre *Sophronia* déjà estropié.

C'est alors que notre bateau à la dérive percuta, dans une sorte de craquement mou, les voiles de toile qui recouvraient Larklight et le beaupré s'enfonça entre les fils. Ma mère cria :

— Tout le monde dans la maison ! Entrons dans la maison ! Je crois que l'expression exacte est : « Sauve qui peut ! »

— En abandonnant le vieux *Sophronia* ? rugit Mr Grindle. Jamais !

— Cher Mr Grindle, expliqua Mère, qui ouvrait déjà l'écoutille avant, si nous restons à bord, les Premières vont certainement nous réduire en miettes alors que, si elles voient que nous sommes rentrés dans Larklight, elles délaisseront le *Sophronia* pour nous suivre à l'intérieur. Et là, peut-être aurons-nous plus de chances de les vaincre. Mr Munkulus, veuillez transporter ce pauvre sir Waverley, vous serez un amour.

Et donc, Mr Munkulus libéra de son hamac l'industriel toujours inconscient, puis il détacha de l'anneau fixé dans le mur les ficelles qui retenaient les Porcs Voltigeurs. Nous suivîmes tous ma mère en franchissant l'écoutille et en longeant les filets du beaupré. Bien entendu, le vaisseau des araignées qui nous surplombait vira de bord et quelques projectiles sifflèrent à nos oreilles au moment où nous atteignions le mur de toile. Mais Jack et ses camarades avaient déjà sorti leurs sabres et en moins de deux ils nous taillèrent un passage au milieu des filandres. Coup de chance : le *Sophronia* avait éperonné Larklight juste au-dessus de l'entrée principale. De fait, en transperçant la toile, la pointe du beaupré avait brisé la vitre du *dressing-room* de Père. Dès lors, ce fut un jeu d'enfant de se laisser glisser et d'ouvrir la grande porte d'entrée que ces idiotes d'araignées, trop sûres d'elles, n'avaient pas verrouillée !

Nous nous engouffrâmes dans le couloir. Tout était sombre ; quelques longs fils de soie se balançaient dans le vent qui entrait par la porte ouverte mais, à part cela, rien ne semblait avoir changé depuis le jour de l'arrivée de Mr Webster. Des morceaux de notre automajordome flottaient sous le plafond et les Porcs Voltigeurs qui étaient entrés avec nous s'empressèrent d'aller naviguer entre les débris pour renifler les miettes et les peluches en suspension ; avec leurs ficelles qui traînaient derrière eux, on aurait dit des ballons roses dans une fête foraine. Je me souvins que le professeur Ptarmigan m'avait expliqué que les Premières n'aimaient pas notre pesanteur terrestre et j'en déduisis qu'elles n'avaient pas rebranché le générateur de gravité pour des raisons de confort.

— Où sont passées toutes les araignées ? se demanda Mr Munkulus à voix haute en laissant sir Waverley Rain dériver dans le vide pour dégainer son sabre.

— Peut-être qu'elles ne sont pas là, dit Jack. Elles sont trop occupées à voyager dans l'espace à bord de leur vaisseau. Je suppose qu'elles ont juste laissé un équipage réduit pour garder cet endroit jusqu'à ce qu'elles trouvent la clé.

— Alors, où sont-elles ? demanda Nipper.

— Elles se cachent, répondit Grindle d'un air sombre. Elles s'y entendent pour se cacher, ces saletés.

— Elles attendent que leurs copines montent à bord pour pouvoir nous attaquer toutes ensemble, dit Jack.

Yarg et Squidley acquiescèrent en agitant leurs tentacules.

Mère s'approcha de la pauvre Ssil qui flottait en l'air pour essayer d'étancher le flot de sang qui se déversait de ses plaies.

– Oh, comme vous êtes fragiles, tous ! l'entendis-je murmurer avec tristesse.

Le son de sa voix réveilla Ssil qui remua et gémit de douleur. Son visage était rose pâle, maladif. Elle s'accrocha à la main de Mère et dit :

– Oh, Mrs Mumby, dites-moi juste une chose avant que je meure. Savez-vous quelle sorte de créature je suis ? J'ai éclos d'un œuf qu'on a découvert dérivant dans l'espace et nul ne sait qui l'a pondu. Avez-vous déjà vu d'autres créatures comme moi sur un des nombreux mondes que vous avez créés ?

Mère lui sourit très tendrement.

– Non, je n'ai jamais vu aucun de tes semblables, Ssilissa. Dans aucun des mondes de mon soleil. Je suppose que tu viens d'une autre galaxie. Mais tu ne vas pas mourir. Tu vas guérir et un jour, j'en suis sûre, tu retrouveras les tiens.

– Oh, les miens sont ici, répondit Ssil en regardant avec un léger sourire ses compagnons de bord, et plus particulièrement Jack. Je vous demandais cela par pure curiosité…

Sur ce, elle perdit à nouveau connaissance, au moment où les moteurs du vaisseau des araignées, qui venait de s'arrêter, émettaient un gémissement puissant et grave, nous rappelant le danger qui nous menaçait.

Mère adressa un signe de tête à Nipper pour qu'il la remplace dans le rôle d'infirmière et elle s'empara d'un parapluie qui s'était échappé du porte-parapluies installé au pied de l'escalier.

– Viens, Art, dit-elle. Jack et ses amis sauront retenir ces créatures. Nous allons descendre au cœur de cette maison.

Je lui pris la main et nous nous propulsâmes dans les escaliers de Larklight. Je ne savais pas ce qu'elle mijotait et, avant que j'aie le temps de lui poser la question, nous nous retrouvâmes face à une araignée particulièrement imposante et laide qui était tapie dans l'obscurité d'un palier. Jack nous avait mis en garde.

– Grrrrr ! fit la bestiole (ou quelque chose d'approchant) et elle se jeta sur nous, griffes en avant.

Ma mère esquiva habilement les serres acérées, plongea entre ses pattes et, maniant le parapluie à la manière d'une rapière, elle perfora à plusieurs reprises le ventre de la créature, non protégé, jusqu'à ce que celle-ci batte en retraite, en gémissant, dans la gueule sombre d'un conduit d'aération.

– Ça devient fatigant, soupira Mère en regardant les globules de sang d'araignée qui valsaient dans le vide, venaient éclater contre le plafond et aspergeaient le tapis. Dès que nous aurons sauvé le système solaire, Art, il faudra refaire la décoration.

À cet instant, des coups de pistolet et le fracas des sabres contre les griffes des araignées résonnèrent dans la cage d'escalier, provenant du hall où Jack et les autres essayaient de repousser le détachement d'abordage venu du vaisseau des Premières. Simultanément, nous entendîmes des chuchotements et des grattements de pattes qui remontaient le conduit d'aération. L'araignée mise en fuite par Mère avait dû descendre chercher des renforts parmi ses semblables chargées de garder notre maison, et elles revenaient en nombre !

– Vite ! dit ma mère en me poussant devant elle. Direction la machine à pesanteur !

Je compris tout à coup quelle idée elle avait en tête. Lorsque les pattes blanches d'une autre araignée jaillirent du conduit d'aération, Mère se retourna en brandissant son parapluie et elle s'écria, à pleine gorge :

– En garde !

Pendant ce temps, je m'enfonçai précipitamment dans les profondeurs de Larklight en m'accrochant aux rampes, aux manchons des lampes et aux tuyaux qui serpentaient le long des murs, pour me diriger vers la salle de la chaudière. Après toutes les étranges aventures que j'avais vécues, cet endroit bizarre avec ses mystérieux courants d'air et ses ombres qui dessinaient des formes mouvantes sur le sol me paraissait presque accueillant et je fus heureux de revoir l'énorme masse antique de la machine à pesanteur, comme si je retrouvais un vieil ami. Un tas de fils de soie pendaient tout autour et je remarquai de nombreuses empreintes de pattes dans la poussière sur le sol, mais aucune araignée en chair et en os, Dieu merci ! Quelques panneaux de la machine avaient été enlevés, faisant apparaître les rouages complexes du vieux mécanisme, mais je n'y prêtai pas attention. Je me précipitai vers le panneau de contrôle et j'actionnai les leviers comme je l'avais fait des centaines de fois pour réactiver la pesanteur.

Cependant, je réglai le curseur de façon que la machine bourdonnante produise une quantité de pesanteur deux fois plus importante.

« Si ces bestioles n'aiment pas la pesanteur de la Terre ou de Mars, me dis-je en tombant lourdement au sol, on va voir ce qu'elles pensent de ça ! »

En remontant l'escalier en colimaçon pour sortir

de la salle de la chaudière, je commençai à me demander si j'avais été aussi malin que je le croyais. Quand vous évoluez dans une pesanteur deux fois supérieure à la normale, vous avez l'impression de porter un costume de plomb, des chaussettes en granit et d'avoir sur le dos un sac rempli de fers à repasser, tout en essayant de garder une enclume en équilibre sur la tête. Quand j'atteignis le haut de l'escalier, j'étais essoufflé comme si je venais d'escalader le Mont Victoria. Mais là, je fus récompensé par une vision qui me redonna le moral. Mère toisait triomphalement le corps d'une araignée qu'elle avait embrochée avec son parapluie, tandis que deux autres bestioles qui semblaient avoir dégringolé du conduit d'aération gisaient maintenant sur le sol où elles s'agitaient inutilement car leurs pattes ne pouvaient rivaliser avec l'augmentation soudaine de la gravité.

– Joli travail, Art ! me lança-t-elle tout en s'empressant de ligoter les araignées avec des longueurs de toile avant de courir vers moi pour m'embrasser (nullement gênée, apparemment, par ce supplément de pesanteur).

Ensemble, nous remontâmes vers le hall. Les bruits de bataille avaient cessé et nous entendions Mr Grindle entonner un chant de victoire. Nous étions donc rassurés sur le sort de nos amis. C'était une bonne chose car l'enclume posée sur ma tête me paraissait de plus en plus lourde et Mère devait sans cesse s'arrêter pour attendre que je reprenne mon souffle.

C'est durant une de ces pauses, sur le palier situé juste en dessous du hall, que je remarquai, en jetant un coup d'œil autour de moi, une sorte de paquet à la forme étrange qui pendait au plafond, dans un coin où étaient tendues des toiles d'araignée. Je compris aussitôt de quoi il s'agissait.

– Oh, bon sang ! Oh, non ! C'est ce pauvre Père !

Mère se précipita et je la suivis en traînant la patte. Le temps que je la rejoigne, elle avait déjà arraché suffisamment de toile pour que j'aperçoive le visage de Père, affreusement pâle, comme mort.

– Il est… ?

Je n'osai pas prononcer le mot « vivant » ; c'était un espoir trop insensé.

– Je crois, répondit ma mère en caressant son cher visage et en redressant ses lunettes sur son nez. Les araignées pensaient certainement qu'il pourrait leur être utile.

Elle se dressa sur la pointe des pieds pour l'embrasser. Et parce que c'était une Façonneuse, à moins qu'il s'agisse simplement du pouvoir de l'amour, comme dans un conte de fées, les effets du venin d'araignée semblèrent se dissiper. Père remua, il marmonna quelque chose et ouvrit un œil.

– Amelia! s'exclama-t-il. Ah, c'est encore un rêve. Ou plutôt, une hallucination, produite par le venin de ces pseudo-*arachnidae* très intrigantes. Mais je dois dire que celle-ci est bien plus agréable que les autres.

– Edward chéri, je ne suis pas une hallucination, dit Mère et elle lui expliqua, tout en l'aidant à s'extirper de cette camisole de toiles d'araignée, qu'elle n'était pas morte, qu'elle avait simplement été capturée et emprisonnée par les Premières. Évidemment, il s'ensuivit une avalanche de baisers et de choses comme ça et ils échangèrent un tas de petits noms ridicules qui, franchement, ne s'imposaient pas. Parfois, les adultes m'étonnent.

Bref, je fus fort soulagé quand Père se sentit suffisamment bien pour se libérer de l'étreinte de Mère et venir vers moi.

– Art! dit-il en me prenant la main. Comme je suis heureux de te voir sain et sauf! Je craignais que ces bêtes t'aient... J'aime mieux ne pas dire ce que je craignais. Ce sont des spécimens fascinants, mais on n'a pas envie de les voir se promener dans la maison. L'une d'elles portait un chapeau et elle m'a réveillé pour m'interroger à propos d'une clé... Non, ce devait encore être un rêve. Mais... où est Myrtle ? J'espère que tu l'as protégée, comme je te l'avais demandé.

Je ne savais pas quoi répondre. Je n'ignore pas que c'est mal de mentir, mais je craignais, si je lui disais la vérité, que le choc provoque une rechute.

Heureusement, voyant que j'étais en mauvaise posture, Mère vola à mon secours.

– Je crains, dit-elle, que nous ayons égaré cette pauvre Myrtle. Notre prochaine tâche sera de la retrouver. Dès que nous serons certains que les Premières ont été vaincues, j'insisterai auprès de Jack Havock pour qu'il nous conduise sur Mars, où elle est censée se trouver, aux dernières nouvelles.

– Myrtle est sur Mars ? s'écria notre pauvre père, hébété, alors que nous remontions vers le hall à la suite de Mère. Et peut-on savoir qui est ce Jack Havock ?

– Un jeune homme fort courageux et bien de sa personne, répondit Mère. Je crois qu'il s'est pris d'affection pour notre Myrtle.

– Myrtle n'est-elle pas un peu trop jeune pour nourrir ce genre d'attachement ? demanda Père.

Mais il n'alla pas plus loin car nous venions de déboucher dans le hall où nous attendait un spectacle de dévastation.

Des araignées jonchaient le sol, certaines mortes et recroquevillées sur le dos, d'autres écrasées par le poids de la pesanteur, se débattant faiblement. Nos amis pirates subissaient eux aussi les effets de la pesanteur excessive, mais ils prenaient ça du bon côté ; assis sur les meubles du hall, ils pansaient leurs plaies et nettoyaient les lames de leurs sabres. En voyant Père, Jack Havock se leva péniblement : c'était la première fois que je le voyais faire montre de respect envers ses aînés. Hélas, il était couvert de la tête aux pieds de jus d'araignée et je crains qu'il n'ait pas fait très bonne impression sur Père. Ce dernier le dévisagea, puis il balaya du regard la bande de monstres disséminés dans le hall. Pour finir, il s'arrêta sur Ssil qui gisait par terre au pied de l'escalier et gémissait piteusement, pendant que Nipper et Grindle tentaient de la soigner.

– Pauvre créature ! s'exclama Père. À quelle espèce appartient-elle ? Et que diable lui est-il arrivé ?

– Personne ne sait ce qu'elle est exactement, votre honneur, répondit Nipper en saluant respectueusement avec sa pince.

– Elle s'est fait dégommer par une saleté de boulet de canon, précisa Grindle. Il l'aurait coupée en deux si elle n'avait pas pris l'habitude de porter ces drôles de jupes à plusieurs épaisseurs. Elles l'ont protégée du plus gros de la déflagration.

– Conduisez-la immédiatement dans mon bureau ! ordonna Père et je crois qu'il était soulagé de pouvoir s'occuper d'une Xénomorphe blessée car cela le dispensait de faire la conversation avec Jack Havock.

Nipper souleva Ssil dans ses pinces une fois de plus et, accompagné de Grindle, il s'élança dans le sillage de Père. Mère se tourna vers Jack et demanda :

– Et Mr Webster ?

Jack secoua la tête.

– Il était plus coriace que les autres, Mrs Mumby. Cette pesanteur était un supplice pour lui, mais il a quand même réussi à franchir la porte et son vaisseau l'a emmené. Il est retourné sur les anneaux de Saturne pour lécher ses plaies, je parie. Bon débarras !

Des gazouillements et un battement de tentacules aux couleurs vives attirèrent notre attention sur Squidley et Yarg qui surveillaient sir Waverley Rain. L'industriel commençait à bouger ; il plissa le front et ouvrit enfin les yeux. Il regarda autour de lui et poussa un cri d'effroi en découvrant les Jumeaux Tentacules penchés au-dessus de lui avec sollicitude. Sa stupeur fut telle qu'il roula sur la grande table du hall et tomba sur le sol, où il se retrouva entouré d'araignées mortes et estropiées.

– À l'aide ! À l'aide ! gémit-il.

Je le rejoignis en pataugeant dans la pesanteur sirupeuse. Il parut rassuré de voir un jeune être humain normal.

– Que se passe-t-il ? Savez-vous qui je suis ? J'exige de voir un représentant de la Couronne !

– Tout va bien, sir Waverley, dis-je. (Je le trouvai plutôt grossier, mais je restai patient avec lui car je me souvenais de ma stupéfaction lorsque je m'étais retrouvé au milieu de l'équipage de Jack en sortant du pot de la mite.) Vous étiez prisonnier des araignées, mais nous vous avons sauvé et...

Je me demandais s'il serait convenable d'évoquer l'éventualité d'une récompense lorsqu'une expression d'horreur se peignit sur le visage de sir Waverley.

– Les araignées ! cria-t-il en me saisissant les bras, de manière douloureuse. Ce traître de Ptarmigan ! La reine ! L'empire ! Il faut les alerter sur-le-champ !

– N'ayez crainte, sir Waverley, dit ma mère. Le plan des araignées a échoué. Larklight est sauvé.

– Larklight ? C'est quoi, ce truc ? Qui vous a parlé de Larklight ? C'est pour mon Crystal Palace qu'il faut s'inquiéter ! Savez-vous ce que veut faire ce sale traître de Ptarmigan ? Il a l'intention de transformer tout l'édifice en une sorte d'automate redoutable ! Vite, nous devons nous rendre à mon usine de Phobos pour interrompre immédiatement les travaux !

– Évidemment ! répondit gaiement Mère, nullement troublée par ce nouvel exemple de l'infamie des araignées. Nous allions justement partir pour Mars.

Je secouai la tête. Mère et sir Waverley étaient restés pendant si longtemps les prisonniers inconscients des Premières qu'ils avaient perdu la notion du temps.

– C'est trop tard, Mère ! On ne peut plus empêcher la construction du Crystal Palace ! Il a déjà été assemblé dans Hyde Park. D'ailleurs, une grande inauguration doit avoir lieu le 1er... Oh, mon Dieu ! C'est aujourd'hui !

CHAPITRE VINGT ET UN

> Extrait du poème de Lord Tennysson
> **ODE SUR L'URGENCE À LONDRES**
> Le titan de feu avançait avec fureur,
> La bête de cristal déferlait,
> Pauvre Londres, broyée dans son puissant sillage,
> Chaos libéré !
>
> Mais dans les cieux noircis,
> Un éclair de soleil doré,
> Le feu nourri s'éteignit,
> Et toutes les mains se levèrent.
>
> Quelle est cette apparition ?
> Demeure des anges, portée par des ailes de lumière !

OÙ IL SE PASSE UN GRAND NOMBRE DE CHOSES SENSATIONNELLES.

Je dois reconnaître une grande qualité à ma mère : elle ne se laisse pas facilement décourager. La plupart des gens, en apprenant qu'un automate diabolique piétinait littéralement Londres et dévastait le cœur de l'Empire britannique, auraient eu tendance à s'inquiéter, et même à paniquer. Pas ma mère. Je suppose que, quand vous êtes âgé de plusieurs milliards d'années, quand vous avez participé à la naissance du système solaire, quand vous avez vu toutes sortes d'espèces apparaître puis disparaître, vous apprenez à prendre ces petites mésaventures avec philosophie.

– Mon cher Jack, dit-elle en se tournant vers lui, combien de temps nous faudrait-il pour atteindre Londres à bord de votre navire ?

Jack secoua la tête.

– Impossible. La bordée tirée par les araignées a bousillé notre salle de mariage. Il faudra plusieurs semaines pour réparer et Ssil est la seule à pouvoir le faire.

– Très bien, dit Mère comme s'il s'agissait là d'un petit souci secondaire. J'avais espéré que Larklight resterait un secret, soupira-t-elle, mais je m'aperçois qu'il n'y a pas d'autre façon de mettre un terme à cette affaire. Demandez à votre équipage d'amarrer le *Sophronia* à l'extérieur de Larklight. Arthur, puis-je t'embêter encore en te demandant la clé ?

Je glissai la main sous ma chemise pour sortir le médaillon de Myrtle, que je tendis à ma mère. Puis, accompagnés de Jack et suivis de sir Waverley, nous redescendîmes les grands escaliers en prenant soin d'éviter les Porcs Voltigeurs qui se déplaçaient péniblement à hauteur de chevilles, écrasés par le poids de la pesanteur.

En arrivant dans la salle de la chaudière, Mère ouvrit un panneau que je n'avais jamais remarqué sur le côté du vieux générateur et dévoila un trou en forme de cœur, dans lequel elle introduisit le médaillon. La lueur bleutée apparut aussitôt. La machine à pesanteur vibra et son bourdonnement sourd se transforma en un son plus musical, grave et grondant, comme le souffle d'un gigantesque orgue d'église. Je me rapprochai un peu plus de Jack qui se tenait près de moi. Je savais que Mère veillerait à ce qu'il ne nous arrive rien, mais j'avais peur quand même. C'était plus fort que moi ; c'était comme si chacun de mes nerfs sentait qu'il y avait dans ce son quelque chose d'ancien, de puissant et de surnaturel.

Dans les profondeurs sombres de la salle de la chaudière, des parties de la machine à pesanteur qui n'avaient jamais bougé, que je croyais rouillées depuis longtemps, se mirent à tourner, à trembler et à rougeoyer ; elles ajoutèrent leurs propres notes au chant qui s'élevait. Cette salle était gigantesque, constatai-je, bien plus grande que je l'avais imaginé. Pas étonnant que les courants d'air paraissent si étranges par ici. J'étais caressé par des brises descendant de conduits chantants qui semblaient faire des kilomètres de long. Et sous nos pieds, ces étranges dalles modifiaient leurs motifs de plus en plus rapidement. Je me mis à imaginer qu'elles formaient des nombres, d'après un système qui n'avait pas été inventé sur Terre, et que leurs mouvements servaient à calculer une somme colossale et complexe. « Voilà comment les Façonneurs voyagent dans l'Univers… », songeai-je.

Soudain, j'eus l'impression de tomber dans le vide et j'agrippai la main de Jack.

Et puis, brusquement, le chant de Larklight s'atténua, peu à peu, jusqu'à devenir un murmure, un soupir, un écho. La lumière des étranges mécanismes mourut elle aussi et nous nous retrouvâmes dans la vieille salle de la chaudière, exiguë et envahie de courants d'air, face à la même vieille machine poussiéreuse.

– C'est quoi, le problème ? interrogea Jack.

– Il n'y a aucun problème, répondit Mère en ôtant le médaillon de la serrure pour le passer à son cou.

– Mais… il ne s'est rien passé ! m'exclamai-je.

– Oh que si, dit Mère.

– Oui, des lumières colorées et des bruits ridicules, grogna sir Waverley Rain. J'ai déjà vu de meilleurs trucages sur les scènes de théâtre. Franchement, ma brave dame, nous n'avons pas de temps à perdre avec ces divertissements. L'empire est en danger !

– Venez voir, dit Mère.

Alors que nous gravissions les premières marches de l'escalier, je remarquai que quelque chose avait changé, en effet. La pesanteur de Larklight ne m'écrasait plus comme un édredon rembourré de plomb; elle était redevenue quasiment normale. Dans le hall, Mr Munkulus et les Jumeaux Tentacules étaient occupés à ligoter les araignées survivantes au cas où elles profiteraient de cette modification pour tenter de reprendre les hostilités. Mais je leur prêtai à peine attention. Ce que je découvris, lorsque nous atteignîmes le haut de l'escalier, c'est que les toiles qui masquaient les vitres avaient été arrachées et qu'une lumière douce, d'un jaune pâle, se déversait à travers le verre sale.

Je parcourus le hall en courant pour ouvrir la porte. Je n'en crus pas mes yeux en découvrant le paysage qui s'étendait devant moi, alors que j'écartais quelques lambeaux de toile et avançais sur la plateforme au-dehors. Le ciel était bleu, parcouru de nuages blancs duveteux. Le Soleil, filtré par cette douce atmosphère, diffusait une lumière dorée et sucrée comme du vin de fleur de sureau. En dessous de moi, la Terre verdoyante s'incurvait dans la brume et un cours d'eau argenté, dont je devinais qu'il s'agissait de la Tamise, serpentait au cœur d'une ville immense.

Rétrospectivement, c'est rageant de penser que j'étais resté coincé dans la salle de la chaudière durant ce voyage miraculeux, sans pouvoir regarder par la vitre, alors que nous parcourions cinquante mille kilomètres en seulement quelques secondes. Dommage également que je n'aie pas été sur le plancher des vaches pour assister à l'apparition soudaine de Larklight au-dessus de Londres. Il y avait eu un éclair, paraît-il, et un immense coup de tonnerre, qui avaient surpris les témoins[*].

Mais, même si j'avais manqué le voyage, l'arrivée fut grandiose. Ouvrir la porte, sortir et découvrir l'Angleterre sous moi... Je n'aurais échangé cela contre rien au monde !

Évidemment, les autres furent prompts à me rejoindre : Mr Munkulus, Jack, Mère, les Jumeaux Tentacules, sir Waverley, Grindle et Nipper. Père lui-même apparut pour nous informer que Ssilissa était désormais hors de danger ; qu'elle dormait paisiblement. Mais est-ce que quelqu'un aurait l'obligeance de lui expliquer ce qui se passait, nom d'un

---

[*] Certaines personnes prétendent avoir vu de mystérieux ailerons de lumière dorée jaillir de la maison flottante. Le poète lauréat y fait allusion dans son *Ode sur l'urgence à Londres*, dans laquelle il écrit : « Quelle est cette apparition ?/ Demeure des anges, portée par des ailes de lumière ! » Mais en vérité, il se cachait sous une vieille baignoire en étain à Hyde Park Gardens à cet instant et il n'a pas pu voir tout ça de ses yeux, alors honte à lui !

chien ? Si vous aviez vu sa tête quand il se pencha par-dessus le garde-fou pour regarder Londres tout en bas.

Entre-temps, nous avions déjà remarqué, nous autres, qu'il se passait des choses inquiétantes dans la capitale de l'empire. À l'ouest, d'épaisses colonnes de fumée s'élevaient dans le ciel. Les cloches de la cathédrale Saint-Paul et de toutes les autres églises sonnaient. Ça ne ressemblait pas à des carillonnements joyeux ; on aurait plutôt dit qu'elles mettaient les Londoniens en garde contre une terrible menace, et peut-être qu'elles demandaient à Dieu d'intervenir. En dessous de nous, les rues ressemblaient à des rivières en crue, mais ce n'était pas de l'eau qui se déversait, c'était une foule d'individus paniqués qui tentaient de quitter la ville sinistrée !

– Et là-bas ! Oh, regardez ! À l'ouest, au milieu de ce bosquet d'arbres verts, là où les rouleaux de fumée sont les plus denses...

Une patte métallique crochue scintillait dans le soleil. Puis une autre...

Jusqu'alors, je n'avais pas pris le temps d'imaginer à quoi pouvait ressembler le Crystal Palace de sir Waverley. Maintenant, je l'avais devant les yeux, dans toute sa splendeur effroyable qui se dressait et se mettait à avancer d'un pas lourd : une araignée de la taille de la cathédrale Saint-Paul. Je la montrai aux autres et tous ensemble nous la vîmes se lever sur ses pattes arrière pour envoyer valdinguer un éther-navire qui passait à sa portée.

– Je crois qu'il faut faire quelque chose, déclara Mère, avec calme.

– Oui, mais quoi, Amelia ? Que peut-on faire ? s'exclama Père qui regardait avec effroi cette chose occupée à démolir un grand immeuble de Mayfair.

– Rien, voilà tout, répondit Jack Havock d'un air sombre. Je veux pas risquer ma peau en affrontant ce machin et je demanderai pas à mes compagnons de risquer la leur.

– Et l'empire, alors ? s'exclama sir Waverley.

– Je m'en fiche pas mal, de votre empire. C'est pour Myrtle que je m'inquiète. Au lieu de rester plantés là, à regarder cette foutue machine, on ferait mieux de foncer vers Mars pour la retrouver.

– Dans ce cas, dit Mère, je vais devoir me débrouiller sans vous.

Dans St James's Park, des petites boules de fumée semblables à des vesses-de-loup s'élevaient d'une batterie de canons. Larklight dériva vers eux en survolant Coram's Fields et les toits de Bloomsbury telle une gigantesque montgolfière. Nous passâmes au-dessus de l'Institut royal de xénologie, si près que Jack aurait pu, s'il l'avait souhaité, lâcher des pierres dans les cheminées de son ancienne maison, mais il boudait, alors je me gardai de lui faire cette suggestion. J'ignorais ce qui propulsait notre cher Larklight pour ce drôle de voyage mais, plus tard, en y réfléchissant, je me souvins d'avoir vu Mère, très concentrée, manipuler le médaillon de Myrtle, qu'elle portait maintenant autour du cou, et je me demandai si elle ne contrôlait pas notre progression à distance, par l'intermédiaire de cette étrange clé.

L'araignée de métal n'avait pas vu arriver Larklight, ou si elle l'avait vu, elle s'en fichait. Elle était trop occupée à détruire Buckingham Palace à coups de pattes, comme un sale garnement s'amuserait à saccager des châteaux de sable sur la plage. Larklight s'immobilisa au-dessus des canons de St James's Park. Mère se précipita à l'intérieur et réapparut peu de temps après avec un rouleau de corde et des bouts de bois qui étaient en fait les barreaux d'une échelle. Elle en fixa une extrémité à la balustrade du balcon et laissa pendre dans le vide l'autre bout qui se déroula, encore et encore, jusqu'à frôler l'herbe. Les gens rassemblés autour de l'artillerie levèrent les yeux et demeurèrent bouche bée en nous voyant descendre, Mère en premier, puis Père, puis moi. Suivis, à mon grand étonnement, de Mr Munkulus et du reste de l'équipage. Jack leur hurla de remonter, mais ils secouèrent la tête ou firent semblant de ne pas l'entendre. À l'exception de Mr Munkulus, qui lui lança :

– Il y a un travail à accomplir ici, capitaine Jack ! Et si on peut aider, on le fera.

Jack parut à la fois surpris et vexé, je pense, par cet acte de désobéissance.

– Je vais voir comment va Ssil, déclara-t-il et il disparut à l'intérieur.

Si vous aviez vu comme cette fichue échelle de corde se balançait dans tous les sens, tandis que nous quittions l'éclat du soleil pour nous enfoncer dans le brouillard cendreux de la fumée ! Les canons rugissaient, les bâtiments s'effondraient et l'araignée-automate, indifférente aux obus qui explosaient autour d'elle, continuait à piétiner sauvagement la résidence du duc de Wellington à Hyde Park Corner !

La première personne que je vis en sautant dans l'herbe fut le vieux duc en personne, que je reconnus à son grand nez crochu. Debout derrière les canons rugissants, il semblait fort mécontent de voir ainsi sa demeure piétinée. Il secoua sa canne dans notre direction et nous accusa tour à tour d'être des anarchistes, des extraterrestres, des espions français et je ne sais quoi encore. Heureusement, il avait beau crier aux soldats de nous passer les fers, ceux-ci étaient trop occupés à viser et à tirer avec leurs canons, et à maîtriser leurs chevaux, sans doute effrayés, je le crains, par l'apparition inattendue d'une énorme maison au-dessus des arbres.

Pendant que ma mère tentait de calmer le duc, un autre bonhomme émergea en boitant de la fumée, à l'extrémité ouest du parc. Il portait des vêtements civils, une étrange moustache et sa jambe droite était bandée avec des lambeaux de calicot ensanglanté. Il s'appuyait au bras d'une jolie Martienne.

– Ne vous inquiétez pas, monsieur le duc, dit-il en s'approchant. Je suis Burton, agent des services secrets, et je connais ces gens.

Le duc se calma en maugréant.

À mon grand étonnement, l'homme se tourna ensuite vers moi et dit :

– Art Mumby, je présume ?

– Oui, sir. Voici mon père et ma mère.

L'étranger voulut s'incliner, mais il faillit s'écrouler et sa compagne le fit asseoir dans l'herbe pour s'occuper de son bandage de fortune. Sa jambe était dans un triste état, apparemment, mais il supportait vaillamment la douleur.

– Je suis rudement content de vous voir tous vivants, dit-il. Votre fille, Myrtle, m'a laissé entendre que vous aviez péri de manière horrible, victimes des machinations de ces sales bestioles.

– Vous avez vu Myrtle ? s'exclama Père.

– Elle a fait le voyage avec nous depuis la planète Mars, expliqua Mr Burton. Hélas, nous avons été séparés quand tout ce tohu-bohu a commencé. Mais je suis sûr qu'elle va bien.

– Comment pouvez-vous en être sûr ? criai-je. Comment pouvez-vous être sûr de n'importe quoi sur ce champ de bataille ? Où est-elle ? Où l'avez-vous vue pour la dernière fois ?

Mère me prit le bras.

– N'aie crainte, Art. Si Myrtle a un peu de jugeote, elle se cachera quelque part. Nous devons d'abord mettre fin aux agissements de cet automate, avant de partir à sa recherche.

Pendant ce temps, Mr Burton, les mains en visière pour protéger ses yeux de l'éclat enfumé du soleil, examinait la maison qui flottait au-dessus de lui.

– Je suppose qu'il s'agit de Larklight ? Je me doutais que cette demeure avait quelque chose de spécial quand Myrtle m'a raconté à quelles extrémités s'étaient livrées nos amies arthropodes pour tenter de s'emparer de la clé. J'aimerais beaucoup savoir comment vous avez fait pour la conduire jusqu'ici si promptement.

– Larklight possède un moteur d'origine extraterrestre, expliqua prudemment Mère, mais je devinais, en voyant pétiller son regard, qu'elle aimait bien ce gentleman et qu'elle était encline à lui faire confiance. Je crois, ajouta-t-elle, qu'il fonctionne grâce à une combinaison de champs gravitationnels.

Mr Burton hocha la tête d'un air songeur, jeta un coup d'œil derrière lui au moment où l'automate déchaîné broyait Marble Arch sous une de ses pattes, et dit :

– Je me demande si ces champs gravitationnels ne pourraient pas servir également à mettre un terme aux sinistres jeux du Crystal Palace ? Il semble insensible à nos obus et à nos balles, et c'est très agaçant.

– Hélas, répondit Mère, ce serait beaucoup trop dangereux. La machinerie de Larklight est conçue pour déplacer les planètes et les lunes, pas pour écraser des araignées. J'ai bien failli fendre en deux cette chère vieille Lune quand je m'en suis servie pour nous conduire ici. En utilisant cette machinerie ici, à Hyde Park, je pourrais provoquer un terrible désastre.

Mr Burton prit un air grave. Père se tordait nerveusement les mains ; il voulut savoir si quelqu'un avait essayé de raisonner le Crystal Palace. Ne serait-ce pas préférable à cette fusillade tapageuse ?

Grindle leva les yeux, pencha la tête sur le côté, dressa une oreille parcheminée et demanda :

– C'est quoi, ça ?

Quelques secondes plus tard, nous l'entendîmes nous aussi : un gémissement de moteurs alchimiques.

Au-dessus des toits, un éther-navire arriva en trombe. C'était un vaisseau que nous connaissions tous : hérissé de piquants comme une bogue de marron et noir comme le péché, encore fumant après sa descente précipitée à travers l'atmosphère terrestre.

Les canonniers cessèrent de tirer et levèrent tous la tête pour regarder le vaisseau survoler l'herbe non loin de là. Derrière eux, la foule s'était clairsemée car certains spectateurs ayant remarqué que les canons demeuraient inefficaces, ils avaient décidé de fuir avant que le Crystal Palace ne vienne les piétiner. Mais les quelques personnes encore présentes pointèrent le doigt et lâchèrent des « Ça alors ! », tandis que le vaisseau extraterrestre se posait sur une parcelle d'herbe roussie. Une écoutille s'ouvrit sur le côté.

Je m'attendais à voir débarquer des araignées, mais je vis apparaître une forme humaine, très élégante, habillée de vêtements en toile d'araignée. J'avais failli oublier le professeur Ptarmigan ! Il leva les mains pour montrer qu'il venait en paix et il marcha vers nous dans l'herbe.

– Bonjour à tous ! lança-t-il. (Il s'inclina devant Mère.) Bonjour, Mrs Mumby. J'étais tout là-haut, en orbite, pour savourer le spectacle, lorsque j'ai vu arriver votre maison volante. Quelle surprise ! J'avais presque renoncé à m'en emparer après que vous avez triomphé de Mr Webster et de ses amis ce matin, et voilà que vous me l'apportez sur un plateau, comme un cadeau pour fêter mon retour au pays ! C'est adorable !

– Vous n'aurez jamais Larklight, déclara Mère d'un ton doux mais très ferme.

– Nous verrons bien ce qu'en pensent ces messieurs, ricana le professeur Ptarmigan.

Il haussa la voix pour s'adresser aux canonniers, au duc et à ses domestiques, qui se tenaient toujours derrière lui :

– Je suis le professeur Ptarmigan, ancien membre de l'Institut royal de xénologie. C'est moi qui ai construit cet automate qui est en train de piétiner votre ville. Je peux l'arrêter. D'une seconde à l'autre, si vous le souhaitez. Mais il y a un prix à payer. Je veux ça !

Il leva une main décharnée vers le ciel, là où Larklight flottait au-dessus de la fumée. Certains canonniers suivirent son geste des yeux, mais le duc, appuyé sur sa canne, observait attentivement le professeur Ptarmigan.

– Ne l'écoutez pas ! criai-je. Il est de mèche avec les

araignées qui ont construit cet automate ! Il veut écraser le système solaire tout entier et il se servira de Larklight pour atteindre son but si vous le laissez faire !

Le professeur Ptarmigan éclata de rire.

– Balivernes ! Mon cher Art, cette histoire larmoyante que je t'ai racontée sur Saturne était destinée à tromper Mr Webster. J'ai fait croire aux Premières que j'étais de leur côté mais, en vérité, je ne m'intéresse pas plus à leur empire qu'au tien. J'avais juste besoin d'elles pour enclencher mon plan. Quelle autre race pouvait me fournir un éther-navire, des guerriers déterminés et l'aide dont j'avais besoin pour réaliser mon projet ? Je n'ai aucune envie de pulvériser les mondes ; je veux seulement les dominer. Une fois maître de Larklight, avec des engins de ce genre pour exécuter mes ordres (il agita la main pour désigner le Crystal Palace qui s'était rapproché pendant qu'il parlait et toisait maintenant, silencieusement, les ruines de Buckingham, comme s'il écoutait son maître), tout deviendra possible ! Les humains comme les araignées seront mes esclaves !

– Ce pauvre homme est complètement toqué, commenta le duc de Wellington d'un ton bourru.

– Soit ! s'écria le professeur Ptarmigan.

Tout se passa si vite que je ne sais pas comment il s'y prit, mais il s'élança, m'agrippa par le col et me plaqua contre lui, il glissa la main dans la poche de sa veste en toile d'araignée, en sortit un pistolet, colla le canon dur et froid sous mon menton et lança :

— Donnez-moi la clé, Mrs Mumby. Donnez-moi la clé, espèce de sorcière ou je tue ce garçon !

— Oh, Art ! se lamenta ma mère. Oh, Art !

Elle serrait le médaillon dans son poing et des larmes coulaient sur ses joues. Ce devait être une torture pour elle : avoir un tel pouvoir à sa disposition et se sentir si impuissante. Car que pouvaient tous les moteurs et les machines de Larklight face à un petit pistolet dans la main d'un fou ?

Mère ouvrit le fermoir du médaillon. Et elle avança en le tenant dans sa main tendue. Je sentis le professeur Ptarmigan frémir de plaisir ; il savourait sa victoire et j'espérais que, sous l'effet de l'excitation, il n'allait pas presser sur la détente accidentellement.

— Non, ne lui donne pas, maman ! parvins-je à crier.

Je n'avais aucune envie de mourir, mais je ne pouvais supporter l'idée que ce dingue de professeur Ptarmigan puisse prendre le contrôle de tout le système solaire à cause de moi !

— Pas de précipitation, madame, ajouta Mr Burton.

— Vous parlez à votre aise, sir ! rétorqua Père. Ce n'est pas votre fils !

— Tuez-les ! brailla le duc de Wellington dont la patience était à bout. Tuez-moi cette bande de misérables !

Mais personne ne lui obéit, heureusement. Mère et moi nous tenions entre le professeur Ptarmigan et les soldats, et aucun d'eux n'avait envie de tirer sur une femme et un garçon. Mère continuait d'avancer lentement ; le médaillon scintillait dans sa main, ses yeux gris étaient fixés sur le visage du professeur Ptarmigan comme si elle essayait de l'hypnotiser. Ou comme si (compris-je tout à coup) elle voulait l'empêcher de voir ce qui se passait derrière lui...

Avec un cri sauvage de pirate, Jack Havock, descendu du ciel, sauta sur le savant fou. En regardant par les fenêtres de Larklight, il avait vu ce qui se passait et s'était aperçu qu'il n'avait pas le cœur de nous abandonner à notre sort, finalement. Il était venu à mon secours ! Il n'avait pas eu le temps de descendre par l'échelle de corde, bien évidemment, ça n'allait pas assez vite, alors il avait sauté. Mais pour ralentir sa chute, il avait entraîné avec lui tous les Porcs Voltigeurs du *Sophronia* ! Ils formaient au-dessus de lui un gros nuage rose qui poussait des couinements affolés. Jack tenait fermement leurs cordes tel un vendeur de ballons.

Il décocha un coup de pied dans le pistolet de Ptarmigan, si bien que lorsque le coup de feu partit – bang ! – le canon était pointé vers le ciel et il ne fit aucune victime. (Plus tard, nous découvrîmes que le projectile avait pulvérisé la fenêtre d'un débarras situé sous Larklight.) Le professeur Ptarmigan poussa un cri de fureur et essaya de pointer son arme sur

Jack, mais celui-ci était trop rapide. Il lâcha les cordes et se laissa tomber sur le sol en faisant une galipette. Le troupeau de Porcs Voltigeurs effrayés passa devant Ptarmigan en le bousculant et les extrémités de leurs cordes lui cinglèrent le visage, alors qu'il tentait de viser Jack. Ébranlé, il lâcha son pistolet. Avant qu'il puisse le ramasser, le capitaine des pirates s'était relevé. Sous les applaudissements de ses compagnons de bord. D'un uppercut, il déséquilibra Ptarmigan et, tandis que celui-ci reculait en titubant, une énorme forme blanche jaillit des traînées de fumée.

J'avais totalement oublié Mr Webster. Je l'imaginais prisonnier à bord de son vaisseau, terrassé par la pesanteur terrestre. Mais le chef des araignées était d'une étoffe plus solide que ça. Malgré la forte gravité qui pesait sur lui, il avait réussi à s'extirper de Larklight et il était largement assez fort, même sur Terre, pour se venger du scélérat qui l'avait trahi.

– Alors comme ça, c'était un discours destiné à me tromper ? rugit-il en saisissant le professeur Ptarmigan entre ses pattes avant et en le secouant. Les araignées deviendront vos esclaves, elles aussi, hein ? (Il avait dû entendre toutes les paroles de Ptarmigan, voyez-vous, et il était fort mécontent de découvrir qu'il n'était qu'un pion dans le projet du savant fou.) Vous aviez besoin de nous uniquement pour enclencher votre plan, c'est ça ? cria-t-il d'une voix stridente. Et après avoir jeté dans l'herbe le pauvre Ptarmigan qui geignait, il leva au-dessus de lui une de ses grandes griffes scintillantes, telle l'épée de Damoclès, prêt à le clouer au sol.

À la surprise générale, Jack se précipita entre les pattes de l'araignée, agrippa le professeur Ptarmigan par un pied et le tira sur le côté juste avant que la griffe ne s'abatte sur lui. Aussitôt, Grindle, Mr Munkulus et moi provoquâmes un tel raffut en braillant, tout en agitant nos sabres, les tentacules des Jumeaux crépitèrent avec une telle énergie, que Mr Webster tressaillit et laissa échapper l'occasion de transpercer d'un seul coup Jack et Ptarmigan.

Jack me rejoignit, le souffle coupé et traînant le professeur Ptarmigan qui était aussi pâle qu'une pâte à pain pas cuite et aussi tremblant qu'un sabayon.

– Il fallait que je l'aide, déclara Jack. Il a été bon avec moi quand j'étais petit.

Pendant ce temps, Mr Webster s'était ressaisi. Il se redressa de toute sa hauteur et nous toisa sur ses longues pattes arrière; ses griffes et ses grappes d'yeux brillaient. Il désigna l'extrémité du parc, où le Crystal Palace automate avait interrompu son carnage et il l'appela dans son langage fait de cliquetis, sans doute pour lui indiquer qu'il restait par ici quelques humains insolents et divers xénomorphes qui attendaient qu'on les écrabouille. L'automate réagit immédiatement en levant ses grandes pattes en acier, l'une après l'autre, pour marcher vers nous d'un pas lourd mais précipité, en se balançant, comme rendu fou furieux à l'idée de nous tuer. Alors que le sol se mettait à trembler sous nos pieds, Mr Webster se tourna et nous observa tous : les pirates de l'espace braillards, les canonniers qui braquaient fiévreusement leurs pièces d'artillerie sur lui, mon père et ma mère qui s'étreignaient dans l'ombre de Larklight, et il dit d'un air suffisant :

– Vous nous avez vaincus pour le moment, mais les Premières finiront par triompher ! Votre victoire n'est que temporaire et aucun de vous ne vivra assez longtemps pour la savourer !

Mais il se trompait, évidemment. Car au même instant, les voiles de fumée qui flottaient au-dessus de nous s'écartèrent et une des énormes pattes métalliques du Crystal Palace s'abattit sur Mr Webster. Il leva la tête, juste à temps pour voir cette masse colossale descendre vers lui et il s'écria :

– Oh, nom de…

Je crois qu'il aurait proféré un très vilain juron s'il avait eu le temps d'achever sa phrase.

Il y eut un gargouillis lorsque le pied l'écrasa comme

une crêpe, puis le silence. Nous regardions tous l'imposante structure arachnéenne qui nous dominait. Elle semblait ne plus avoir l'intention de bouger. Et, soudain, nous vîmes s'ouvrir une trappe sous le ventre de la créature. Une petite forme humaine, en haillons, se faufila à l'extérieur et descendit vers nous en s'accrochant tant bien que mal à une des pattes immobiles.

— C'est Myrtle ! m'exclamai-je.

— Myrtle ? répéta Jack, hébété, car il croyait qu'elle se trouvait toujours sur Mars, évidemment.

— Le gentleman à l'étrange moustache l'a conduite jusqu'ici, expliquai-je, mais Jack ne m'écoutait pas.

Il se fichait pas mal de savoir comment elle était arrivée ; il était heureux de la voir, voilà tout.

— Elle va tomber et se rompre le cou ! s'écria Père.

— Non, pas Myrtle, dit Jack Havock avec un large sourire face au cran de ma sœur. Vous ne pouvez pas imaginer tout ce qu'elle peut endurer.

Néanmoins, Mère porta la main au médaillon qui pendait toujours à son cou et Larklight se remit en marche, tout doucement, comme un nuage d'été, et s'immobilisa près de l'araignée mécanique. Myrtle put ainsi se saisir de l'échelle de corde, qui lui permit de descendre jusqu'à nous.

— C'est la folle qui s'est assise sur le ventre de Sa Majesté ! tonna le duc de Wellington en la montrant avec sa canne, tandis que Myrtle approchait du sol. Bon sang, c'était donc elle qui contrôlait cet engin !

– Non, non ! m'écriai-je, convaincu qu'il devait y avoir une autre explication car je savais que ma sœur n'était pas le genre de fille qui piétine sans motif les monuments publics.

Je pense que le duc aurait ignoré mon intervention mais, fort heureusement, Mr Burton se rangea à mes côtés.

– Je suppose que la machine était contrôlée par une version miniature de cette monstrueuse araignée qui vient d'être écrasée sous nos yeux, une bestiole à peine plus grande que votre main, conçue spécialement pour supporter la pesanteur terrestre. J'aurais pu tenter de la mettre hors d'état de nuire, mais il semblerait que cette courageuse jeune femme m'ait devancé…

Ma sœur sauta dans l'herbe et s'écria :

– Oh, cher Mr Burton, comme je suis heureuse que vous n'ayez pas été piétiné ! Vous avez raison, il y avait bien une horrible petite araignée à l'intérieur, semblable à celle qui contrôlait le faux sir Waverley. Je l'ai écrasée avec un exemplaire du *Times* roulé. Et puis, alors que je me demandais comment redescendre, j'ai vu cet épouvantable Mr Webster qui vous menaçait. Franchement, je ne sais pas comment j'ai réussi à diriger l'automate vers vous et à écraser ce monstre. Sans doute que le désespoir m'a aidée à me concentrer. Mais pas question de recommencer. Ce n'est pas une occupation digne d'une jeune femme…

Puis elle regarda au-delà de Mr Burton et fut étonnée de me voir, et plus étonnée encore de voir Père, et encore plus étonnée de voir Mère. Il s'ensuivit une débauche d'étreintes et d'explications précipitées. C'était un sentiment étrange de penser que nous l'avions comptée et qu'elle nous avait comptés parmi les morts. Pendant ce temps, le récit de son exploit se répandait comme une traînée de poudre parmi les gens présents dans le parc et les canonniers entonnèrent *For She's a Jolly Good Fellow*, accompagné de « Hourrah ! » et ils lancèrent en l'air leurs petits chapeaux. Finalement, Myrtle reporta son attention sur Jack Havock qui assistait timidement à nos retrouvailles, au milieu de son équipage, dans un coin.

– Oh, Jack !
– Oh, Myrtle !

Je ne peux me résoudre à décrire ce qui se passa ensuite. Raconter des histoires d'araignées géantes et de mites mangeuses d'hommes, c'est une chose, mais certains spectacles sont trop écœurants, même pour le plus courageux des jeunes Britanniques, et la manière gnangnan dont Jack et ma sœur se précipitèrent l'un vers l'autre pour se câliner et s'embrasser en fait partie.

ÉPILOGUE

Mon récit est presque achevé (comme disent les vrais écrivains) ; il ne me reste plus qu'à vous raconter ce qui arriva ensuite.

Plusieurs semaines se sont écoulées depuis ces événements extraordinaires de Hyde Park. Les travaux de déblaiement et de reconstruction de Londres ont débuté et de nombreuses prières de remerciement ont été adressées à la bienveillante Providence qui a permis à ma sœur d'arrêter le Crystal Palace avant qu'il transforme en ruines toute la capitale, grâce à quoi personne ne fut sérieusement blessé lors de cette catastrophe. (La reine et le prince Albert, pour lesquels Myrtle se faisait un sang d'encre, ont été découverts cachés sous une barque renversée, sur une petite île du parc.)

Larklight a retrouvé son orbite solitaire au nord de la Lune. Il ne l'a pas rejointe en un éclair, porté par des ailes de lumière mystiques, mais lentement, tracté à l'aide de remorqueurs de l'espace qui nous ont été prêtés par la London Corporation afin de nous remercier d'avoir sauvé la ville. Plus jamais il ne voyagera dans l'éther à une telle vitesse, au mépris des lois de la physique, car Mère a demandé à l'équipage de Jack de l'aider à démolir les étranges machines des Façonneurs installées dans la salle de la chaudière, et sir Waverley Rain (un charmant gentleman au demeurant, quand on le connaît) a accepté de les faire fondre dans les fourneaux d'une de ses usines, dans le nord.

Tout le monde était désolé de voir leurs secrets disparaître dans les flammes, mais Mère refusa d'écouter un seul argument.

– Maintenant que le monde sait qu'un tel pouvoir existe, dit-elle, nous ne connaîtrions plus le repos. Il y aurait toujours quelqu'un pour tenter de s'emparer de Larklight et de s'en servir à des fins égoïstes, que ce soient des araignées, des anarchistes ou des agents du tsar. Voilà pourquoi je veux détruire ces vieilles machines pour toujours. Ainsi, Larklight redeviendra une maison, tout simplement.

Mais évidemment, Larklight ne sera jamais une maison comme les autres. C'est la nôtre. Nous avons un nouveau générateur de pesanteur – le tout dernier modèle de chez Trevithicks, et toute une équipe d'auto-domestiques, les plus performants de chez Rain & Co, offerts par sir Waverley. Nous sommes en train de réparer les toits, nous avons enlevé les vieux tapis et redécoré les chambres, sans parler d'un tas d'autres améliorations. Car nous avons les moyens maintenant.

Vous vous souvenez sans doute qu'un grand nombre d'araignées provenant du vaisseau de Mr Webster étaient restées à Larklight, handicapées par notre pesanteur, mais vivantes. Eh bien, figurez-vous que Père a été chargé par l'Institut royal de xénologie de les étudier et il a reçu pour ce faire une coquette bourse. Il les a baptisées *Tegenaria saturnia* et il espère que, grâce à ses études, nous pourrons un jour faire la paix avec leur étrange race. Mais, en attendant, nous continuons à nous méfier des Premières.

Quant au professeur Ptarmigan, il a été enfermé dans un établissement réservé aux fous dangereux, installé sur une île solitaire au milieu d'un lac écossais. Là-bas, parmi la bruyère et le porridge, nous espérons sincèrement qu'il finira pas comprendre ses erreurs.

Jack et son équipage se sont installés à Larklight, le temps d'achever les réparations du *Sophronia*. Quand les gens ont découvert qui ils étaient, cela a provoqué un scandale. Des gentlemen se sont levés au Parlement afin d'exiger qu'ils soient arrêtés pour piraterie. Les propriétaires du *Sophronia* ont réclamé que celui-ci leur soit rendu. Sir Launcelot Sprigg a annoncé son intention d'intenter un procès pour réclamer des dommages et intérêts car, à cause du tintamarre provoqué par Jack et ses amis quand ils s'étaient enfuis de Russell Square, sir Launcelot avait perdu son poste et était devenu la cible de dessins satiriques et l'objet d'une chanson de cabaret très populaire.

Mais Mr Burton (sir Richard Burton désormais, en récompense de l'excellent travail effectué sur Mars) a calmé tout ce beau monde. Il a souligné que, contrairement à une idée fort répandue, Jack et son équipage n'avaient jamais fait de mal à personne. Il a rappelé aux dirigeants de la compagnie de navigation que le

Sophronia était destiné à la casse quand Jack l'avait volé. Et il a conseillé à sir Launcelot de ne pas être mauvais joueur. Après cela, il a pris Jack à part et lui a suggéré de rester capitaine du *Sophronia*, tout en travaillant pour lui en tant qu'agent de renseignements.

– Car l'humanité ne cesse de s'étendre, Jack, a-t-il dit, et qui sait quelles menaces, quels périls nous risquons de rencontrer dans les contrées sauvages de l'espace ? Vous pourriez nous aider à les combattre avec votre équipage.

Au début, Jack a fait la moue. Il est d'un tempérament rebelle et s'est toujours considéré comme l'ennemi de la Grande-Bretagne, aussi dut-il être surpris lorsqu'on lui demanda de la servir. Mais il sait que nul n'a intérêt à laisser rôder en toute liberté des monstres comme les Premières. En outre, il veut que son *Sophronia* continue à voler et il tient à conserver son équipage. Maintenant que leur existence de pirates est terminée, ils doivent trouver une autre façon de gagner leur vie. Alors, il a accepté, il a serré la main de sir Richard et c'est ainsi qu'il est devenu, de temps à autre, Jack Havock, agent des services secrets.

Je suis assis là, à Larklight, une énorme pleine lune se reflète dans les fenêtres du salon. Mère et Père bavardent tranquillement dans un coin. Ils ont beaucoup de choses à se raconter, évidemment. Ce pauvre

Père avait été affligé d'apprendre que sa chère épouse était en réalité une créature âgée de quatre milliards et demi d'années, venue d'une autre étoile, mais il semble s'habituer à cette idée, d'autant que Mère peut ainsi lui expliquer toutes sortes de secrets sur la nature de la vie. Présentement, il se passionne pour un phénomène qu'il appelle « l'évolution ».

Les fleurs de l'espace de Mère chantonnent dans la véranda et leurs voix étranges s'harmonisent avec *Chant d'oiseau au crépuscule* que Myrtle joue au pianoforte. Myrtle fait très distinguée comme ça, elle est réservée, presque jolie (mais je suppose que nous découvrirons une autre facette de sa personnalité quand elle s'apercevra que j'ai recopié des passages entiers de son journal intime). Même sa façon de jouer du piano s'est améliorée, sans doute parce qu'elle est amoureuse. En tout cas, cela semble plaire à Jack, penché au-dessus du pianoforte pour l'écouter et tournant les pages de la partition quand elle le lui demande. En revanche, cela ne plaît pas du tout à Mr Grindle ou à Mr Munkulus ; je vois bien qu'ils ont hâte de pouvoir mettre la main sur cet instrument pour nous offrir une bonne vieille chanson de marin entraînante.

Ssilissa, qui s'est rétablie, fait griller des muffins et des Mars-mallows près du poêle. Par moments, elle lance quelques miettes à nos Porcs Voltigeurs qui ont émergé des recoins où ils s'étaient cachés pendant que les Premières occupaient les lieux et ont repris leur tâche qui consiste à maintenir Larklight propre. (Ils sont copains comme cochon avec les Porcs Voltigeurs du *Sophronia* et nous avons maintenant plusieurs portées de porcelets roses et grassouillets.) Ssil est très séduisante… pour un lézard bleu et Mrs Burton l'a conduite chez un bon tailleur de Knightsbridge pour lui faire confectionner des vêtements plus adaptés à son physique de saurien. Les Jumeaux Tentacules sont sur le toit ; ils attrapent des Ichtyomorphes pour notre dîner, et mon ami Nipper somnole près de moi sur le canapé. À vrai dire, je me sers de sa carapace en guise d'écritoire.

Voilà l'image avec laquelle je vous laisse, l'image de la vie à Larklight. Nul doute, comme le dit sir Richard, que toutes sortes de menaces et de périls nous attendent et qui sait quelles horreurs venues des profondeurs de l'espace volent vers nous en ce moment même ? Je suis certain que je trouverai bientôt d'autres aventures à vous raconter…

Mais avant cela, je vais déguster un muffin tout chaud avec du beurre et une bonne tasse de thé.

Table des matières

1. Où l'on nous informe de l'arrivée imminente d'un visiteur. *5*
2. Où Myrtle fait un peu de ménage et où débutent nos effroyables aventures. *21*
3. Où nous réussissons à nous enfuir, pour nous retrouver à la dérive dans l'espace indifférent. *37*
4. Comment nous arrivâmes sur la Lune et ce qui nous y attendait. *47*
5. Où nous nous retrouvons emprisonnés dans la Plaine des Pots et confrontés à un destin sinistre (une fois de plus). *58*
6. Où nous montons à bord du Sophronia et où je fais une remarquable découverte concernant le mariage chimique. *71*
7. Où nous rencontrons les gentlemen de la Royal Navy de Sa Majesté. *90*
8. Où Myrtle et moi savourons notre petit déjeuner avec nos nouveaux camarades. *101*
9. Où nous atterrissons sur l'étoile du Berger. *113*
10. Brève digression au cours de laquelle nous apprenons certains faits relatifs à la vie et aux aventures de Jack Havock. *131*
11. Extrait du journal de Miss Myrtle Mumby. *171*

12. Laissant Myrtle inconsciente sur la Planète rouge, nous retrouvons le récit de son jeune frère héroïque, dans lequel est décrit le port franc de Ph'arhpuu'xxtpllsprngg, et où Jack Havock et moi plongeons dans les courants venteux. *201*

13. Où je converse avec le grand orage. *224*

14. Nouvelle plongée dans le journal intime de ma sœur, qui sera sans doute accueillie avec soulagement par les personnes sensibles, comme une sorte de pause et une occasion de souffler après mes aventures excitantes et presque insoutenables. *254*

15. Où nous sommes confrontés à de nouveaux périls au milieu des anneaux vides de saturne. *269*

16. Où nous pénétrons dans la grande forteresse des Premières et où nous faisons plusieurs découvertes intrigantes. *288*

17. Où sont décrits des projets visant à améliorer notre système solaire. *302*

18. Où je découvre l'étrange vérité au sujet de ma mère. *330*

19. Autre extrait du journal intime de ma sœur contenant le récit authentique de son rôle dans les tristes événements survenus récemment à Hyde Park. *343*

20. Où nous rentrons à la maison (hourrah!), mais découvrons qu'il est peut-être déjà trop tard pour sauver cette chère vieille Angleterre de la vengeance des araignées. *358*

21. Où il se passe un grand nombre de choses sensationnelles. *375*

Épilogue *401*

Philip Reeve
L'auteur

Né en 1966 à Brighton, en Angleterre, **Philip Reeve** habite aujourd'hui avec sa femme et leur fils dans le comté de Dartmoor. Il a été libraire, illustrateur de grand talent puis auteur à succès. Avec *Mécaniques fatales*, paru en 2001, il se lance dans une tétralogie steampunk époustouflante couronnée de nombreux prix. Véritable Jules Verne contemporain, écrivain éclectique et plein d'humour, Philip Reeve sait aussi bien créer des mondes fantastiques, comme dans *Planète Larklight*, que s'approprier des univers légendaires, tel celui du roi Arthur et des chevaliers de la Table ronde, qu'il a revisité dans un roman pour adolescents : *Arthur, l'autre légende*, récompensé par la prestigieuse Carnegie Medal.

Du même auteur chez Gallimard Jeunesse
FOLIO JUNIOR
1. *Mécaniques fatales*, n° 1443
2. *L'or du prédateur*, n° 1456
3. *Machinations infernales*, n° 1512
4. *Plaine obscure*, n° 1533
Qui a peur des dragons ? n° 1640

SCRIPTO
Arthur, l'autre légende

GRAND FORMAT LITTÉRATURE
1. *Planète Larklight*
2. *L'Hôtel étrange*

L'auteur et l'illustrateur recensent une nouvelle espèce de plantes lorgneuses.

David Wyatt
L'illustrateur

David Wyatt a été exclu de la Confrérie préraphaélite au motif qu'il était « un peu bizarre », mais il demeure un des meilleurs illustrateurs actuels. Il vit et travaille dans une vieille maison située dans un cimetière du Devonshire, où il est souvent dérangé par les esprits remuants qui viennent frapper à sa porte pour se plaindre du fait qu'il joue du luth en pleine nuit, entre autres excès de type bohème. Il a illustré des auteurs tels que Mr Tolkien, Mr Pratcher, Mr Pullman, Mrs Wynne-Jones et bien d'autres de la meilleure espèce.

Découvre les aventures
de **Tom et Hester**

dans la collection

folio
junior

1. MÉCANIQUES FATALES

n° 1443

Dans un futur lointain où les cités montées sur roues se pourchassent, affamées, Londres, l'immense locomopole, est en quête de nouvelles proies ! La jeune Hester Shaw, elle, est tenaillée par une autre faim : la vengeance. Accompagnée de Tom, un apprenti historien, parviendra-t-elle à retrouver l'assassin de sa mère ?

2. L'OR DU PRÉDATEUR

n° 1456

Depuis qu'ils ont fui Londres en cendres, Tom et Hester voyagent à bord du *Jenny Haniver*. Mais les voilà traqués par un mystérieux réseau de fanatiques. Le jeune couple se réfugie alors à Anchorage, la cité polaire dévastée et victime d'étranges disparitions. Cette dernière cherche à se mettre à l'abri des locomopoles affamées, et se dirige vers le légendaire et lointain Continent Mort...

3. MACHINATIONS INFERNALES
n° 1512

Tom et Hester vivent désormais sur Anchorage, la cité polaire, qui sommeille dans un coin perdu du Continent Mort. Mais leur fille, Wren, quinze ans, s'ennuie et attend l'aventure... Une proie rêvée pour les Garçons Perdus envoyés en mission pour dérober un mystérieux Livre d'Étain. Quand le vol tourne mal, ils enlèvent Wren dans leur vaisseau. Tom et Hester partent aussitôt à la recherche de leur fille...

4. PLAINE OBSCURE
n° 1533

Londres, autrefois l'une des plus grandes locomopoles, n'est plus qu'une épave radioactive, hantée par les espoirs brisés de ses anciens habitants. Et vingt ans après sa fuite précipitée, Tom fait une incroyable découverte dans les décombres de la vieille cité ! Mais avec sa fille Wren, ils ne sont pas les seuls à s'intéresser à Londres : les armées des locomopoles approchent...

Le papier de cet ouvrage est composé de fibres naturelles, renouvelables, recyclables et fabriquées à partir de bois provenant de forêts gérées durablement.

Mise en pages : Maryline Gatepaille

Loi n° 49-956 du 16 juillet 1949
sur les publications destinées à la jeunesse
ISBN : 978-2-07-065101-6
Numéro d'édition : 248112
Dépôt légal : janvier 2013

Imprimé en Espagne par Novoprint (Barcelone)